洱源
这两年

（之一）

黄金贤　著

上海交通大学出版社
SHANGHAI JIAO TONG UNIVERSITY PRESS

内容提要

本书从上海交通大学派驻洱源县挂职副县长黄金贤的视角，连续而真实地记录了中央单位定点帮扶和祖国西南乡村振兴工作的人和事，是党和国家乡村振兴战略全面实施的一个缩影。全书以洱源工作为主线，结合上海交通大学教育事业发展，融合作者对乡村振兴工作的体会和思考，围绕教育、产业、医疗、生活等主题依次展开，各篇独立成文并以时间推移串联。

本书语言活泼，故事有趣，图文并茂，适合广大读者阅读，也可供乡村振兴工作者和研究者参考借鉴。

图书在版编目(CIP)数据

洱源这两年. 之一/黄金贤著. —上海:上海交通大学出版社,2023.8
ISBN 978-7-313-29262-9

Ⅰ.①洱… Ⅱ.①黄… Ⅲ.①纪实文学-中国-当代Ⅳ.①I25

中国国家版本馆 CIP 数据核字(2023)第 150988 号

洱源这两年(之一)
ERYUAN ZHE LIANGNIAN (ZHIYI)

著　　者：黄金贤
出版发行：上海交通大学出版社　　　　　地　　址：上海市番禺路 951 号
邮政编码：200030　　　　　　　　　　　电　　话：021-64071208
印　　制：上海盛通时代印刷有限公司　　经　　销：全国新华书店
开　　本：880mm×1230mm　1/32　　　印　　张：11.375
字　　数：282 千字
版　　次：2023 年 8 月第 1 版　　　　　印　　次：2023 年 8 月第 1 次印刷
书　　号：ISBN 978-7-313-29262-9
定　　价：98.00 元

序

今年 4 月 8 日,上海交通大学 127 周年校庆,我们共同参加交大环境学院新楼落成仪式时,金贤告诉我,他一直在整理洱源挂职期间的工作心得和所思所悟,即将出版《洱源这两年》这样一本小书,想请我给这本书写个序。

我记得很清楚,2021 年 7 月 15 日,那天我正在交大闵行校区南苏园张罗给从洱源县移栽过来的海菜花遮阳的事情,金贤通过环境学院胡薇薇书记找到我,说很快要到洱源去挂职,向我请教在洱源如何开展工作。这是我们交往的开始,我把自己在大理和洱源十多年来的一些感受跟他做了交流。彼时,我觉得他对到洱源后具体做什么和怎么做,吃不太准,略有些顾虑。

不过,金贤在洱源很快就打开了工作局面。2021年 10 月,我和《新民晚报》副总编辑朱大建老师到洱源

采访，为我们洱海保护团队的纪实文学进一步丰富素材，这时候金贤已经在洱源"9·13"大型山洪泥石流抢险救灾资金募集、基础教育提振破局以及乔后山区助学基金几个方面都有比较大的动作和突破。那一次，金贤到洱源松曲村海菜花基地来找我，我们又做了很好的交流。这时候，金贤已经开始一些文字的记录。我把金贤的文章发给朱老师看，他很喜欢。我在大理这么多年，朱老师早年上山下乡插队落户，我们俩看法比较相近，金贤记录的内容以及语言文字的风格很朴实，比较真实地反映了乡村工作的点滴，读起来也比较有趣。我们鼓励他坚持写，以后可以出本书。

金贤确实坚持写下去了，我不断从他的朋友圈和微信公众号看到更新，也不断了解到他在教育、产业、医疗等方面的工作情况，以及对工作和生活的感受和感悟。每次我到洱源，我们也总会见面，做一些交流。我对他的了解也不断加深，他是个很不错的交大人，实在、真诚、理解基层、懂得沟通，工作上讲策略、有方法，把自己在交大的积累和方方面面的资源与洱源乡村振兴事业结合得非常好，对我们老人家也非常尊重。

这次金贤请我作序，我稍有点疑问，两年挂职还没有结束，怎么书就写完了呢？金贤告诉我，他一直记得我和朱老师的鼓励，一直坚持自己的记录和写作。挂职满一年的时候，金贤发现自己写的内容已经接近 30 万字。恰逢上海交通大学出版社的老师到洱源交流，她们听闻这件事情，就把第一年的书稿要了过去读读看。读下来觉得非常好，于是建议《洱源这两年》可以出两本,先出第一年的。

因为写序这件事,金贤把修订后的初稿发给了我。我一直在看,很不错,也很感动。我觉得,这本书从挂职干部的视角连续而真实地记录着洱源的工作,可谓党和国家乡村振兴战略全面实施的一个非常好的缩影。金贤的文字功底颇为不错,不打官腔的文章,真实而有趣,因而这本书的可读性很强,大约是这些年来我接触过的关于脱贫攻坚和乡村振兴方面写得比较好的一本纪实性作品。

我问金贤,看你的文章,工作是很多的,怎么有时间写这么多文字?他告诉我,大多利用周末和晚上的时间把一周的事情写成三两篇,一是记得清楚,可以及时回顾总结,二是这样也就很好地安排了自己在洱源的空闲时光。我又问他,第二年的文章也还在写吗?他告诉我,一直在坚持,不敢懈怠,大约等今年夏天挂职期满的时候,第二年的记录也能完成了。

真是不错,于是我答应金贤写了这个序,也期待《洱源这两年》第二本的诞生。

上海交通大学讲席教授

国家水专项洱海项目首席科学家

2023 年 5 月

导读

　　上海交通大学从 2013 年开始定点帮扶云南省洱源县，历经脱贫攻坚，再到乡村振兴。上海交通大学是我的母校，1997 年我考入交大读本科，2001 年毕业后留校工作，不曾离开过。2021 年 6 月，学校希望我到洱源县担任交大第七位挂职副县长。于我而言这是一个不很小的任务和挑战，但作为交大人，我得去，于是开始我的洱源这两年。

　　洱源于我，是在交大工作二十年后的一个新开始。从确定要来时，我想有没有一种方式能够给我自己以及我的孩子们留一点记忆。到洱源后，工作的内容和方式与高校相比是很不相同的，我也在想有没有一种方式能够留下一点体会，或许也能为后面再来工作的同志提供一点参考。于是拿起笔，码起字。

　　开始写的时候有点压力，慢慢又觉得这是一个还不

错的工作思路的梳理，也能充实工作之余的时间，渐渐写起来了。有时候朋友圈发一发，师长们觉得有点意思，鼓励我坚持，说以后可以出一本书，就叫《洱源这两年》，于是写下去了。一年下来，翻翻文稿，居然将近三十万字。

一年后的暑假时，上海交通大学出版社李阳老师随档案文博管理中心来洱源送展送教，我与李老师说起此事。李老师读罢文稿后，觉得有点意思，很快与我反馈，社里赞成这个出版选题，根据文稿内容和字数，建议先出一本。于是我准备起了"之一"。

在这本书稿的整理过程中，李老师给了很多很好的修改建议。这一年，以时间为序，形成百余篇小文章。根据李老师建议，对每篇文章确定了适当的主题，以免凌乱，也便于相同主题的前后呼应。确定的主题，大致是视文章主要内容而定，主题定了，整本书多少是有一些结构感了。

最终选定74篇。从"缘起"到"准备"，从"交接"到"上班"，依次展开，"教育""产业""医疗""防火""培训""生活"，最后收尾于"基地"。从数量看，大致可以反映出一年来的工作或者是思考。两点向大家报告："生活"写的内容大多在洱源，也有上海家人的。"基地"指的是"上海交通大学乡村振兴洱源基地"，是本书的结尾，也是"之二"的主线。等到"之二"呈现时，我们就已经为交大定点帮扶洱源县打造了一个全方位和综合性的驻地工作平台，或也可以说是Mini校区。

洱源思源，乡乡相像。在洱源工作的时间里，大理州的领导同事和父老乡亲待我如兄弟姐妹，诸多关怀，也支持我记录在洱源的工作和生活,本书封面呈现了洱源风景,这张照片就出自洱源融媒体中心罗新才老师之手。不在学校的日子里,交大始终是我的大后方,领导同事挂念我若远方游子,我提出的所有关于洱源的请求都获得了回应,也包括这本书的创作和出版。家人、同学、校友、师友,予我莫大激励和慷慨支持,让我多少"游必有方"。衷心感谢。

回头看看这本书,基本实现了提笔码字的初衷,也希望能给后来者一点参考。才疏学浅,亦请包涵。

于上海交通大学

2023 年 3 月 15 日

目录

缘起 YUAN QI 起

那就去洱源吧

接到通知,6月22日仰部长(仰颐,上海交通大学党委常委、组织部部长)找我谈话。我猜大约是要轮岗了。去了知道了,原来是学校派驻洱源的挂职副县长任期到了要轮换,考虑让我去接任,一年半,不排除两年。

这事我真是没想到,挺突然挺意外的。之前去洱源挂职的老师们我认识几位,大多是农林方面的教授,专业技术都是一把好手,到洱源做了很多促进当地农林业发展的工作,比如樱桃、葡萄、黑蒜、苹果等量质的提升。相对而言,我从教务处到基金会,从事的都是机关管理和服务的工作,没有与之相关的专业技术,还是有点发怵的。

接着我基本搞明白了前因后果。2021年年初,习近平总书记庄严宣告脱贫攻坚取得了全面胜利,紧接着就开启乡村振兴的征程了。学校考虑,乡村振兴与脱贫攻坚是承上启下的关系,工作重心会有所变化,协调性工作的需求会更多一些,因此决定这一任开始选派相对年

轻一些的机关管理干部去洱源接任。一方面，我在基金会工作时间挺长的，接触方方面面的机会多一点，比较多的是和人打交道的工作，作为交大学生，学校又培养了 20 年，基本的能力和责任心还是可以的。另一方面，我一直在机关工作，确实也缺乏基层工作的锻炼，去洱源的话更多是第一线的基层实践，这也是学校对我的锻炼和培养。

我稍微有点顾虑。儿子今年 9 月升初三，明年 6 月中考。女儿今年 9 月升一年级。平常管儿子思想和学习是我为主。两个家伙的接送也是我为主，家离学校不算太近，早上先送儿子，再回来接女儿。女儿放学有时候奶奶帮着接一下，奶奶腿脚不太好，有时候我和太太抽个空接一下。儿子放学正好我们也下班了，我接一下。日常奶奶跟我们住，爷爷在老家比较多，身体都还过得去。其他也没什么。

不过，总归我是交大的学生，也一直在学校工作，说学校培养了我毫不为过。我也是党员，现在学校跟我提出了这个要求，家里困难是有一些的，主要是太太会比较辛苦，儿子学习多少会受影响，但也不是揭不开锅，所以不管从哪方面看我是不应该也不能拒绝的。不过我毕竟不是一个人过，回家我还是要和太太、孩子商量一下，以我对太太的了解，我觉得问题不大。

出了部长屋子，一时间还是有些恍惚。摇摇头赶紧杀回办公室找处长汇报。程处（程骁杰，上海交通大学发展联络处处长、上海交通大学教育发展基金会秘书长）在办公室，我赶紧冲上去报告情况。

第一时间也告诉了太太。晚饭后和太太聊了聊。她倒还好，没觉得太怎么样，提了两个问题，一是小事情，关于接送两个家伙的安排；二是大事情，儿子的学习怎么办？

接送的安排可以解决，太太的理想方案是租房子到学校附近，这样奶奶走走路就行，不用上下公交车来接妹妹，哥哥可以自己走。我觉得也行，就是多个房租，不行把我们的房子也租出去，也能扯个七八成平。

我也去咨询过学校在附近有没有合适的房子,结果真没有。不过最后被奶奶否决了,奶奶说可不想再搬家了,太麻烦了,自家房子要是租出去了,等我回来了又没法住了。最终解决方案是不动了,找了同班同小区王妈妈,商量能不能早上上学儿子搭她的车去,傍晚放学王同学搭我儿妈妈的车回来。王妈妈慨然应允。

儿子的学习怎么办?儿子班级在学校算是第三梯队,但他的成绩能到年级35+,算第二梯队吧。原本我的打算是初三这一年拎一拎看能不能往前蹦蹦,冲冲看上师闵分(上海师范大学附属中学闵行分校的简称)。冲不进的话看情况考虑多元升学了。太太说,初三这一年你不在家,儿子还能冲吗?我也仔细想了想。首先,排除天降奇运的可能性,自家儿子自己知道,当今升学,舍不得往死里整的,很难说冲得到哪里,而我们都是不想往死里整的。其次,大约一年前我已经逐步放手了,不那么盯他的具体功课了,唯一我坚持的是数学拎一拎,其他偶尔答答疑,还经常答不对。不过我还是密切观察他的,不时唠叨唠叨,该出手时也出手。从这个角度而言,他总体是自律的,但自律程度是远不足以冲抵死里整的功效的。最后,所谓儿孙自有儿孙福,做父母当然希望和愿意孩子越来越好,可再希望好最后也得顺天应人。说实话,儿子的成绩比我很早之前预想的好,我和太太很早就说好能接受儿子以后哪怕学个技术,关键是要会做人做事,做好人好事。这么想的话,也就这样了。

跟儿子谈了谈。大意是学习以后全靠你自己了,另外你是家里常驻美男子了,要帮着点妈妈,要悠着点妹妹。儿子直男,问了两个问题。一个问题是具体要我帮啥呢,我能帮上啥呢。我说你也太具象了,这是笼统抽象地对你提希望,总归你要说好的没问题才对嘛。另一个问题是为什么要你去。这个有点不好答。我想了想说,记得年初咱们早上上学听广播,表彰脱贫攻坚楷模,印象深刻的是不是黄文秀和张桂梅。

一个是年纪轻轻小姑娘献出了生命，一个是身患顽疾老太太坚决要让山里女孩读书。那会儿是不是也都挺感动的？儿子说是的。我说那感动归感动，咱也不能临到自家头上立马就怂了吧，咱家会有点困难，妈妈会有点累，还不至于揭不开锅，你说是不是这个道理。儿子说也是的。我说那你就管好自己，帮帮妈妈。儿子说好吧。

女儿听说爸爸要一直出差，开心得不得了，这样晚上就可以和妈妈睡了，恨不得爸爸今晚就去云南。

爷爷奶奶没有反对意见。

到这个份上了，也没啥可说的了，服从组织需要和安排。那就去洱源吧。

准备就出发吧

　　7月下旬,学校快放假了,吃不准还能在上海待几天,于是问问广峰(侯广峰,上海交通大学党委组织部主任科员),大概我是7月底要出发的。

　　翻翻手头工作,有点紧了。

　　趁着还在上海,办掉了本班毕业二十周年聚会。大家进了校园,穿了班服,认了班树,小酌叙旧,很开心。跟卧龙欣元总见了面,欣元总是同届院友,想着9月也办毕业聚会,于是约在安泰和校友办鲍老师一起聊了聊,也很开心。

　　抓紧把刘銮鸿校董(刘銮鸿,上海交通大学校董、香港利福国际公司董事总经理)和夫人在交大设立鸿文永久基金的草拟方案定稿发出;落实交大香港基金会审计和年度申报;向胡书记(胡薇薇,上海交通大学环境科学与工程学院党委书记)请教了云南(大理)研究院以及洱源的情况,快聊完时正好孔海南老师在南苏园看海菜花和茈碧花,薇薇书记就直接领我去见孔老师了。孔老师是认识的,

不相熟，聊起来却很近人，和我聊了一个多小时。孔老师第二天去大理，于是和孔老师相约，待我去了就去看他。和显明（张显明，上海交通大学转化医学研究院党总支书记）对接了一下转化医学唐仲英荣誉体系后续推进工作，也请显明从大健康角度出发给点支持建议；在各方鼎力支持下；协调签完香港信兴集团在交大程及美术馆开设蒙咖啡的五方协议，这样就可以去办证照了；资实处蒋处听说我要去洱源了，专门关心地方上有没有设备方面学校能够力所能及支持的，于是赶紧对接起来。

洱源商务局茶江副局长在上海康桥镇挂职，学校地方合作办牵线，茶局专门来学校看看我和小熊（熊峰，上海交通大学农业与生物学院团委书记，继任洱源县茈碧湖镇丰源村驻村第一书记）。我去洱源是接替老许（许文平，时任洱源县挂职副县长、上海交通大学农业与生物学院研究员），巧也巧，两家小哥小学同班同学，初中也是隔壁班，老许家小哥叫 King，于是戏称老许 King's father。小熊是农生学院团委书记，这次去洱源接替罗银（田罗银，时任洱源县丰源村驻村第一书记、上海交通大学党委组织部组员）担任丰源村驻村第一书记。茶局来的那天台风烟花刚刚过境，正好乔后镇李剑敏镇长也在上海交流，于是一起来学校聊聊。大风大雨天专门从浦东赶过来，真是有点感动，洱源的同志都很实在，大家聊得特别开心。一起去学校的洱源特产商店转了转，一直知道有这么个店，却也没去过，要没去洱源挂职这事，还真不确定啥时候会去店里逛逛呢。

7 月就过完了，没动静，8 月开始了。

和广峰老师又联系了一下，省里和州里的挂职文件也基本出来了。正好林校长（林忠钦，时任上海交通大学校长、中国工程院院士）初步安排 8 月下旬访问云南，一揽子安排中有洱源行程，计划我们随行赴任。于是又有点时间了。

站好嘉华吕主席（吕志和，香港嘉华集团主席、上海交通大学吕志和科学园捐赠人)与张江科学园项目最后一班岗;听闻亚民老师(陈亚民,上海交通大学安泰经济与管理学院会计系系主任)与洱源相熟,赶紧凑到老师身边"挂个号";专门叨扰了同学鹤总(黄鹤,普道科技联合创始人兼COO)和邓总(普道科技联合创始人兼CEO),缠了鹤总一上午,就聊普道财税云服务的品牌项目捷税宝有没可能来洱源开拓;预约学校地方合作办陶剑主任报到。之前张鹏兄和陶伟老师专门向我和小熊介绍了这么多年来学校与洱源的互动情况,这次陶主任耳提面命,更受益匪浅;去了远播教育一趟,霞姐(李霞,上海远播教育科技集团董事长、上海交通大学杰出校友奖获得者)专门留了时间,聊了很多,工作、家庭、孩子,又豁然开朗。霞姐说到了洱源保重身体,尽快熟悉,有需要随时联系,走的时候还领我和宏宇学长(邹宏宇,上海远播教育科技集团副董事长)又聊了几句。最后一站参加了百贤今年暑期课程的线上结业仪式,又看到了曹小姐(曹惠婷,百贤亚洲研究院行政总裁、香港永新投资有限公司总经理),风采依旧。

　　林校长云南行程要推迟,于是组织部定了我们8月16日出发。日子一定,赶紧跟程处报告,和同事们也打个招呼。安胜校长(张安胜,上海交通大学党委常委、副校长)知道行程后,专门叮嘱注意事项。这一段时间我向相熟相知的师长、学长们陆续报告了去洱源的事情,大家都很支持,从工作生活各方面给予关心关爱,让我备受感动,主观客观上都帮助我调整状态,积极应对。再次感谢!

　　临出发一两天,还是有点波动。一天妹妹告诉我,妈咪腰上红红的好好玩。我问妈咪啥情况,撩开看一看,吓一跳,哪是好玩,这怕不是带状疱疹吧。问妈咪疼不疼,妈咪说不疼,有点痒,准备过两天看会不会好,就没告诉我。埋怨妈咪两句,赶紧约明天看医生。还真是带状疱疹,吃药涂药膏。我跟妈咪说你怎么不说呀,这下搞得我都有点不放心了。妈咪说没事的,她很厉害的。我跟妈咪说突然有点伤感了,大概是去洱源日子真的到了。

初抵洱源　　　　定了 16 日中午飞大理，15 日晚上航班取消。哎呀，这是不让我们去的节奏吗。学校说交接班这事不能再往后了，无论如何明天要把你们送到洱源。于是马上改一早飞丽江的航班，映强副部长（吴映强，时任上海交通大学党委组织部副部长）和广峰老师送我们到洱源。

16 日一早，天有点亮了，我们就出发了。映强副部长接到部长电话，祝我们一路顺风。我也向部长表了个态，部长叮嘱了两句话，一是多向洱源干部学习，二是照顾好自己。程处专门协调了机场的安排，我们一路很顺利。老许和罗银还专门来丽江接我们，一路迫不及待跟我们就说起工作和生活了。

很快，洱源，就到了。

交接并努力认人

8月16日周一,映强副部长送我们来洱源了,我们到的时候已过晌午。宾馆住下后给老爸去了个电话,说着说着突然有点难过,大约是父母在不远游吧,说了几句报个平安就撂了,希望自己多少能够"游必有方"吧。

县委组织部迎接我们。赵部长(赵正诚,洱源县委常委、组织部部长)上午会议开到将近一点赶过来和我们一同吃工作午餐。边吃边聊,赵部长在大理话和云南普通话(简称云普)间切换,感觉挺有意思。

下午先和县长(万鹏,洱源县人民政府县长)报个到。县长很年轻,富滇银行交流到洱源任职的,很客气也很谦虚。县长很感谢交大对洱源的支持,感谢老许和罗银这两年的辛勤付出,也很欢迎我和小熊来洱源接棒。映强副部长也很感谢洱源对交大同志的关心帮助,向县长报告老许回校后的工作安排,特别提到老许会兼任乡村振兴办公室副主任,交大的乡村振兴,无他,唯洱源尔。

县长办公室斜对面是老许的办公室,也是接下来我

的岗位所在，大家一起去坐了坐，挺朴素。老许说他来了的第一件事情就是坐在这间办公室里啃《洱源县志》。我也要啃一下。

看看时间，赵部长和建清常务（李建清，时任洱源县委组织部常务副部长）陪我们一起去罗银驻村的茈碧湖镇丰源村居委会和提水点现场走一走。丰源村的杨玄书记是罗银这两年的亲密战友，罗银吃住也都在村委会，条件比县里还是艰苦不少的，向罗银致敬。大家围着院子里小方桌，挤着小板凳，铁壳热水瓶续着茶叶水，摆着龙门阵。

龙门阵很务实，聚焦医疗，也谈了教育。医疗听起来是洱源急需并且很想提升的，赵部长实名羡慕我们九院对口支援大理祥云县医院的力度，祥云县医院据说都快升三甲了。赵部长很是焦急，说如果洱源能得到交大系统医院的对口支援，洱源人民就有福了。医疗对口支援的体系不太一样，是卫健委这条线，之前地方合作办同志也告诉过我们一些基本情况，大家一起探讨一下。

聊到后面，茈碧湖镇的徐书记（徐必祥，时任洱源县茈碧湖镇党委书记）也过来了，于是大家一起去提水点转了转，因为这事罗银得了个提水书记的雅号。不用水不用电，利用活水流动能，把水从山下提到山上，700多米落差，惠及1300人和8000亩地。罗银说这事得益于省里扶贫培训时的储备技术培训，得益于沪滇资金的支持，他是努力把扶贫需求和各方资源进行了比较好的对接整合，所谓沪滇合作、饮水思源。我觉得真是挺不容易的，对我也很有启发。马上提水项目的第二期要启动了，把提上山的水分别输送到各自需要的人与地，更精准了。

早前给百贤曹小姐电邮报告了去洱源的情况和校内项目交接的安排，今日傍晚收到曹小姐电邮，说在昨天 SP2021 Closing Ceremony 里看到我了，感谢学校和我对百贤合作的支持，鼓励我在洱源积极应对挑战发展。我很感动，最近好像感动有点多。其实于我而言，初入学校基金会工作，便有幸与曹氏家族和百贤事业结缘，十余年伴随百贤发展，我个人也学习成长了很多,曹氏家族和百贤团队给我帮助巨大。

周二上午,映强副部长带队,大家一起去交大云南(大理)研究院。我是第一次到研究院,但研究院的老师是熟悉的。今年5月我们专门邀请欣泽院长(王欣泽,上海交通大学云南(大理)研究院院长)从大理回上海,在我们承办的长三角地区高校仲英青年学者论坛上分享了多年来扎根大理、治理洱海的经验,完美演绎了专业与公益的实践和思考。

研究院真不错,业务工作聚焦并且在不断优化,很快要搬迁到新的办公楼,研究院未来发展有了更宽阔的空间和可能性。在欣泽院长办公室喝了会儿茶,参观了研究院展厅,我和小熊就与院长告辞,也与映强副部长和广峰告辞,傍晚他们飞上海了,完成送我们的任务,我们的洱源这两年就正式开始了。

县长和县班子成员傍晚和我们见了个面,一方面老许和罗银马上要回上海了,县里感谢两位两年来的辛勤付出;另一方面我和小熊来接任,县里对我们表示欢迎。于是我赶紧和接下来的同事战友们加微信,努力把人和名对上记住。

周三上午,和老许做了基本交接。老许在洱源引进了农夫果园的示范项目,农夫果园从浙江派过来这边负责的周总(周云安,洱源真一生态农业有限公司执行董事兼总经理)知道他要回上海了,专门来看他。大家聊天,周总原来也做过很多年基层领导工作,经验很丰富,闲聊中说说当年在浙江做招商的经历和经验,是个老法师。老许一直关心的当地两位做生态农业的老总也来看他。看起来老许人缘也还是可以的。

下午老许收拾行囊。我在县城走了走。县城不大,主干道大概是两条,一是宁新路,二是腾飞路,平行线,繁华路段大约都是一公里长度,东延伸还没走过去,西延伸再走过去是老城区,更小一点。宁新路大多是经营装修建材的铺子,差不多有40家,卫浴产品店铺特别多,铺

子里最显眼的都是一排智能马桶，出乎意料。腾飞路店铺偏向消费终端一些，手机店很多，运动服饰店很多，床上用品店很多。看到了鸿星尔克，就进去买了双运动鞋，在上海查了一下，离闵行校区最近的鸿星尔克在奉贤南桥，买鞋这块洱源更方便，哈哈。床上用品店看到了博洋家纺，也很出乎意料，拍了张照，回头发给博洋戎董（戎巨川，博洋家纺董事长）。

傍晚老许带我与投资促进局和商务局的同志们见了见。这两年老许七七八八张罗了一些项目，和大家相处得很融洽。边说边听，赵局（赵彦姬，时任洱源县投资促进局局长）和杨书记（杨益圣，时任洱源县投资促进局党组书记），2位副局长，还有几位同志，说起洱源的发展和招商的工作，看得出来心里都很急。于是跟赵局说了说同学鹤总的项目，找个机会可以具体对接对接。

老许定了回沪的航班了，周四一早10点从丽江飞。老许走我还是要去送的。周四早上我6点左右就起来了，洱源是高原地区，县城海拔2060米，天还没亮。7点我去餐厅一看，闭门谢客，问了前台，7点半才开早饭。那我就不等了，11路直接去老许宿舍。一路走过去，路边摊也还没支呢，有一两个小摊车刚刚推出来，我也就不等了。到了老许宿舍，还在最后打包收尾。两年下来，老许家伙事儿还真是不少，好几个箱子，准备快递回去，自己拉个箱子背个包。我跟老许说不慌忙，来不及收拾的东西回头告诉我，代劳。7点半过了老许就出发了，本来我想上午也没啥特别的事，准备送老许到机场的，老许死活不肯，好吧，就让他单飞吧。我在食堂吃了个早饭，带上老许留的钥匙，这宿舍以后就是我的了。

回到宾馆，参与了一下刘銮鸿校董和夫人捐赠设立交大鸿文永久基金签约安排的讨论。下午粗略看了看洱源去年的政府工作报告，把粗的线条先捋一遍。傍晚接到县里电话，明天县里召集县班子成员开会,通知我也参加。

周五早上,大踏步走到县委,参加专题会议,县班子成员基本都参加了。领导讲得很全面,也很细致,对我而言还真是个比较系统地了解县里情况的好机会。最大的感受是站位很高,视野很广,思路很宽,很接地气,对基层方方面面的情况讲得很透,对存在的问题毫不避讳,看得很准。倒是我对云普听力亟待提高,和四川话很相像,还好这些年从电影电视剧里听到不少四川话,能听懂个大概,不过往往讲话开头时反应不过来,要等展开时才回过味刚刚讲过的主题。

中午会议结束后,找了个空档,跟领导报告下午去一趟昆明,拜会交大云南校友会卓会长(卓文渊,上海交通大学云南校友会名誉会长、中船750试验场原党委书记、场长)和纳秘书长(纳勤骁,上海交通大学云南校友会副会长、秘书长),加强与云南校友们的互动连接,希望为洱源争取到云南校友会更多的帮助。

中午食堂吃了饭,冲到宾馆退房搬家,把我的大箱子搬进原来老许那间宿舍,回头再慢慢理,然后赶紧冲往大理高铁站。

洱源交通还不错,小城不堵车,到大理和丽江也都不堵车。到大理机场50分钟,到大理高铁站70分钟,到丽江机场90分钟。大理、丽江的机场与上海都有直达航班,也有多路中转航班,还是方便的。高铁大理到昆明2小时出头,也很方便。

罗银和小熊的交接也基本完成,周六一早从昆明飞回上海,于是下午我们仨一起去昆明,拜会校友们。老纳秘书长很有心,请了卓会长,还有几位家乡是大理的校友接待我们。卓会长是安徽人,交大毕业后一直在云南工作和生活。周学长(周金龙,上海交通大学云南校友会副会长)是82级的,与吴教务长(吴静怡,上海交通大学副教务长)是同学,冻龄之甚大有超越之势,说他是92级、02级也不过分,云南水土就这么养人呀。周学长说有个同学在太仓,中国德资企业之乡,可以牵线做一些

职业教育培育和人员定向培养的项目,我是感激和欢喜得很,求学长后续支持。

在昆明之时,老纳还约我和小熊参加第七届云南省外高校校友会羽毛球赛预选赛交大助威团,我俩欣欣然,打不行,喊还不行吗?比赛水平还是很高的,虽然友谊第一,厮杀也是激烈得很。上午对阵中国政法和中南财经联队,2∶3惜败。大家总结是没带会旗,可惜了一点点。下午我和小熊返程,各回各家。次日下午喜讯传来,带会旗了,"上海交通大学云南校友会"旗开得胜,4∶1赢了中国地大,4∶1赢了长安大学,昨天上午的2∶3也因为对方有球员身份未过关,改判3∶2赢了,三战全胜,掌握了出线的主动权。所以,旗帜真是太重要了!

周六下午回程路上,李常务(李鹤康,时任洱源县委常委、常务副县长)和赵部长都打来电话,周末食堂不开,领导们关心我们吃饭问题搞不搞得定。搞得定,请放心!

周六晚上开始收拾宿舍,被窝已经搞好了,目力所及先归归拢。

周日一整天,大扫除。干到傍晚,长呼一口气,可以视频连线老婆孩子看房子了。

周日,今年交大来洱源支教的6位同学也到了,我们洱源小分队壮大起来了。小熊是支教老同志了,于是张罗晚上大家一起吃个饭。见面还是很亲切的,6位都是今年本科毕业,来洱源支教一年,回去续上研究生学业,也都不容易。掐指一算,不服不行啊,人家2021届的,我是2001届的,二十年就这么刷地一下过去了。6位支教老师的专业也是五彩缤纷,数学＋计算机的,环境＋媒体的,国贸＋媒体的,工业工程的,船工的,法学的。到底是2021届,很活泼,很乐观,希望也很能干,切切实实能给洱源孩子帮上些忙。

这周有个小发现。在上海工作时,基本是预约或半预约制,微信是主要沟通工具,通电话一般也会先微信约一下。在洱源这几天,感觉不太一样了,基层工作变化还是比较快的,电话是主要沟通工具,微信可以作为资料工具,我得习惯电话随时来,也要习惯拿起电话打,加完微信后就得记着交换电话号码,接着存入通讯录,不然下次来电时就小尴尬了。

这就全交接完了。

我去上班了啊

8月23日周一，早上我去上班了。从宿舍出门到办公室进门，要花整整5分钟才能走到，时间再少还真不行，唯一就是上到4楼办公室，略有点喘，到底是2 060米的海拔，日常快走慢跑倒也都没问题。

办公室就是原来老许那间，打扫难度系数不高不低。理出许多桶啊盆的，晚点请办公室帮着找个地方搁。电脑好像是2008年的，配了手写板，居然还配了UPS。UPS现在大概知道的人也不太多，不间断电源，突然断电时能够迅速切换给电脑供电，现在看来大概像个前置充电宝。目测用不太上，也请出来。

扫地，擦桌子，角角落落搞个七七八八，顺手把桌面上下文件码码垛，不能乱扔，交还办公室。

我背着学校电脑来的，方便。其他需要添置啥的，能自己搞定就不麻烦办公室了，十八般武艺好歹有那么几般，何况学校是我大后方，理清路线，搞个机，配个网，麻溜得很。

说时迟那时快，个把小时也就收拾好了。正式开工。

请教组织部李常务，组织关系转接轻松搞定。上周认识了云南建投负责洱源业务的张总，希望有机会能和咱们云南（大理）研究院交流交流，于是呼叫欣泽

即将驻扎两年的工作间

院长。欣泽院长很支持，三方时间一碰，约了周三下午研究院拜会。

昨天晚间收到孔海南教授微信。下午孔老师到了大理，安排几项工作，周四早上就回上海。原本准备来洱源时跟孔老师相约大理见面，不料我刚到时孔老师有事回上海了，这次孔老师又来了，我必须得去看看孔老师，我跑勤快点，孔老师提点提点我，多好。于是和孔老师相约周三下午去完研究院就去他那。

中午食堂吃饭，遇到县领导们，顺便报告了周三去看孔老师。下午同学邓总、鹤总及普道科技负责全国招商的李总监联系我，最近他们到云南出差，这两天在昆明，过两天回来大理，和邻县在谈引入普道科技旗下财税管理业务捷税宝项目的事情，说谈得还不错。普道的节奏一般是单个州市布局一个县，相对聚焦。不过鹤总有指示，洱源一定是要来聊聊的，如果县里有意向，就多一个布局。于是赶紧和县投资促进局赵副局长（赵琪，洱源县投资促进局副局长）相约，周五见面聊，也请税务、市场监督以及银行方面的领导一同参加。

下午交大同事呼我，周三上午鸿文永久基金有线签约，来不来。我说当然来啊，沾沾喜气，没准校董和夫人看到我们洱源接入，以后也能关心关心呢。下午坐着，脑子里过了过一周来的人和事，又想了想往后

怎么做,不怵不孬吧。接到团县委王书记(王琳,时任洱源团县委书记)电话,王书记协调支教工作,今年除了交大的 6 名同学,还有 5 名海南大学的同学,约了傍晚见面一起认识一下,以后都是洱源的战友了。

5 点接到联系同志小何电话,县里武装部王部长(王洪仑,时任洱源县人民武装部部长)带了 150 位民兵,正在保山腾冲支边,去了快一个月了,武装部那政委(那维东,洱源县人民武装部政委)明天一早出发去腾冲慰问,县政府也要派一位副职一同慰问,希望我能够去。

那必须的呀,这可是县里交给我的第一项工作,还是出差,当下应承,顺便问了一下明天是当天往返吗,小何说应该是的。我也不知道路远路近,心想那倒也好,明天来回跑一趟,周三去研究院,和孔老师那毫不影响。

那政委上周见过两次,和老许很聊得来,现役军人,上校,很豪爽的老哥。政委说明天咋可能回来,单程不吃不喝不上厕所 5 个多小时,明天一早出发,下午才能到,明天下午连同周三上午慰问,周三下午返程。

原来如此,赶紧联系欣泽院长,联系建投张总,下周另约。和孔老师也联系了一下,候周三返程时间,可能要晚上到他那了。

与政委约好明日早上 7 点半去武装部食堂吃早饭,政委说县里退役军人事务局曾仁书副局长明天也和我们一起去。然后我就去找王书记和支教同学们了。交大的 6 人昨天见过了,海南大学的 5 位第一次见,突然想起来安泰唐宁玉教授挂职海南大学商学院院长,谈起唐老师,海南的同学很是激动,说听过唐老师的讲座,形神俱佳。我说那当然,唐老师典型冻龄,1997 年我上大学时唐老师就给我们上课,现在的她和那时候看上去几乎没变化,除了学术和职称。后来唐老师做教学副院长,有一点交集,印象里很深的一件事情是,有个同学学习有些困难,踩在退不退的线上了,家长和同学去找唐老师,唐老师给了很大的帮助,这个同学后来虽有些磕绊,却也顺利毕业了。

孔老师来了，普道也来了

　　8月26日周四，一早出发，去看孔海南老师。孔老师11点多航班，于是相约9点出头机场聊。

　　我稍早几分钟到了，大理机场不大，建在城外矮矮的山头上，起飞降落都是外进外出，虽然离城很近，但对城里也没有噪音干扰，倒是非常好的。

　　一会儿孔老师也到了，办好手续，距离登记还早，我们找地方坐下来聊天了。孔老师穿着一件短袖，身体、精神都挺好的。我来洱源10天了，虽然还没有具体业务归口，但也有点忙忙叨叨的，只能凑着他老人家出发前这点时间来看他，简单跟孔老师说了说最近都干了点啥。

　　孔老师是22日星期天来的，今天26日星期四，准备回上海了，行程安排得非常紧凑。三周前孔老师来洱海实地查看藻类发生情况，这次又乘研究院的监测采样船，各个点检测点又跑了一遍，看看藻类情况及监测数据。大理电视台做一个关于洱海藻华的科普视频，面向

环保人员、普通市民以及中小学生的，这次孔老师来专门又参加了视频的录制和制作。咱们洱源有一个湿地公园保护与功能提升项目，孔老师一直给予指导，这次来又参加总体设计方案的甄选审定。短短两天还到洱海南部波罗江跑了一趟，因最近雨季冲刷，江中水质有所恶化，孔老师专门到现场看了，并一起研究了对策建议。

我问孔老师，行程咋安排这么紧啊，这么多事情，来来回回身体吃得消吗。孔老师说习惯了，上海确实还有很多事情处理，洱海这边很熟悉，需要他来就随时过来，办完事情就抓紧回去，少给州里添麻烦。这些年研究院这边欣泽院长领衔、带队和推进得非常好，学校非常认可，也非常放心，他也是如此，工作就应该让年轻更年轻的同志担起来。

聊了一会儿，风有点大，明显有些凉了，赶紧催老爷子把外套披上。孔老师拉开他的小箱子，拿出外套，顺手把他星巴克的纸袋放进箱子里。我说孔老师还挺时髦，喝星巴克。他打开给我一看，哪是什么咖啡，袋子里几个圆面饼，路上吃的。他一会儿飞到成都转机，3点左右从成都再飞虹桥，孔老师说这样最划算，顺利的话还可以到家吃完饭。

老爷子真是太不容易了。

孔老师又给我讲了讲他的视角中关于洱源环境与产业发展的设想，对我能做些什么工作又给了些指导意见，很快通知登机了。看着他过了安检，我才往回走。回味着孔老师的意见和建议，我在专业技术方面并不见长，综合协调方面算是我的半个长处，在校内和校外人头也算比较熟络的，扬长避短，可以从综合协调方面看能不能调动和整合一些资源。能迈出这一步的话，对洱源的教育、医疗乃至产业的发展都能推动推动。

路上接到孔老师电话，刚刚聊的时候说到一个同龄朋友，张震宇，他刚刚和震宇说了我的情况，后面我们也可以多一些交流。立马联系，震宇正好在洱源呢，约了等我到了见个面。

震宇在研究院干了近十年，目前在大理大学做副教授，但一些成果还在和研究院一起协同孵化，做得很不错。他同样钦佩孔老师和欣泽院长，我俩的经历也有一些相似之处，倒也挺聊得来。

下午县里领导告诉我县里正在开招商引资项目的策划会，建议我去听听。非常好的学习机会，于是马上行动。清单上 30 多个项目，县里相关委办局和各镇乡负责同志都参加了。我找了后排一个座位，旁边正好是招商局的同志，有些我完全听不懂的地方也能和我解释一二。项目数量很多，项目类型比较齐全，我完全是外行，但听下来总还是感觉粗细尺度好像还不很清晰，大概也是策划初期吧，期待后续推进，不断明晰，不断转化。

明天周五，普道的团队约好了明天来交流。策划会结束了跟投促局赵副局简单对接一下明天的安排。

周五就到了。

上午和海外教育学院姚奕书记对接了一下沪滇培训项目的情况，希望学院给予支持。沪滇项目本来是要请洱源同志们到上海实地考察培训提升的，种种因素今年未能成行。主管沪滇项目的张副（张磊，浦东新区挂职干部，时任洱源县委常委、副县长）提到可否请交大提供上门培训支持，于是就张副提到的几点和姚书记沟通了一下，后续再一起推进。姚书记所在的海外教育学院在教育培训方面做得很不错，聚集了一大批企业界的学员和朋友，最近也在组织乡村振兴方面的培训课程。学院的校友们对洱源多有支持，姚书记也考虑在乡村振兴培训方面能把洱源县需求与校友资源相结合，力争事半功倍。

快到中午时普道的团队来了。普道挺重视的，李总监带队，一行 4 人，其中小洪同志已经在大理待了不少时间了，与邻县一直在沟通合作事宜，推进得挺不错。普道科技旗下财税管理业务捷税宝项目，核心是基于企业服务互联网＋模式的新业态财务和税务管理，而普道科技与市

面上同类平台企业相比，优势在于对风险的管控极强，这很契合县域基层对风险把控的要求。捷税宝项目轻资产轻投入，也很契合洱源发展当下环境。县里分管领导刚刚赶回来，午饭先不管了，直接开会交流。请了税务局、市场监督局和中国人民银行洱源县支行的领导，交流还是比较直截了当。普道团队系统介绍了项目情况，我方同志也不断提出关心的问题。财税服务项目在长三角比较普遍了，在云南相对还是少一些，所以交流还是很有必要的，我觉得县里的几位对于本条线业务非常熟悉，提出的问题都很准，紧扣法治环境、基层治理和业务实践。普道团队也很坦诚，分享了自身风控和实务案例的情况。

交流到将近下午 1 点，因为是第一次接触，双方也都需要消化梳理，后续再看是否进一步推进。我建议普道团队结合今天交流情况，再给县里出一份具体合作的路径建议，对推进过程中需要县里支持的内容进一步明确，对项目如能开展的财务税务情况也做一个测算分析。县里相关部门据此研究实务可行性，如有进一步意向，下一步的沟通可以从两方面展开，一是去上海普道总部考察，二是去普道已有合作项目的实地考察交流。

会后又请普道团队到我办公室坐了坐。普道给我交了个底，邻县谈得差不多了，很快会签约。如果洱源有意向的话，普道一定会尽力推进，上午提到的材料大约下周一就能备妥，根据洱源实际情况，能提供的支持一定尽力，不然咋跟邓总、鹤总报告呢？

很感谢，我也尽力协调，争取推动。

産業
CHAN
YE

飘来几朵好消息

新的一周开始了。

周一。

今天有个好消息。

昨天晚上和柏年大哥（王柏年，香港王柏年基金主席、上海交通大学捐赠人）报告了到云南挂职的情况。这两年柏年大哥在内地除了高校奖助学金的捐赠之外，还在持续推动"为中华而读"的项目。这是一个向偏远、民族地区中小学捐赠图书的公益活动。柏年大哥说有机会来洱源看看我。我还没感动完，他又说他也没啥能做的，看看洱源学校是否对图书有需求，具体会请他的助理李雨蒙帮助落实。接完电话，我给雨蒙发了个微信，雨蒙说王先生已经跟他说过了，具体材料会发给我先看看。继续感动。

下午一上班就收到雨蒙的资料，真好啊。马上和分管教育的项副（项丽娟，洱源县人民政府副县长）报告，一起推进。项副也很感谢王先生慷慨，会嘱教育部门尽快摸

底对接。

周二。

今天两个好消息。

第一个好消息。

一早我的家乡就来电了。郭同学在我家乡八桥镇主管招商，去年找我帮忙对接了化学化工学院的庄老师以帮助企业破解新型阀门密封关键核心技术攻关难题。我来洱源前就听说庄老师的研究和攻关干得非常好。今天来电的是当时具体对接的镇里人才办朱主任。朱主任说庄老师太牛了，入选江苏最高层次的省"双创计划"，是今年扬中市唯一入选的。这真是好消息，谢谢庄老师对我家乡的支持！朱主任说镇里和企业都很感谢化工学院的支持，我说好啊，后续可以具体沟通。

能做成一件事情，即便只是促成，也是很高兴的，谢谢化工学院和人力资源处老师们的帮助支持。朱主任说后续希望能再发展壮大，我建议把庄老师的经验梳理总结一下，这样再推动会比较顺利一些。

电话撂完，就来了第二个好消息。

高中同学虞总（虞军，纽扬实业有限公司总经理）联系我，他刚从新西兰回来。虞总问我有啥需要支持吗，我说太有需要了，洱源环境保护限制了工业发展，农业用大肥大水也受限，文旅投资周期也长、效益不明显，不过洱源农产品的品质还是很不错的。

虞总一拍大腿，说食品项目可以啊，我们就是干这个的。当然拍大腿这个动作是我脑补的。据我所知，虞总往返新西兰和中国上海、江苏，做大自然食品的搬运工，已经十数年了。虞总说品牌设计、电商队伍都是现成的，可以助助力。于是赶紧跟虞总详细介绍了洱源的交通，虞总说刚回到家，安排一下时间就过来。

接下来就扒着虞总给我讲讲这些年具体都干啥了。虞总介绍一二，一句话就是品牌策划＋电商渠道：术业有专攻，直接生产环节介入较少。品类涵盖新西兰牛奶乳制品、水果、矿泉水、蜂蜜制品、麦片、羊肉，新疆阿克苏苹果等，渠道有 B 端和 C 端，电商抖音一应俱全，解决方案和商业效益俱佳。虞总给我发了若干产品实物图，我承认是可以流口水的，嘴馋的和羡慕的。

虞总认为云南地方产品有特点，挖掘历史和故事，品牌是可以做起来的。说干就干，马上找同事，拿到了当下洱源产品目录。虞总稍有意外，评语是效率真高。于是互相夸夸，请虞总专家掌掌眼。

虞总真去做功课了。一小时后，他说，淘宝、京东上洱源的东西很少。对于类似洱源这样的区县，品牌建设和电商通路能搞好的话，大有可为，三到五年建设下来可收成效不可小觑。虞总说环保很重要，农药最好不要用，把绿色安全做到极致，这是现在消费者很关心的。

这我得回应啊。咱们洱源，洱海源头，为了保护洱海，洱源付出的代价很大，环境保护要求很高，化肥农药限制得非常厉害。虞总认为这对于绿色安全优质农产品的推广是有利的，但农产品的品质还需要科学数据说话，这一点交大如果有技术方面的支持就更好了。对应虞总提到的科学数据说话，我觉得可以请交大陆伯勋食品安全研究中心给予支持支撑，品牌和设计方面也可以请求设计学院给予帮助。

虞总说这样好啊，如果大学愿意对品牌建设做出有力支撑，这对后续推广是相当大的助力，可以奔着各方合力，往打造食品农副产品品牌孵化中心的方向努力，逐渐做好洱源大品牌。品牌的打造需要各方参与，热热闹闹，他对这个前景初步看好，愿意助力。

差不多就先聊到了这里。

我自己也想了想。之前也听同志们提到关于食品农产品推广中品牌、包装面临的问题，以及引入外部资源进行类似股权收购和整合的情况，诸多因素，成功的不多。当下阶段，直接介入现有企业，促使其主动或者被动的品牌、包装以及股权的变化，以迎合乃至引领市场需求，可

能略有超前了，未必是合适的时机。这样的话，在现有企业和市场之间引入具备运营能力和经验的品牌和贸易的中间方作为桥梁，可能是个备选解决方案。中间方对现有企业的要求是质和量，现有企业获得的是订单、销量和收入，这样对现有企业的要求是其比较能够做到的。中间方得到质和量之后，打造自己的洱源绿色品牌，通过成熟的渠道推向市场。各赚各的钱，慢慢在合作中学习，现有企业就会更愿意做出进一步提高质和量的改变，做出尝试自有品牌提高附加值的改变，或者再进一步做出股权合作、合力打造品牌的改变。

周三。

继续和虞总讨论。虞总是做了功课的：一是梅子酒的历史和故事很有意思，他说洱源梅子有2000多年历史，酒一直是畅销产品大类，可以深挖，中国市场梅子酒主力是日本梅酒，但日本梅酒的起源是学习中国的。二是与合作伙伴们交流，大理是水牛奶的产地，京东上已有畅销的第三方品牌水牛乳，产区就是洱源，这也是一个可以迭代的点，并且通过品牌和包装，开拓洱源牛奶的B端市场。优质产品、品牌建设、故事脉络、科学资源、渠道运营，五位一体。越讨论越有活力，等虞总定了来的时间，一起实地考察去。

此外，接到教体局电话，很感谢柏年先生图书项目的支持，最近落实双减政策，筹备教师节表彰，各学校在跑，相约教师节后一起商讨推进。跟雨蒙也沟通了一下，雨蒙真好，等我们消息共同推进。

好消息就这么飘来了，好几朵，加油努力！

沪滇的葡萄地

嗖的下半周了。

周四上午张副带我去邓川，推动沪滇支持的农夫果园项目。这是我到洱源挂职后第一次跑镇乡。

县城驻地在茈碧湖镇，邓川镇在县城东南方向，中间还隔着右所镇。此外，邓川还和大理市的上关镇接壤，邓川的面积不算大，看地图是洱源县最小的镇乡。

农夫果园项目所在地距离县城不算太远，20多公里，半小时左右。先接到周总。周总租了汽修厂闲置办公房的2楼，几个房间，办公室和宿舍都在里面，很简朴，也挺整洁。到了项目用地，邓川的朱书记(朱芳群，洱源县邓川镇党委书记)已经在200多亩地的顶边边上看路怎么修了。见面寒暄两句后，张副、周总和朱书记迅速切换到项目进度上，办公房基础怎么弄，灌溉如何利用现有沟渠，主干道路如何修整，推进周期精准测算等，效率还是挺高的。我在旁边蹭听，学习。

这个项目是张副和老许帮忙张罗的。农夫果园的

老总是老许之前在企业界的朋友，邓川这里的项目是要种葡萄的。周总给描述了一下，不由得我也咽了咽口水，期待赶紧投产。蹲下看看田里的土，和南方不一样，偏褐偏红，据说是比较肥沃的。

这个项目，老许是牵线人，初步意向达成后，老许和张副在全县跑来跑去找适合的项目用地。约束条件很多，有面积的要求，有土地性质的要求，有气候和土壤的要求，等等。花了很长时间和很大精力，终于选定在邓川。张副协调沪滇资金投入了1000万元建设基础设施，建成后的设施设备以租赁的形式交由农夫果园使用和管理，租金以年化收益率的方式作为土地所属村委会的村集体收入，基本实现各方多赢的局面。交大给予葡萄种植技术方面的支持，交大农生学院的葡萄专家王世平教授是这个领域的顶级大拿，领衔为洱源农夫果园提供技术服务。

朱书记顺便给我科普了一下邓川的历史和发展。

邓川是唐朝大理六诏之一邆赕诏所在地，后邆赕诏被六诏中的南诏统一，便留下了慈善夫人、火把节和染红指甲历史典故。

《旧唐书·南诏传》载，唐玄宗开元二十六年，南诏主皮罗阁合并六诏，被唐朝封为云南王。所传慈善夫人事略即这一段历史的再现和演绎。《南诏野史》云：皮罗阁在唐朝的许可下，统一六诏。设计于六月二十四至二十五日星回节祭祖时，召五诏诏主聚宴于松明楼焚杀之。慈善夫人知其谋，止夫勿往。苦谏不听，乃以铁钏戴夫臂而别。二十五日，皮罗阁同诸诏主登松明楼祭祖并宴饮，酒酣，皮罗阁下楼，命纵火将五诏诏主焚死。诸骸骨无法辨认，独慈善夫人以铁钏得夫骸以归。又严词拒绝皮罗阁求婚，闭城坚守，南诏军久攻不克。后城中食尽，于七月二十三日自杀，宁死不屈。皮罗阁嘉其节，封为宁北妃，旌其城为德源城。当地人尊称为德源夫人、柏节圣妃，并奉为邓川本主。明万历四年，在邓川城南建柏节祠。每年六月二十五日夕，人们举火把，跑马，妇女染红指甲以吊之,称火把节。

知识点来了!原来,美甲始于此。

邓川发展也还是可以的。朱书记专门提到邓川的牛奶和梅子酒。巧了,这不正是和虞总说到的吗。于是相约,虞总来了咱们一起来聊聊看看。

下午参加全省项目工作推进电视电话会议。省长亲自分析了云南项目的工作形势和面临的问题并部署了具体的目标任务。参加完会议,体会是信息量大,感受是以后参加会议注意力要更集中,会议内容对我而言都是全新的,小差一开,回来就接不上了。

6点多,晚饭扒拉了两口,临时接到任务,去州里开一个关于水利投资的会议,马上就出发。8点开会前赶到了。会上大家一一把各县水利投资的情况过了一遍,讨论了共性和个性的问题,明确了各自的任务。这个会是延承落实下午会议要求的,所以我大体上对会议背景是了解的,但对具体项目和任务就小白了,好在一起去的同事做具体汇报。还是要多学习。

回到宿舍10点半过了。

周五参加了州退役军人事务局对县里各镇乡退役军人服务站达标创建的座谈会。我也说了几句。今天9月3日,正好是中国人民抗日战争胜利纪念日和世界反法西斯战争胜利纪念日,76周年了,特别的日子里这项工作显得更有意义。感谢州局各位同志在洱源跑了一整天,指导督查,非常细化且务实,也感谢县局和镇乡同志们的辛勤工作。领导们肯定的地方,我们不骄不躁继续努力;存在的问题,我们照单全收,查摆分析,落实整改。这项工作意义重大,县里高度重视,县局和我也会把今天座谈交流情况以及具体的要求、意见和建议进一步向主要领导汇报,并落实后续推进。

后来和州局的王副(王建刚,大理州退役军人事务局副局长)聊了聊。

不聊不知道，一聊吓一跳，大写的佩服！王副是联合国"和平勋章"的获得者、一等功臣，也是第六、第八支我国赴海地维和警察防暴队的其中一员，王副退役后转任缉毒警察，在禁毒工作中做出重大贡献。那时他跟妻儿说，在街上看到我，如果我没叫你，千万不要叫我。

王副在转任退役军人事务局工作后，常规工作之余，一直推动社会对于退役军人的尊敬和礼遇。他说，今天的退役军人就是昨天的士兵，今天的士兵就是明天的退役军人。若有战，招必回。现今国家社会对现役军人给予崇高尊敬和礼遇，其中一些也应该延续到退役军人，这对拥军优属、军民融合、军人保家卫国无后顾之忧是莫大的助力。

聊着聊着，我有一种"这就是高手"的感觉，很是佩服。

尚未达成，终将如此。

最近的周末们

第二个周末。

这周末没干啥事。陆陆续续锅碗瓢盆也齐活了,具备开伙基本条件。周末食堂不开门,这周末起自我投喂一把。一个人也简单,买颗青菜,买包面条,煮点米饭,蒸个鸡蛋,就轮转起来了。

周末拾起来妹妹的英语。出来前说好安排在线教学的,不能说了不算。只教跟读和大意,不教单词和语法,学个赶脚,妹妹没啥压力,我也没啥压力,贵在坚持。

这周末是妈咪力大爆发的周末。周五陪妹妹去学琴,周六早上接送妹妹开学前适应性上课半天,中午接了妹妹抓紧带哥哥去给牙齿剪钢丝。

上周末带哥哥本是去最后一次换箍牙的钢丝,并且咬了嘴模做保持器,原本等着两周后就可以彻底拆下钢丝,改用保持器了。奈何这最后一次钢丝头周五又扎进了哥哥的牙龈,哥哥龇牙咧嘴地嗷嗷叫,只好周六下午冲过去剪一把。

妹妹也跟去了。医生看了她一眼，她脸小嘴小牙密，新出的牙也不整齐，还有蛀牙，搞不好以后也要拔牙了。

折腾回来，不多时晚餐后，又该送妹妹去跳舞了。今晚也是小学家长会，在线播报，我边吃边看，妈咪蹲在舞蹈班看。

周日下午，哥哥惯例有约，从今开始可都是妈咪送了。傍晚我在洱源略有点闲，于是迈开我的 11 路，看能不能走到茈碧湖。一路走啊走，快到时妈咪呼我，她在等哥哥结束回家，快到点了也是有点闲。于是我就拉开架势给她一览沿路风光，不吹不黑，一路还是很舒畅的，也很干净。我到湖边时，哥哥也找到妈咪了，这湖边水颇有些浅，可能还在枯水期吧，要再往里走到码头那就碧波荡漾了。跟哥哥扯了两句，他们就打道回府了。我也有两分饿了，已经走了 3 公里，再到码头还有 1 公里。果断回头，回家吃面条吧。往回走了几步，松果电单车齐齐看着我，不骑有些说不过去了，况且我都是会员了。

第三个周末。

这周末也是妈咪力爆发的日子。照例周五陪妹学琴。周六早上送哥哥去拆牙套了，拆完就中午了。哥哥原本周日下午有约，这周日要打苗苗了，所以改成周六。于是中午妈咪陪哥哥吃完饭，把哥哥送到地了，妈咪就回去了，今天没法等哥哥结束了，不然赶回去来不及带妹妹跳舞。哥哥带了点作业，在全家找了个座，买了瓶喝的，等着到点。也不知道哥哥到底是不是做了多少，最后结束了妈咪远程给叫了个车回家了。

周日下午带哥哥打苗苗。

周日傍晚，我们洱源支教小分队应小熊同志热情邀约，前往小熊家晚餐。一早小熊就来县城买菜了，等我们傍晚到时，还在厨房里大显身手。6 位支教老师们来了 5 位，都买了电瓶车，我低头看看我的 11 路，抬起头来说有车真好，一定要注意骑行安全啊！没参加的小张老师，法学院导师今晚开会,华丽丽错过了小熊的一桌大餐。

我们新老师还真是不容易。2 位在初中,4 位在小学,总共 4 所学校。初中新老师主教英语,辅导数学,小学新老师做班主任,教七八门课,战斗力极强!听新老师们说在学校试水教书育人的初步体会,可能略有忙乱,但面貌都精神得很。不由自主地为我们新老师点赞!

小熊手艺那是真好!一桌八九个菜,味道好,卖相也好!我们就在院子里小矮桌上吃开了,边吃边聊,开心得很。问了问大家中秋都在,相约中秋再聚。

结束了,车队一字摆开,我坐在头车后座上回了宿舍,看看这待遇。

第四个周末。

这周五是 9 月 10 日,教师节,好日子。傍晚,人大和交大的云南校友会组了个小型团来洱源考察了,一同来的还有华师大、浙大、复旦、同济、北师大、武大、南开云南校友会的会长和秘书长。交大的卓会长和纳秘书长和人大的胡会长联袂带团。周五周六在洱源考察,我也跟团学习。周五先去了右所镇松曲村的海菜基地,孔老师就是从这里把海菜花移栽到交大南苏园荷塘中的。

好比大理的雅号是风花雪月,海菜也有水性杨花的别称。因为海菜对水质要求非常高,水质稍差或者有化肥污染入水,它就死掉了,所谓水性;海菜一般花期 5 至 10 月,温暖地区全年有花,白白的小花很是雅洁,所谓杨花。我还是觉得在南苏园里看到那少少的花特别美,这一大片又隔得远少了那么一丝意境。

基地里刚采下来的莲蓬,绿绿的,看起来感觉特别好。抠出几个莲子尝尝,很好剥,清脆爽口,有一丝丝甜,比菱角嫩,比荸荠实,一切恰到好处。

出了海菜基地,再去看一下洱源的西湖。路上遇到小学生放学,不算太宽阔的小路上大家互相让着车,实在错不开的时候,大家就排起队

慢慢挪,也没人摁喇叭,笑嘻嘻的。大人有的骑着电瓶车载着小孩,还有好些骑着三轮电动车载着好几个小孩,孩子们手里大多抓个吃的,这时候应该是饿了,有的在啃玉米,有的在咬火腿肠,好像还有拿着饼的,很开心的样子,小脸晒得黑黑的,眼神纯纯的,眼珠子很亮。这让我想起了我家的哥哥和妹妹。

这个西湖有意思,云南省第二个国家湿地公园,可见一斑。徐霞客他老人家来过。老乡啊,无锡江阴的徐霞客镇,我从沿江高速回家的话都能经过,离华西村不远。徐霞客在云南五年,在西湖待的时间颇长。他曾这样形容洱源的西湖,"翛翛有江南风景,而外有四山环翠,觉西子湖又反出其下也。"

杭州西湖很美。到了洱源西湖,老乡说的也对。一个是城里的湖,6.4 平方公里,景致优雅,人文厚重。一个是城外的湖,5.5 平方公里,村湖共生,山水一色,自然纯粹。我们在湖边走了走,主要参观了湿地公园建设和保护馆,绿水青山,国家是认真的,大决心、大力气、大投入、大保护。湖上可以乘船,下次有机会一定要试试,人在画中游。

晚间卓会长、纳秘书长和我们支教团 6 位新老师见面了。9 月 10 日,教师节,好日子! 这可是我们 6 位新老师第一个自己的教师节,后来我们开玩笑说没准也是最后一个自己的教师节。翻翻她们这一天的朋友圈,每个人都被班级的小娃娃们包围着,晒着娃娃们写给她们的小贺卡,有个娃娃写的是:老师,您辛苦了! 对着手机都能感到我们的小老师们元气满满。会长、秘书长看到新老师们,也是相当激动,第一句话是祝你们教师节快乐,第二句话是感谢你们来云南帮助我们的孩子,第三句话是你们要保重身体,有困难就找校友会。我赶紧插播一句,先找我先找我,要是我搞不定再找校友会。

星期六去丰源村的提水工程考察。罗银回上海去了,小熊接班给大家介绍了前前后后的情况,介绍得也挺不错的。二期已经在招投标

卓会长、纳秘书长洱源探班

公示了，很快提上山的水就能够分布送到各需要点位了。母校在洱源有所贡献，卓会长和老纳很自豪，这个项目是沪滇资金扛鼎襄助，老纳于是拉着上海的几位会长、秘书长在"沪滇协作、饮水思源"的标语前光荣合影，大家都来自上海，与有荣焉。

星期天，代表团参访交大云南（大理）研究院，我和小熊也去了。欣泽院长把研究院细细介绍了一番，虽是新兵，我也相当自豪。州里领导对研究院评价很高，一番勉励，一番期待。

回到周六，上午代表团洱源考察结束后，我回了一下办公室拿电脑。气喘吁吁刚爬到四楼，还没开门，大学同学吴总（吴剑勋，上海交通大学 2001 届校友，杰出校友奖获得者）联系我，简单交流一番，基本决定帮助洱源一些小学和初中的娃娃们读书。这两年洱源的经济社会发展转型确实面临很大困难，一些娃娃的家里收入减少很多，学习生活也相应受到影响。吴总雪中送炭，感激感恩！相约下周，我出方案。

这个周末真开心！

生活 SHENG HUO

灾害无情，人皆有爱

　　前一阵子陆续有雨的时候，洱源局部地区有些泥石流，县里响应很快，受灾群众和财产损失相对而言在点上，救援和安置都很可控。

　　未曾想到，灾害和困难突如其来。

　　9月12日周日晚上到13日周一早上，洱源县境内大部分地区出现大雨、局部暴雨和大暴雨天气。特别是9月13日凌晨，境内乔后镇、炼铁乡、西山乡、凤羽镇遭遇强降雨袭击，罗坪山出现大面积塌方，引发9条河流暴发山洪泥、石流。全县共9个镇乡、88个村委、1243个村民小组、24.8万常住人口。这次就有6个乡镇、47个村委、314个村民小组、6万人受灾。

　　这是我最直接最近距离接触到的最大的灾害，是为洱源县"9·13"大型山洪泥石流灾害，不幸遇难4人，多人受伤，房屋、农作物、基础设施损毁严重，初步统计直接经济损失预计逾10亿元。

　　县里的领导们当夜就赶赴受灾现场。省里和州里的领导也第一时间指示批示，并率工作组紧急赶赴。县州各级各口径应急响应第一时间启动。县里应对灾情各项工作分管领导每天一早跑各镇乡现场统筹协调，看望群众，晚上回到县里指挥部汇总梳理，应对布置，没日没夜连轴转着。

我印象里前些年各级单位都在突发事件应急预案上下了不少功夫，交大也制定和演练了不同事件应对处置的预案，我感觉这项工作是非常有用的。这次泥石流灾害，县里各级各部门、镇乡各级、村干部老百姓、消防应急各单位、民兵志愿者几乎都是同一时间动起来了，指挥和协调也很顺畅，忙却不乱，累却不怨，各类信息发布非常及时。碰到武装部邹副，很多地方挖掘机进不去，他天天带着民兵在现场挥舞铁锹帮老百姓家里清淤除泥。武装部赵老哥也是，没几年退休了，天天也在现场，有一天碰到他，掏出手机给我看现场老百姓家里受灾的照片，真是太困难了！那一瞬间我的内心真是涌出一股悲天悯人的大爱。

这一阶段雨水多，所以县里和镇乡在日常监测上也下了很大功夫。这次泥石流来袭，监测预警人员提前就有了预判，一些监测点在大水大泥下来之前已经通知老百姓连夜转移，减轻了不少损失。即便如此，也还是出现了人员伤亡，真的让人很心痛。

周三傍晚小熊来找我，他所在的丰源村所辖上龙门村和下龙门村也受灾了，这两天在帮着村民们搬上搬下抢险救灾，一手一脚的泥巴。村里受灾了，小熊很想尽些力，已经和学院领导报告过了，争取在校友中能够发起一个众筹项目。我俩仔细聊了聊，一起推动一下。晚上欣泽院长呼我，也说了泥石流灾害的事情，一起与学校报告一下。我们都想到一块去了。看看表，已经挺晚了，想想还是当下呼叫，就跟学校报告。学校说已经看到洱源受灾了，也已经启动了相关的程序，很快会把

学校心意传过来，也叮嘱我们注意安全。心里还是很暖和的，3 000公里外听到熟稔同事的关心，格外亲。

县里很照顾我们挂职同志，没让我到一线去。去一线，我倒也不发怵，但想到全无这方面的经验，去了添乱，于是力所能及地做好自己的事情。领导们奔到一线了，我能够替班子领导参加的会议责无旁贷。

县委组织部同志通知我，中秋将近，省里对我们挂职同志有一些慰问金，请小何转给我。很快钱就拿到了。大灾当前，个人也没能切实帮上忙，于是借花献佛，再从太太给的零花钱里拿出一点来，请小何帮忙一并转给县红十字会，略尽绵薄吧。

校友总会很是给力，众筹项目周六上线了，第一个捐款的就是小熊。看到链接后，转发那是必须的！一起推出的项目，我在洱源都不支持那哪能行，再尽一点绵薄。师友们都很支持，帮着小熊转发，一会儿就看到一个个熟悉的名字慷慨解囊，还有很多只做好事不留名的，100，200，500，1 000，10 000，我想了想还是不一一说出大家的名字了，拳拳爱心，遥遥祝愿。

研究院也尽力支持，捐赠5万元，帮助受灾的老百姓在安置点过中秋节时也增添一些节日的气氛！不管作为交大人还是洱源人，都深表敬意！中秋节那晚，县里领导兵分几路赶到各安置点，和受灾的百姓们一起坐在小矮桌上，鼓鼓劲！我接待虞总来洱源考察，没能去到一线，一丝丝遗憾，那就把虞总接待好吧，细看看在洱源能做点什么。

这几天州里的兄弟县市主要领导陆续来到洱源，抢险救灾时送人送物，到了排险疏浚阶段，一送资金，二送干劲，人心都是肉长的，看了非常感动，一家亲石榴籽真不是只挂在嘴边的，实实在在落在了行动上！

**灾害无情、
人皆有爱**

　　最近一周天气还好，没怎么下雨，县里组织抢抓时机，排险疏浚，排除可能存在的安全隐患，任务相当重。受灾群众中还有很多人住在安置点，吃饭饮水，上学就医，交通与通信的保障任务也非常重，各方支援也在不断增强。

　　希望快点好起来！

吴总伉俪的助学基金

书接上回，那个周日吴总微我，提到了助学的想法，100万，分5年执行，每年20万。我那叫一个喜啊！吴总，我尽快摸清楚情况，提个建议方案。

这样的事情是我参加工作后的第二个本行。接着一星期的时间我都在琢磨这件事。见到领导同事，认真请教。大致了解清楚了洱源小学和中学的分布情况、一般工作的薪资情况、三禁四推后农村的收入情况。

经过我的排摸，在洱源，一个小娃娃每月支持200元，每年学期10个月，一年2000元，让孩子家长用这些钱给孩子提高一些营养、添置一些衣物文具、买点书本小玩具，基本上是够的。这样的话每年可以支持100位小娃娃。

100位真是不少了，具体执行要考虑周全，适当聚焦是必要的。吴总和吴太太的意愿，一定是希望把钱用到最需要的地方。充分尊重捐赠人的意愿，是执行好捐赠项目最重要的原则。于是我将目光投向偏远的镇乡，乔后镇是其中之一。

乔后镇距离洱源县城 70 多公里,地处云岭南部,地形西北高、东南低,多山,最高海拔 2 800 米,最低海拔 1 800 米,多为高山峡谷,全镇除乔后河谷区之外,其余是高寒山区,老百姓居住也比较分散,澜沧江支流黑惠江横向流经乔后镇,将全镇切割为两半。因此,乔后镇的经济相对而言更困难一些,加之这次泥石流,乔后镇是受灾最严重的镇乡,接下来这两年自然也会更艰苦一些。

乔后镇全镇有 13 所中小学校,就测算资助人数而言,简单平均数的话大约每所学校 10 人不到。乔后镇的同志非常感谢吴总善举,也非常振奋,即便我说目前还只是意向商量,但乔后同志回应的三句话,让我觉得相当踏实。

第一句是如果支持乔后,一定会亲力亲为。但现在正在救灾,大家都扑上去了,如果马上要落实评选的话是不太可行的,希望稍晚一点启动,这样大家精力能够腾出来后,找到最需要帮助的娃娃。

这我也回应了,当前还只是意向,而且也不是马上就评选,不会与抢险救灾发生冲突。

第二句是能不能在评选好之后,允许镇里做一个公示,哪怕 3 天,公平公正公开。

第三句话是如果能放在乔后的话,在公示前还会安排镇里或者学校的同志到小娃娃们家里也去看一下,这样把握更准确一些。

这三句话令我刮目相看,有这个心,应该可以做得好!

吴总和吴太太是捐赠人,具体资助方向和范围要请吴总伉俪定。我把掌握的情况梳理了一下,与吴总报告,吴总和我一样,觉得不论是乔后镇的基本情况、学校的分布,以及对后续执行的考虑,确实是立足把捐赠善款用好的。于是吴总拍板,聚焦乔后镇进行支持,这样后面来看看小娃娃们也比较方便一些。

我立马细化方案报吴总。吴总和吴太太很快便确认了。

我向交大报告具体情况，草拟协议，约定签约时间。同步与洱源领导报告。大家都很高兴，感谢吴总伉俪对洱源小娃娃们的关心，对交大和洱源共同的乡村振兴事业的支持。

我是最高兴的，一定要在洱源把这个项目执行好！说干就干，后面很快我们就落实了签约，吴总也落实了资金拨付，大家一起落实具体资助。

还有好多事情可以做，还有好多事情需要做，希望得到更多朋友关心支持！

产业 CHAN YE

洱源中秋，前前后后

月到中秋，人情两圆。中秋三天假期，约好第一天晚上我们支教团老师们一起过节吃火锅。那次去小熊家吃时，有小伙伴提到吃个大闸蟹。网上采购来不及了，我印象里在某个超市看到过，反正县城也不大，几个超市都去看一下吧，还真是在一个超市找到了，但是小了点，确实小了点，正宗小闸蟹，买买买，聊胜于无。晚上拿到火锅店，请老板娘帮忙蒸一下，小归小，味道还挺鲜，浓缩就是精华。吃啥其实不重要，大家聚在一起，团圆安康。

中秋节大家都盼着别下雨，山洪泥石流险情刚刚稳住。抢险救灾还在继续，特殊日子里，县里同志都在岗位上。时间和工作安排也有些弹性，于是我也有机会和领导们多一些交流。大家聊得比较深入的是关于洱源教育方面的。之前和我们支教团的老师聊，东西部基础教育的差异性真是不小，有些超出我原先的认识。这次和主管教育的领导和同志们交流，洱源承担洱海源头治

理和保护工作,经济社会压力非常大,转型发展困难重重,经济压力大,对教育冲击也很大。初中毕业优质生源流向县外高中,对本地高中特别是洱源一中影响巨大。

洱源一中我是知道的,就在小熊工作和生活的丰源村委会隔壁,以前是有一些优秀学子考入交大,成为校友,但这些年压力山大,不复过往了。所幸,尽管面临困难,县里对洱源一中还是尽量保障,师资队伍保持稳定,近三年高考一本率基本保持12％。巧妇难为无米之炊,生源基础的瓶颈对洱源一中制约严重。

教育不能塌,县里很想把洱源一中再提振一下,高中办得好,孩子们就不用往外县跑,家里自然负担也会减轻,关键是可以带给老百姓发展的信心,通过高中提振,又能带动初中和小学水平提升。

大家是有共识的,聊得也挺深入,三个臭皮匠还顶个诸葛亮呢,我们也试试吧。

虞总说好要来洱源过中秋,节前我也稍稍准备。难得虞总来一趟,苍洱赏月固然重要,虞总的心意更需竭力。21日,中秋,虞总如期而至。我到丽江接上虞总,赶回我们洱海之源。回到洱源后,也巧,遇着了乃欣玫瑰的孙总。孙总我也是第一次见,阿拉上海宁,已经扎根洱源三四年了,专攻玫瑰,食用的,注册商标叫520玫瑰。孙总、虞总倒是惺惺相惜起来,孙总有玫瑰,虞总有蜂蜜,自诩甜蜜组合。

22日,虞总考察之旅开始了。作为新西兰进口牛奶大户,虞总指名参观新希望蝶泉乳业。蝶泉两位老总亲自陪同,非常感谢! 虞总以及我们一行人都对蝶泉的科教和检测中心赞不绝口,理念和技术都是不错的! 衷心期盼蝶泉产品大卖! 蝶泉对面是品宏黑蒜,规模挺大的,惜乎洱源已不能种植,受到较大影响,也在谋求提升和转型。原来只吃过黑蒜,这次知道了是怎么发酵做出来的,还看到更多包装更多产品,是好东西! 品宏两位老总也亲自接待,互相交流了很多,我也学到不少。

23日,大理洱源农耕文化节。邀请虞总参加。有农耕,有文化,有组织,有策划。关键是有洱源特色农产品一条街,可看可吃可洽谈,方便虞总一揽子考察。有标准产品,有绿色农特产品,虞总很是认真,真看真问,若有所思的样子。

彩云之巅不是白讲的,大好的日光骄人得很,说焦人也行。我俩分到一个草帽,轮流戴。防晒还是要做一做,上次我陪同去调研,万亩水稻飘香,半小时后脖颈完美爆皮,就问服不服。我服,赶紧戴上草帽。

洱源丰收节,收获满满

现场考察告一段落,约好去看看洱源清源酒业的梅子酒。清源的陈总说搞这行30年,全国独一份发酵梅酒,国际奖项背书。陈总领着我们看了他的原酒宝库,还是多的!虞总最近也在琢磨酒,双方切磋。

下午拉虞总到我办公室喝杯茶,主要是让他体验一下四楼登高的

感觉,他也很喘,如我一般。那么巧乃欣玫瑰孙总也在县里,这两个惺惺相惜,一会儿孙总就把虞总拉走了,去他的梨园别院参访。我继续去农耕节。

24日,我有工作,孙总带着虞总跑。谨向孙总致以十二分的谢意,作为一名先来洱源的上海人,孙总路线一定能让虞总事半功倍。傍晚回来后,两人都很兴奋,说已经在谋划甜蜜产品组合了。

25日,我休息,虞总也要回家了,送虞总到机场,惜别。关于产业发展,虞总有一些初步构思,嘱我与县里沟通协调。职责所在,虞总请放心。

生活
SHENG HUO

政治生活中，我的人生大事

9月28日，洱源县第十六届人民代表大会常务委员会第43次会议投票表决，任命我担任洱源县人民政府副县长（挂职2年），这是政治生活中我的人生大事。

会议议题很多，人事任命安排在最后环节。根据通知，傍晚抵达会场，法院和检察院也各有一名同志候任。很快通知我们参会。主任宣读了任命决定，我们一一表态发言，集体面向宪法宣誓。

庄严的议程，难忘的经历。

之前小何问我表态发言是否需要草拟，我说还是我自己想想，自己写吧。附上发言内容，自我提醒与激励。

政治生活中，人生大事

各位领导、各位委员、同志们：

承蒙组织关怀和领导关爱，我有幸被上海交通大学推荐到洱源县挂职锻炼。今天，经县人大常委会审议通过，任命我为县人民政府副县长，这是对我的认同和接纳，更是对我的信任和鞭策。在此，衷心感谢学校对我的教育和培养，感谢洱源县委、县人大、县政府各级领导对我的信任和关心。我将进一步加强学习，融入集体，团结同志，扎实工作，努力以实际工作业绩回报各位领导和委员们的信任支持，不辜负组织信任和人民期待。

我是 8 月 16 日到洱源县来报到的，一个半月以来，领导和同志们对我非常关心，工作和生活中我也抓紧时间和机会与领导和同志们多请教，多交流，不断加深对洱源工作的了解和理解。来到洱源后，我深切感受到这里风光秀美、气候宜人，领导尽职、人民淳朴，特别是"9·13"大型山洪泥石流灾害发生后，县委县政府及时响应、统筹协调，各级领导干部和人民群众齐心协力，抢险救灾，不分日夜，不计得失，令我感动钦佩！能够有机会在这彩云之南、苍洱之源服务，贡献个人小小力量，我倍感荣耀和珍惜！

我的个人经历相对比较简单，2001 年在上海交通大学毕业后留校，先后在学校教务处和基金会从事机关管理与服务工作。工作 20 年之际来到洱源，坦率地讲，对于基层政府工作，是缺乏深刻认识和具体经验的，深感压力在肩，责任重大。学校把我安排到洱源挂职锻炼时，我曾积极表态，乐观接受任务，积极融入集体，认真调查研究，努力开展工作，克服困难挑战，力争有所作为。今天站在这里，我想对各位领导、各位委员和各位同志表态，努力做到以下四点：

1. 政治引领、严守纪律。加强思想政治和业务能力学习，服从县委县政府分工安排，主动融入，协调配合，团结同志，认真做好县委县政府各项交办工作。

2. 拓宽桥梁、强化沟通。作为驻洱源干部，延续加强上海交通大学与洱源县定点帮扶工作，切实拓宽协作桥梁，强化洱源与学校相关部门沟通的深度和广度。

3. 寻求资源、促进发展。立足洱源本职岗位，发挥学校工作优势，积极争取校内外各级领导、各位师友关心洱源，帮助洱源，寻求对接相关资源帮助洱源发展。

4. 廉洁自律，恪守底线。洱源工作期间，一如既往加强党风廉政建设，廉洁自律，勤政廉政，依法行政，改进作风，恪守底线，堂正做人、老实干事，清白为官。

各位领导、各位委员，8月16日起我已是洱源人，从今天起我更将严格要求自己，在县委县政府坚强领导下，在县人大监督下，与广大干部群众一道，践行新发展理念，积极投身洱源经济社会发展实践，做出自己应有的贡献。

谢谢大家！

回家这一路，真好

　　吴总伉俪的助学基金定了，约时间签约。吴总本想国庆前签约，向祖国母亲献礼。我与学校报告相关安排，综合协调，节前时间有些紧，于是提议吴总可否节后安排。吴总欣然应允，约定 10 月 9 日下午签约。

　　与县领导报告行程，定往返航班，9 月 30 日回沪，10 月 10 日返回洱源。

　　29 日还挺忙。上午去州文旅局参加文旅部国庆节文化和旅游假日市场工作电视电话会议，结束了赶回县里。下午县里召开创建国家卫生县城迎评工作会议，这是县里的大事情。晚上参加县委全面深化改革委员会会议。态度认真，学习积极。

　　傍晚的时候，乃欣玫瑰的孙总们来交流。乃欣也挺有意思，两个合伙人都姓孙。聊起来，女孙总还是交大继续教育学院的校友呢。乃欣的玫瑰茶是去年上海市特色伴手礼银奖，玫瑰果子是今年上海市伴手礼金奖，张副协调沪滇协作给予乃欣莫大支持，也为洱源玫瑰产业开辟了一条新路。向张副学习。

乃欣目前在洱源的100亩玫瑰试种已经成功，下一步争取扩大种植，带动农户，拉动产业，拓展新品。说到玫瑰，交大芳香植物团队是国内独一份，团队的李老师我可就太熟了。孙总对此团队敬仰已久，尚未如愿交流。于是轮到我发挥一点小作用，马上和李老师联系，约国庆节上海见面聊。

小熊给村里受损桥梁的众筹还在继续，承蒙校友师长支持，已然不少善款。洱源受灾后，交大领导和老师们也非常关心，学校也启动了相关的紧急救助程序，统筹对县里和村里的支持，计划捐赠100万元，这两天我也把具体情况向学校和县领导分别报告，综合县里受灾情况以及对灾后教育发展的考虑，建议50万元直接用于救灾，其中25万元支持丰源村救灾，25万元县里统筹救灾；50万元用于灾后教育发展，细分用途请县里综合研判，建议作为教育振兴特别是高中振兴的种子资金，后续我们再一起努力，争取在教育振兴方面继续得到师长校友关心支持。学校和县里认同初步建议，学校已经在安排拨付手续了。

再一次，又一次，深切感受到交大后盾的坚实支持！

30日上午去机场了，和小熊同路。傍晚航班降落浦东时，收到学校同事短信，捐款已拨付。马上与县里相关负责人联系确认。我和小熊可开心了，高高兴兴回家去。

在从机场回家的路上，妹妹不断呼我发嗲，小熊听得羡慕极了。我说自家娃娃自家知，这属于骗你生女儿系列，其实没那么想她爹，一大半是故意的。

10月1日在家休息，晚上哥哥提议能不能出去玩一趟。正好看到交大闵行校区文博楼的"品物游心——中国文人的生活与艺术"展览假期开放，还有讲解，不如去文博楼，看完再去吃顿饭。哥哥同意。我说实际上是不是主要想出去吃一顿，哥哥说是的。

10月2日就去看展，吃饭。结束了回家写作业。

3日在家休息。

4日、5日半天陪哥哥学习，半天在家斗妹妹。

6日下午妈咪去体检，我约了吴总见面，把10月9日的签约安排跟吴总又对了对。对吴总是佩服和感谢得紧！

7日约了李老师和乃欣玫瑰孙总见面，聊了一下午。孙总给我们泡了玫瑰茶，一朵玫瑰绽放杯中，怎么那么好看！我跟孙总提意见，包装上要突出咱们洱源，这么好的产品，这么好的故事，沪滇情缘，你不写上洱源，我们也没法买呀。孙总说这个建议好，马上落实。李老师也很喜欢乃欣玫瑰，8日她会见到团队的掌舵人姚老师，向姚老师报告。

8日上班，跟学校领导汇报工作，请求支持，和同事们摆摆龙门阵，还是那么开开心心。上午和小熊拜会了农生学院领导，领导陪我们又专门拜会了陆伯勋食品安全研究中心主任岳进老师。聊了才知道，原来岳老师的一个研究方向就是食用玫瑰，你看看，就这么巧。不过提请岳老师未来支持的事情可就多了去了，食品安全，咱们这个中心可不是一般的中心，是中心之中心。

中午在食堂吃饭，快吃完时和小孔妈咪不期而遇。一路走一路聊，聊到娃娃，各家有各家的愁啊。这次回来，我家小哥看似波澜不惊，观察下来，也是松垮得很，明显专注和效率是不行的，两个题送上门来，不打自招，一下就看得出来基本点吃不透。急也急不来，说也说了，小哥还自信得很，于是相约考试见真章吧。

这几天也收拾了一下妹妹，妈咪的话看起来不那么好使，妈咪常常被她气得哇哇叫。收拾收拾，好一点，下次再来再收拾。妹妹的学习也是有点小问题的，态度不行，习惯不行，偏懒偏横，也收拾。妈咪这阵子忙得起飞，妹妹也彻底放飞了自我。不要以为一年级就了不起，跟妈咪约好，盯她。

8日下午接待家乡同学,之前我帮助联系化工学院庄老师与家乡企业对接,喜结硕果,这次家乡领导和同学专程来颁证。我也请到机动学院陈老师帮另一家企业出出主意把把脉,实在的师长,学习的榜样。

9日上午我跑去向教育学院领导求支持,未来洱源高中,还请关心帮助。中午跟小熊一起与地方合作办领导老师报告了最近工作情况,得到很多指点帮助。

下午吴总来了,吴太太和小吴同学也一起来了。仪式进展得很顺利。回来前我与县领导报告,得到授权代表县里签字,心里美滋滋的。张校长、仰部长、陶主任,还有程处,都专程安排时间出席支持,同事们更是鼎力相助。吴总说这是对他的肯定和勉励,我想说这更是对我的勉励,这事一定要做好。吴总说但行好事莫问前程,我也应该这样,在洱源把能做的做好。

"交大洱源-吴剑勋王晔助学基金"捐赠签约仪式

仪式结束后陪吴总一家去文博楼参观,新的校史馆,大家赞誉有加,很自豪。

在李老师帮助下，联系好了姚老师，与乃欣孙总相约傍晚见面，约我一起。奈何冲突了，分身乏术，虞总专门来上海约了傍晚见面，再合计合计洱源的事情，就没法陪孙总拜会姚老师。没想到她们聊得那么好，一直聊到 10 点多。当然，我和虞总聊得也很好。

10 日，早上起来收拾收拾，去机场，回洱源，傍晚进门后，下了碗面条吃，我又回来了。

回家这一路，虽忙忙叨叨，却也真好。

分工了，开工了

　　10月11日，回来又在洱源上班了。回来前，已经知道给我的分工基本定了，和之前领导与我沟通时的考虑一致。

　　我的办公室就在李常务的隔壁。早上到常务的办公室里坐了坐，常务把三项分工正式与我说明。一是联系上海交通大学；二是协助常务分管的商务及投促工作；三是协助项副分管的教育工作。县里是考虑了我的过往情况，一直在机关做管理服务与协调工作，给我的分工主要是协助协调，也比较符合我的情况。

　　常务专门与投促局和教育局局长交代了分工的情况。将近两个月，我与两位局长也已相熟，往后会更熟。

　　分工了还是不一样了，开工密集得很。

　　下午，省投促局何处长（何迎玉，时任云南省投资促进局区域处副处长）应邀来到洱源，给县里各条线同志就招商引资和营商环境做专题培训。这么好的机会，这么精准的内容，欣欣然参加。聊起来得知何处长去过交大，

很喜欢学校的氛围，于是相约再去昆明定当拜会请教何处长。省局领导水平高，讲得好。招商引资工作：观天，审时度势；看地，取长补短；他山之石，可以攻玉；点石成金，构想启发。

给我印象最深的是培训接地气，目测何处长比我年轻，却已在多个州县基层历练，在基层招商引资实务中锻炼，实践中又与理论相联系，明显有着业务的系统思考，于是讲得出案例，又讲得出案例背后的原因。

何处给我启发最深的两句话是：一是招商引资要把企业的事当自己的事，二是帮人就是帮自己。前者是对工作方法和态度而言，后者不止于此，也是为人处世的道理。

紧接着又接待了壹然集团的邓董（邓志斌，香港壹然集团董事长）。邓董年纪比我大一轮，颇有智慧。可谓爱国爱党，政商亲清。商业上独辟蹊径，细分市场，想得透，看得准，拿得住。邓董已经来洱源好几次了，很喜欢我们这洱海之源，也已经有一些思路和想法，期待壹然商业体能够落户洱源，共赢并进。

今早中国人民银行洱源县支行行长找常务，到我这聊了一会。我是体会到了我们部长嘱咐的多向洱源干部学习的深切意味了。真是学得到，学得多。原来人行的组织架构是如此特别，与商业银行和地方政府的关系是这般血脉。

晚间吴总微我，说有位孙学长（孙斌，上海交通大学 2004 届本科校友、2006 届硕士校友，杰出校友奖获得者）看到助学基金的信息，想多一些了解，或也可在洱源思源致远。真是喜又从天降，联系上，相约好，次日下午电话交流。

12 日，陪同州人大代表视察洱源县古建保护相关工作。到了凤羽镇，大开眼界。

凤羽镇位于洱源县西南，风景秀丽，气候适宜，因"凤殁于此，百鸟集吊，羽化而成"得名。2000 年被列为省级历史文化名镇，2010 年获住房和城乡建设部、国家文物局授予第五批"中国历史文化名镇"荣誉称号。凤羽山清水秀，物产丰富，历史悠久，文化灿烂，素有"文墨之乡"的美誉。

凤翔古建筑群，小巷依山而上，左右宁静人家。洱源白族，门楼照壁，在小巷两边体现得淋漓尽致。门楼大约是白族人家盖房砌屋的浓墨所在。殿阁气势，飞檐串角，斗拱重叠，泥塑木雕，彩画石刻，青砖古瓦，富丽与古朴融合得恰如其分。照壁大约是白族建筑艺术装点的文化所承。凸花青砖，立体图案，山水人物，水彩清雅。照壁上一定有题字，题字往往可以窥知主人家姓氏。"清白传家"的主人家姓杨，"琴鹤家风"的主人家姓赵，"青莲遗风"的主人家姓李，等等。别问我为啥，我也是抄来的。

小巷两边人家，大多遵循"三坊一照壁，四合五天井"，院中花草，雅致优美，房子有大有小，有旧有新，各有不同。相同的是随意走入哪家小院，白族主人家都很热情，招呼你，领你看，没准还要留你吃饭。

一路走上去，很有些曲径通幽，这里是我浅显人生中看到过的最长

凤翔书院，凤羽镇上的文庙

最多古院落,也是最朴实生活气息之所在。

凤翔书院不大不小,古朴庄重,是当年文庙的所在地。入门牌楼气势恢宏,不由心生敬畏。洱源古称浪穹,《浪穹县志略》记载,书院始建于清雍正四年,由知县张坦捐设,至今近三百载光阴。院内一株银杏,两三人勉强合抱,铭牌记载树龄313年,比书院还大几岁。光绪二十七年尊上谕,书院改为学堂,培养出四个进士和十一个举人。了不起,咱们洱源是有知识有文化的。

有朋自远方来,凤羽古建筑值得一看。

下午州商务局王局长(王会琴,大理州商务局局长)来县里视察电子商务进农村综合示范工作。我们县里有100个村级电子商务公共服务点,建设运行几年,有成绩也有困难。村级电子商务公共服务点提供代购、代缴费等服务,为不能熟练使用互联网的村民们带来极大便利。此外,还提供快递代收发服务,售卖日常生活用品,提供电商最新信息等,方便大家生产生活。这次王局直接到服务点上考察,具体了解困难所在,也带来一些新的想法和机会,进一步夯实优化示范点服务功能。我们来到的这个服务点是小夫妻俩经营,做得还真是不错。自己做直播电商,还带着村里人一起在做,又加入快递寄送服务功能,就像我们城里的快递驿站一样,方便乡里乡亲。此外,还帮着村里老百姓网上购物,买电视机、买电瓶车,免费的,公益在乡村。聊起来也有不少困难,比如既有网点的选址优化、网点负责人的遴选优化、实际业务与百姓需求的进一步匹配以及运营不善网点的退出或再激活等。州局带来一些新的信息、机会和建议,请小夫妻俩测算测算看是否可行,也给具体业务一些接地气的检验和反馈,互动起来,政策和措施才能切实发挥作用。

下午,插个空与吴总介绍的孙学长通了电话,把洱源的情况大概做了个介绍,把高中助学的事情与孙学长具体报告了。孙学长愿意支持学校和县里急需的方面，如果有一点具体的或者书面的情况更好一些，也便于他和家人商议决策。当即晚上把洱源高中的情况和我的理解做了一点梳理。

回来了这两天，也在对接交大教授团来洱源做农业技术和农村电商培训班的工作，头绪也挺多的，张副沪滇协作机制和组织部牵头，农业农村局为主，乡村振兴局支持，我对接学校地方合作同事和教授们，倒也可以往前推进。

开班在即。

产业 CHAN YE

老人与海, 耳提面命

　　这一阵孔老师都在大理, 出席洱海论坛, 参加联合国《生物多样性公约》缔约方大会第十五次会议(COP15)的相关活动, 做客大理大学讲堂为师生作题为"习近平总书记回信及交大洱海团队的工作情况"专题讲座, 着实很忙。周一孔老师微我, 周三上午他来洱源, 去右所镇松曲村海菜花基地和大树营湿地看一看, 我有空的话可以同行。

　　肯定有空!

　　孔老师和朱老师一起来的, 朱老师是新民晚报原副总编辑, 这次来洱源, 实地看看交大团队洱海保护初见成效后, 绿水青山带来金山银山的具体情况。松曲海菜花基地正是这样一个小小实践。震宇和钟总陪孔老师、朱老师一起来的, 洱源的湿地项目正是这两位牵头的。

　　松曲海菜花基地, 上次陪同校友会代表团来过一次, 规模和风景都很可以。这次人少, 听孔老师、钟总以及湿地中心的阿冰(杨春冰, 洱源县湿地管理中心主任)讲起前因后果，很是细致。朱老师早年在江西插队落户当过农民，对农业生产非常熟悉，一问一答，我边听边看，海菜花小小的，白白的，一连片一连片。

海菜花娇美且娇嫩，水质低于三类不能活。水深的塘子，海菜花的叶子就看不到了，只看到小白花和水下隐约的茎干。水浅的塘子，小白花开在大叶片中，叶子很薄很薄，又是另一番景象。我喜欢水深一些的塘子，里边的小白花更好看。

孔老师说海菜花属于古生物种，千万年前级别的，很特别。海菜花的根系扎于塘底泥中，一株海菜花苗大约 2 周就能长大采摘，采摘后继续生长，再采摘，再生长，一年四季都可以，一株海菜花可以持续生长和采摘两年。

松曲海菜花基地实行的是"合作社＋基地＋农户"的模式，已经种植 1500 亩。海菜一年四季均可采摘，经济价值自然高于传统农作物，

海菜花近景
（孔海南教授拍摄）

松曲村海菜花基地

扣除人工及种苗成本,每亩纯收益约5 000元/年。海菜需要人工穿上水服下塘采摘,确实辛苦,不过也带动了附近村民就业,请一个村民采摘一天大约100元,与东部地区相比不算高,但西南尚可,切实增加了老百姓收入。

基地现场就有直播带货,朱老师很感兴趣,专门采访了一下。两位小姑娘,一位是主播,一位是运行。几年下来,直播带货的经验很丰富,看说话就看得出来。海菜的包装运输也在不断优化,冰冻保鲜做得也很好了。基地采摘上来四五元一斤,本地市场七八元一斤,上海市场三十元一斤,成本主要在物流冷链上。

大规模储运和深加工利用还存在问题,孔老师建议可以试试榨菜的方式,大家都觉得没准可行,合作社也在探索多种加工方式。

阿冰说海菜是这几年种起来的,因为水质变好了。松曲的水来自永安江,永安江的水得益于大树营湿地的净化。于是领着我们去大树营湿地看一看。

十多分钟车程,先到的是大树营湿地的一号出水口。出水口有好几个,顾名思义就是经过大树营湿地净化后流出来的水,流进永安江,流到松曲村,流啊流,最后汇入洱海,每年入洱海水量大约4 900万立方。

一号出水口的水清澈见底,流水潺潺,水草随着流水轻轻摆舞,绿绿的,一时间的感觉文字无法形容,孔老师说我少见多怪。顺着水草再流淌一两公里的水更清更透。

出水口往上的湿地分为好几个片区,每个片区有不同的生态和功能,单个片区的水看着不觉得怎么样,组合拳下来,却是那么清那么透。孔老师说这个湿地就是欣泽院长带着大家一手做起来的,选择的方案就是生态方案,而不是药剂方案。药剂方案也会清也会透,但就有点寸草不生,活物无存的意思了。湿地生态的做法,是活的清水,生态稳定了，维护会很轻松。药剂方案的做法，大约就是死的清水了，持续投入，停药停清。以上不是孔老师说的，是我外行脑补的，不过优劣还是很明显。很感谢孔老师带我来！湿地里人不多，景很美，很自然。

趁机我把脑瓜里的一点思考和手头在做的一些工作也向孔老师汇报了一二，孔老师说我最近做的这些工作他觉得很好，并且给了我不少指点，受益匪浅。

耳提面命大抵如此。

老人与海，孔老师耳提面命

秋天的第一班培训

　　上午老人耳提面命后,下午回到办公室,3 点半出发去接教授们。这周真没能坐下来,以往常常坐办公室的人,好些天没坐下来,也感觉有些不踏实了,总觉得是不是有啥事忘记做了,这算奇怪的职业病吗?

　　这次是"沪滇协作洱源县 2021 年乡村干部和农技人员能力提升培训班",缘起多方。老许在洱源要设立专家工作站,他和曹林奎老师主要担纲,工作站第一项计划就是做一轮专场培训。前期筹备酝酿了一些时候,终于选在 10 月中旬开讲。具体工作,农业农村局同志们挑大梁。我在洱源,自然做起教授们来往相关协调。

　　组织部很支持,这次培训在其年度计划中,几位同志全程协助参与。培训是沪滇协作机制对洱源县的系统支持工作之一,张副给予了相当大的支持与保障,乡村振兴局大力协作。

　　交大肯定支持,地方合作办的老师们前期就介入了,对口支援这些年来,老师们经验很丰富,对洱源的需求也比较了解,校内师资调动和协调都很充分。这次他们也与教授们一同来洱源,和洱源的同志们再交流一些关于后续培训与协作方面的工作。

我认识曹老师 20 年了,我参加工作时,曹老师已是农生学院教学院长,他对我的工作多有指导。曹老师是水稻专家,在蛙稻米产业种植方面造诣精深,又是上海市农学会和生态学会副理事长,教育部职业院校教学(教育)指导委员会委员和中国生态学会若干专委会委员,管理和实践经验丰富。

李强老师是第一次见,他在学校新农村发展研究院工作多年,这个研究院级别很高,院长由林校长兼任。李老师是都市农业与食物安全专家、农业经济管理专家。

原豪这次也来洱源。他是交大新农村发展研究院农商互联研究中心主任,商务部中国国际电子商务中心特聘专家,还是上海市网购商会秘书长,与市商委和各大电商关系都很融洽。我来挂职之前,和原豪打了个招呼。那时原豪给我发了一个他能协调的培训资源,目测和洱源的需求应该是高度契合的。这次培训前,我和他联系了一下,看在专家站教授基础上,能不能请他做一些资源的补充。

原豪相当给力,很快协调落实了。一是他做一个关于网购的报告;二是他邀请美团优选的老师前来做报告,并在洱源县设立美团优选培训基地。

美团的张昊舒老师是美团优选合规发展中心主任、公共事务部华东大区总监,常州人,南京长大,南京口音还是听得出的。和平老师是美团优选云南公共事务总监,就是隔壁丽江人,很喜欢我们洱源。

14 日,周四,培训班开讲。

上午张副主持。第一阶段李老师主讲,主题是乡村产业振兴与新型经营主体培育。第二阶段原豪主讲,主题是农产品电子商务发展与新型流通渠道建设。

交大培训，美团助阵

上午同期，我陪曹老师到凤羽镇。曹老师考察了两个水稻种植合作社的种植和经营情况，很希望能在洱源帮助推动条件相对成熟的合作社朝着国家级生态农场的标准迈进。凤羽李镇长也陪曹老师一起，大家与合作社的一班人马交流得很好。

下午的培训班由我主持。第一阶段曹老师主讲，主题是生态农业技术及其发展模式。第二阶段和平老师主讲，主题是社区电商深度助力乡村振兴。

培训收尾，举行美团优选云南洱源培训基地揭牌。张副与美团两位老总揭牌，我和农业农村局杜副以及商务局电商中心张主任共同见证。这是美团优选在云南县域第一个基地，我在主持时说这一揭牌是今天培训的收官，也是美团优选在洱源的开端。期待未来在培训、在产品、在产业上都能得到美团优选的大力支持！

秋天的第一场培训，就这么顺利完成了。

15日周五，曹老师继续洱源考察，去右所镇的水稻基地。地方合作办陶老师、靳老师与县里对接后续工作安排。一早我去州里参会,没能陪同考察和交流。

曹林奎老师指导洱源县水稻种植

会议结束后去了一趟研究院。正好今天研究院的省人社重点培训课题开班。欣泽院长和顺子老师特别给咱们洱源开通了线上直播,县里也很给力,宣传发动特别到位。我在研究院和顺子老师交流最近的情况,一会儿曹老师和原豪结束了考察也来到了研究院,再一会儿欣泽院长从上关镇也回来了,陶老师、靳老师也到了,济济一堂了。

聊着聊着,还是有不少火花。傍晚,送教授团返沪,我便回县里了。以上种种,主观客观,都是对洱源的支持,也是对我的支持。

插播周五好消息。孙学长在看完我的建议方案后,同意支持洱源教育振兴,帮助洱源一中设立思源特班。给我激动的!晚间回去后,马上草拟协议,报请孙学长和学校审阅,并约近期签约。

16 日、17 日,周末。整理思绪和内务,把这一段时间来的欠账记一记。一是感谢师长学长,二是给自己一点勉励。

洱源思源,感谢感恩!

秋天的第一班下乡

　　一直想去一趟乔后镇，忙忙叨叨也没成。

　　来洱源也两个多月了，学校工作的计划模式与地方工作的实际情况是很不一样的，计划已无内外，平衡适度把握，要找点时间好好琢磨琢磨。

　　这周一定要去一趟乔后镇，抓紧落实助学方案的具体实施，顺道也看看乔后镇的情况，多点学习和了解。排优先级、排时间，10月19日周二，成行。

　　拉上小熊一起，同去的还有商务局杨书记和茶副，两位对乔后镇的情况比较熟悉，与我同去，一是正好去乔后镇推进一下电商服务点的布局优化和服务保障，二是也一起帮着推动助学的安排。茶副半开玩笑说为啥助学的项目落在乔后镇啊，我的家炼铁乡也很需要。我也不好意思，捐赠的善缘总有一个开端，后续期盼再获爱心助学，善泽炼铁。在洱源，大家本乡本土的家乡情都是很浓的，都希望能帮自己的家乡做点啥。

　　说到困难的孩子，最近听说了一个家庭困难的案例。乔后镇有个姑娘,在大理新世纪中学读高一,是县里脱贫攻坚时期建档立卡的贫困户,家中共有 4 人,父亲 52 岁,身体健康,母亲 51 岁,肢体三级残疾,父母均在家务农,哥哥在湖南当兵,刚转士官。平时主要靠出售部分农产品及父亲就近打零工补贴家用,母亲因脚残疾无法做重体力活,家庭收入很低。"9·13"山洪泥石流冲毁苞谷地 6 亩,水稻 1 亩。小姑娘成绩挺好的,全年级将近 1 000 人,排名 26,班级第三,学校免了学费。姑娘每月生活费 600 元,住宿费每年 600 元,每月回家一次一年往返交通费也将近 700 元,全靠家里负担,很吃力。

对比城里孩子过的日子,看看小姑娘的情况,真想帮帮忙。也想请师长朋友一同帮帮忙,不见得都能解决问题,帮到一个是一个吧。明年洱源一中的思源特班做起来,希望有困难又勤学的孩子能够留在洱源读,一来解决家庭和生活困难,二来我想在方方面面支持下,思源特班一定能把孩子带好教好。

从县城到乔后镇的车程近 2 小时,盘山公路我和驾驶员毛师傅感慨,这路换我是不敢开的,挑战有点大。老司机先没看我,说这里很普通啊,再看了我一下,鼓励我说开开就习惯了。我并不想接受这样的鼓励,还是辛苦毛师傅这位老司机吧。

到了半山腰,停了停车,远眺一下海西海,人在青山中,蓝天映绿水,白云在很高处,不太明显的动与静。这个视角,大约只有本地同志才知道可以这么看,要自己来估计是看不到。

海西海在牛街乡龙门坝,离县城 24 公里,为断陷溶蚀洼地形成的天然淡水湖泊。南海北坝,群山环抱,湖中"海映山"奇观,明清时期是鹤庆府的八大名景之一。湖泊面积 2.6 平方公里,南北长 3.6 公里,东西最大宽 1.5 公里,湖岸线长 10 公里,三面环山,一面连坝,竹树成林。海西海虽不大,却获尊"洱源第一湖",下游与茈碧湖、凤羽河同注入弥苴河而流入洱海。

牛沙公路上俯瞰海西海

继续往上就到了灯草湾，沪滇协作与交大支持的灯草湾苹果基地就落户于此。开了下指南针，灯草湾海拔 2 770 米。高山盆地，山峰环绕，植被茂密，生态系统独立，小气候特征明显。老许看好灯草湾生态，张副协调沪滇协作资金产业扶持，各方努力，灯草湾一千亩苹果基地就干得比以前更好了。

灯草湾第三代小李总在果园，领我们走了走。小伙很精神，带着另几个小伙在基地，如数家珍。乡村振兴，就需要年轻小伙们愿意跟着老爹们学中干、干中学，才有希望，也有奔头，定有前途。

目前每亩 40 棵果树，尚在初果期，每棵结果 5 斤左右，每亩产果 200 斤，千亩产果 20 万斤，基地直采每斤 5 元，年销售 100 万元。

灯草湾果园掠影

我跟小熊叨咕说也不多啊。小熊半个科班，说我外行了，这是初果期，过两年盛果期，每棵出果少说也到 20 斤，一年轻松收入 400 万元。盛果期长啊，一棵树 10 至 15 年妥妥的。这样算下来就相当可以了。

树上都挂着果，深红的，再有半个多月就能采摘了，满眼望过去，有种快丰收的喜悦。进去基地大门不太远，有幢二层小楼，日常办公歇脚之用，小楼门前一个大大的水池，是依着原有的水塘修建的，几"名"看家护院的狗狗走来走去，颇有些趣味。

来都来了，找个果子尝尝，传说中的满是糖心。我选的不算好，咬两口才是糖心，老司机选的，一口下去就是糖。果子个头不大，甜蜜多汁。去年据说一果难求，今年产量上来了，交大预定了一半 10 万斤，也给一直支持我们洱源的教职员工尝尝甜蜜。

抓紧继续走，和剑敏镇长终于在乔后镇见面了。最早我们在上海见过，后来县里开会又碰到两次，主场这是第一班。87 年的小伙精神得很，基层经验很丰富，能干肯干，"9·13"之后忙着山洪泥石流抢险救灾，生生干成腰椎间盘突出。不只是他，基层同志大多如此。

来了就是推进项目的，开门见山谈助学吧。镇长说这次吴总的支持对乔后镇是一件大事，基本涵盖了乔后山区大大小小的困难娃娃家庭，从衣食住行方方面面解决实际困难，各有不同，不一而足。他说吴总的帮助功德无量，他一定做好。

学校的遴选、名额的分配、娃娃的排摸、家庭的走访、村邻的监督，他都在亲自张罗。抢险平稳后他就张罗吴总助学这件事情了，上周已落实选好看完，也期待我们这次来进一步推进安排。

吴总和吴太太也很关心，上周交流过具体的安排。虽但行好事莫问前程，但好事终须做好，才是真的好。

我把吴总的关切与大家一起商议，确定了执行路径。资助款按学期拨付发放，兼顾操作与实效。款项对公拨付，镇长统筹汇总各娃娃家长的银行账号,逐一汇入,资助娃娃名单与对应银行流水台账造册,后续报告。

这样各方就都比较安心了,我落实后续。大家邀请吴总伉俪和小吴同学争取每年来乔后看看娃娃,鼓励鼓励孩子们,也检查一下我们执行得好不好。我也去争取支持,每年看能不能安排一点交大小文具小卡片送给小娃娃们,也是跟着吴总伉俪向娃娃们的添一点小小鼓励。

聊好助学,出门看乔后镇。镇上的电子商务点做得不错,也是小伙子在干,再次感慨乡村振兴需要有本乡本土的年轻人来干,干个一两代人。有电商服务,也有自己的产品,感觉电商点能够结合这两点的话,可以长效运行、螺旋上升,反之可能会有些困难。小伙子也是接着老爹的班,在乔后镇的绿水青山中找出好东西、真东西,主打的产品是松茸和菌子,从新鲜到加工,从一级品到特级品。还有蜂蜜,说是乔后镇最好的蜂蜜,下次我请虞总来品鉴一下。

乔后镇的佳潓核桃乳也很好喝,厂子也不远,走路就到了。乔后镇是核桃之乡,佳潓核桃乳有些小众,跟市面上大众产品比销量一定是比不上的,但口味是极好的,是这些市面上大众产品不能比的。在洱源我喝过邻县和本县友商的核桃乳,还是乔后镇的这款最好喝。生产线也看了看,小熊对这类生产线的评价还是不错的。总体感觉东西好,就是有些巷子深,企业也有自己的困难,既有的经营理念使得外部的参与合作不太容易。想起虞总考虑的农产品品牌孵化器,品牌和代工叠加孵化,初期可以帮助盘活本地企业,渐入也能帮助企业品牌有样学样。

走在乔后的镇子上,铺面中或经过的,不断有人和镇长打招呼,闲聊两句,看得出来都很熟。乔后的火烧饼很有些名气,手工的,颇有传承。讨一个吃,豆沙的,丝丝甜意,倒也不觉得腻,还有玫瑰馅的,难怪中秋前后买都买不到。商务局在帮着作坊主们从生产到经营上一步步规范,衷心期望能走出乔后走出洱源。

乔后有老街。当年盐帮盛极一时,乔后也是小香港,那一阵的繁荣,留下了现在的老街。老街保存得还不错,人不多,很整洁,有一些缝纫布匹的店,能看见老奶奶坐在屋里旧沙发上,灯光谈不上亮也谈不上暗,小娃娃进进出出,谈不上闹也谈不上静,有种回到小时候供销社的恍惚,又比那时候整洁,比那时候安静。

乔盐古镇源自乔后盐城　　　　　　　　乔盐古镇一瞥

镇长领我们看了乔后乃至大理最高水平的白族民居,六合同春的宅院。宅院历经沧桑,虽破败却风韵犹存。所谓六合,就是六个大小院落巧妙相连,鹿鹤同春,串联各院落可以不走回头路,走完所有院落转到的起点是为走马转角楼。宅院大门深处小门重重、雕栏画栋、照壁飞檐,木刻栩栩,虽旧损难免,但目力所及保存尚属完好。宅内假山池塘可见遗迹,但不复当年,只能从镇里同志手机上的旧照片一睹当年望族名门的风采。

宅院后来做过政府驻地,也做过学校,现在闲置,很可惜。镇里争取了资金,正在做修缮保护方案,但修缮资金尚无着落。镇里也想保护与利用并行,以类似民宿的方式开发保护,不过还没有遇到有缘之人。

六合同春
一角

　　乔后是洱源红色革命的源头。镇上有个解放军滇桂黔边纵队第七支队雕塑，底座铭文"罗溇英烈永垂不朽"，雕像未必出自大家手笔，但朴素且庄重。

　　水是乔后的灵魂，黑惠江贯穿乔后镇。我们所到之处，集镇、乡巷，两边都是流水，水流不一定很宽，几百年流淌下来，一样潺潺，一样清澈。乔后的水，比之江南的水，起势更有高低，水流更是湍急，声势更显喧嚣，不过迈入白族人家，三坊四合五天井，又归于安静。

　　一大圈走下来，当日份运动量已足。临近傍晚，与镇长告辞，相约下次再来。

大理之问，人大视察

10月20日周三，通知县领导、各委办局主要同志、企事业单位主要同志、乡镇班子成员、村书记和主任参加"大理之问"大讨论活动的动员大会。

去的路上和其他领导聊，"大理之问"是啥意思，是要做问政类工作，还是类似学校一定周期的教学思想大讨论？会议开始后知道了，是类似后者，事关发展与民生，"问"与"干"又要无缝衔接，这段时间在基层，深感不易。

个人浅见的不易大约是两方面。

一是下决心开展"大理之问"不容易。作为一个地州，做一个发展思想大讨论，上上下下至基层村集体，这比学校开展教学思想大讨论所涉层级和内容复杂太多了。

二是"大理之问"，问的内容、回答的结果应该是更不容易。这几年，大理的发展面临的压力比较大。经济社会转型发展迫在眉睫，但农业转型困难，附加值提不上去,耕地非粮化的压力巨大。此外国家对工业发展限制高能耗和高排放,叠加环保的要求,工业发展有些受阻。

契合领导所言,我倒也认为"大理之问"势在必行,问比不问好,早问比晚问好,问出短板应该不算太难,衷心期望更进一步,问出措施,问出变化。

我个人觉得也可以再问问东部是怎么做的。西部发展目前遇到的问题,东部大多应该都遇到过,即便时期和阶段不一样,一定有可以参考的价值所在。还可以问问企业到底怎么想的,政府要帮企业切实解决问题,共同发展才是。

10月21日周四,全天参加人大的视察和座谈,亲历人大代表履职点滴。

这次视察和座谈是针对洱源县第十六届人大常委会第五次会议代表们提出的重点建议办理情况进行的。这次五个重点建议,涉及绿色食品认证、洱海流域生态补偿、征地与建房、二类疫苗有效供给等方面,相对比较复杂,牵涉面广。

时间限制,视察选择了与农业相关的三个点。县人大常委会杨代兴主任和几位副主任悉数参加,听取介绍,提问交流,问题往往一下子正中关键。

第一个视察点是松曲海菜基地。这个基地我是第3次来了,算有点熟悉了,每次来都有一些新的收获,这次也是。这次知道了原来一亩海菜每年的收入大致等分成三份,一份是苗钱,大约就要4 000元,一份是人工,大约是4 000元,剩下的利润大约也是4 000元。我没想到苗钱这么贵。

第二个视察点是三营的玉食农特产品开发有限公司,专攻绿色大米。玉食在绿色食品认证上做得不错,有绿色食品原料(优质水稻)标准化示范基地,还有绿色食品"洱海之源"品牌。我没想到的是咱们交大

第一餐厅的大米都是玉食供应的，一餐是我在学校工作时午餐的主战场。我说得把这两个认证证书贴在一餐大门上。

第三个视察点是孝尊木梨种植项目，也在三营，目前种了 500 亩。这个木犁吓到我了，其貌并不扬，基地均价一公斤居然要 35 块，贵但供不应求。不过和当前很多农业项目相仿，受制于基本农田非粮化问题，进一步扩大规模存在制约。

下午座谈。概述视察情况之后，切入正题。

承办建议的职能部门前期已经准备好了关于意见办理的书面报告，部门主要负责人现场解读，具体报告相关建议的处理和答复过程，对存在的问题不避讳，实事求是，对最近的进展情况和下一步的推进预期也说得很清楚。

代表们的这几个建议是很重要的。有关乎县里主要产业和行业的，有关乎特定人群切实需求的，也有关乎代表所在社区切身利益的。代表们对职能部门办理建议的态度和过程是肯定的，对存在的问题和自己的理解也是各抒己见，希望职能部门能够再加把力。

充分交流后，人大的同志总结交流情况，并向政府职能部门做反馈。

我代表县政府，也做了一个表态发言。以前可真是不知道人大和政府对于代表建议的处理过程和方式方法，很感谢人大和政府给我这么一次学习的机会。

回交大，和孙学长签个约

孙学长对设立交大洱源教育基金的事情很上心，希望尽快敲定落实，于是和孙学长约好 10 月 25 日周一在学校签约。

看了下工作安排，与领导报告，这周五 22 日回沪，下周二 26 日再返回洱源。

10 月 21 日，周四一早 7 点半接到妈咪电话，心里咯噔一下。这一般是送妹妹上学的时间，呼我大概是有啥事情，原来车轮胎扎了。妈咪说只是问我这种情况能不能挪一下到修车铺。熟悉的修车铺大约 500 米远，肯定能。我还有点担心，那你们咋上学去啊。妈咪大手一挥，打车呗。她果然能搞定。

周五到机场，稍早了一点，要了个安全出口靠走道的位置。登机前还有点时间，见缝插针写点东西。

上了飞机，人不太多。靠窗有位帅哥在埋头理包，转头跟空姐说杯子拉下了去拿一下下。于是我理一下我的包包坐下。一会儿帅哥转回来了，杯子在手，看着

我,说是你啊。哎呀,原来是震宇。这巧的!

震宇说原来是你到得早,把走道给选走了。哎呀,不好意思啦。我回学校和孙学长签约,震宇到上海充电,都是好事。

妹妹小学晚托班5点半放学,这次来得及接妹妹。妹妹没想到我来接,好开心。天有点凉,妹妹却不肯穿外套,愁人啊。哥哥放学晚,要6点。接上哥哥,吃饭,送妹去弹琴,我和哥哥回家写作业。

周末,发挥了点作用。

帮妈妈搞定"弹琴作妹"。先是威逼利诱,无效!狡诈的妹妹既不肯放弃又不肯认真,假装还很伤心。好吧,任你自由发挥,妈咪就让妹妹每周五晚自行承担与老师汇报的责任,妈咪只是作陪,不再提任何要求。妈咪说周日自己弹得挺好,还唱啊唱的,很合拍。

送哥哥去打羽毛,游泳,中间空档在图书馆写作业,跟哥哥聊了聊学习和方向,态度挺好的,关键看疗效。

说回孙学长的签约。

10月11日,回到洱源的周一。考察晚间吴总学长微我,孙学长看到吴总伉俪支持的交大洱源助学基金的新闻,想多一些了解。孙学长和吴学长都是学长,吴学长帮着我俩互相引荐。

微信中向孙学长报告了洱源的基本情况和我的一点感受。夜间已晚,孙学长也在工作中,来不及细说,但明显孙学长有兴趣有意向,真是喜又从天降,谢谢两位学长! 和孙学长相约次日下午电话报告。

12日与孙学长通了电话,把洱源的情况大概介绍了,把高中的事情具体报告了。我向孙学长建议,首先尊重学长意愿,如果学长有一些教育方面的意向,我们结合洱源的情况积极争取,认真落实;如果学长目前尚未有特别具体的考虑,可否考虑支持我们一定要做的高中特班。孙学长愿意支持学校和县里急需的方面,沟通下来也基本了解特班的大致情况,如果有书面的情况更好一些,便于和家人商议决策。

这个我擅长，之前与县里主管领导们沟通过，也有一点基本的考虑。不怕写框架，只怕没想法。

13日，下午找了段时间，抓紧草拟了一个建议方案备孙学长审阅。晚间又仔细顺了顺，呈报孙学长。大致包含捐赠事项及通道、洱源教育情况及困难、协调及执行机制、特班提振举措储备、资金用途及测算、鸣谢及报告等。

15日，好消息来得好早。大清早孙学长微我，已与太太商量，确认愿意支持洱源教育振兴和洱源一中思源特班！我真是太激动了，彼时正在州里开会，差点来句YES，左右看看，淡定低调。我不是一个人在奋斗，交大和校友坚定地支持着我。

25日周一，下午签约，"交大洱源—孙斌教育基金"，100万元。

交大洱源-孙斌教育基金捐赠签约仪式

孙学长和太太一起来的，终于见到了。微信电话里觉得谦和礼貌，见面又觉得很热情，我猜是回到母校的心情。仪式朴素，但是温暖。每个人都没有压力，每个人都心怀感恩。

孙学长说原本家境也是一般，是学习让他成长，是交大助他成才。

此次捐赠的成因是感恩母校、感谢师长，也是感动于交大对云南的帮扶情谊，希望可以尽微薄之力回馈母校回馈社会，与母校共同助力，将云南洱源的助学落在实处，未来也会持续努力，积极履行社会责任。

张校长说，感谢孙斌校友伉俪助力教育的慷慨善举，感念校友对母校饮水思源的感恩情怀，更感慨这份助力乡村教育振兴的家国情怀。

孙太太一直挂着暖暖的微笑，洋溢着幸福。张校长说太太的支持最重要，请她说两句。孙太太连连摆手，靠近先生，说自己不用说了，他说的都是我们一起要说的。

捐赠人如此，无以为报，唯饮水思源，善款善用。

仪式结束后，回办公室路上和程处说起在洱源遇到一些个案的困难学生，家境贫寒，品学兼优，我很想搭把手，请领导帮忙出主意。

还是乔后那个小姑娘，在大理读高一，家里是脱贫攻坚建档立卡贫困户。父亲52岁，主要劳力。母亲51岁，三级残疾。哥哥在湖南当兵。"9·13"山洪泥石流冲毁苞谷地6亩、水稻1亩。家中还养着2头肉牛、1头大牛、1头小牛。家中收入就靠父亲打零工和卖点粮食。成绩挺好的，全年级将近1000人，排名26，班级第三，学校免了学费。姑娘每月生活费600元，住宿费每年600元，每月回家一次一年往返交通费也将近700元，全靠家里负担，很吃力。

人在洱源，知道了，感觉什么都不做心里也过不去。也不知道帮不帮得下来，也不知道后续还会不会再遇到苦难的人和事，想着不管什么方式，能帮一点是一点。

程处说好呀，别一个人来，众人拾柴。党史学习教育，本就鼓励党员同志常态化参与志愿服务，多做助人为乐、雪中送炭的好事，这不正好嘛。大家可以自愿参加，金额不限，帮到一学期是一学期。鼓励小姑娘努力，知识一定改变命运，改变家庭，学习搞好，思想上进，以后我们继续支持也行！

　　我建议，虽是个案，咱也规范操作。大家捐钱到基金会账户后汇总，基金会统一汇款至小姑娘所在中学，学校老师能够跟踪协调，把钱发给孩子。这样操作，各环节链条完整，票据齐全，也可以为以后持续帮助或者得到更多人帮助打通通道。

　　真是感谢单位兄弟姐妹的慷慨解囊，大家也只是拿工资的。虽不多，但都是一份心意。虽不多，却是雪中送炭，温暖励行。

　　上午我去机场前，跑去财务部问了一下，捐款4 000元已过，隐隐奔着两学期生活费的金额去了。好高兴，好感谢！

　　早上送妹妹上学前，妹妹说爸爸你能别走吗，一直在家里好不好。我说不行啊，妹妹，爸爸要去上班的，找时间就回来看你啊，不要跟妈咪调皮捣蛋。妹妹说好吧。

　　快到学校时，妹妹又说了一次，也是笑嘻嘻说的。当时不觉得，现在坐在飞机上，记录着这一趟回校回家的点滴，想起妹妹包着丸子头，小小的身板背着红书包，拎着粉色餐袋走进学校，心里还是有点难过的。

　　妈咪说你回来后妹妹老实多了，以前早饭都要喂，这两天吃得很规矩，今早说喂一口吧，她悄悄说，嘘，爸爸在呢。

　　县里和学校都很照顾我，想想我还能常来常往。洱源的很多年轻人出门务工，小娃娃就留守在家，才是苦。吴学长伉俪、孙学长伉俪的支持，帮到我们，帮到县里，更帮到小娃娃们和家里。

　　我也努力点，多少游必有方。

励学励行，与君共勉

　　回来后忙忙叨叨，学校处里党支部的同事们还在继续帮助乔后镇的那个小姑娘做一点筹募。原定的目标是先能筹募一学期的生活费 3 000 元，每个月 600 元，5 个月，就在支部党员同志范围内，也是大家践行党史学习教育志愿服务的一点点心意和行动。发出倡议后，大家慷慨支持，最终筹款远超预期，感激不尽。

　　领导很关心小姑娘，叮嘱后续执行操作。这次通过交大基金会接受同事们的善款，也给大家开出捐赠票据，年终个人所得税汇算清缴时可以上传，税前抵扣，合理合法合规。联系小李局长，尽快与小姑娘所在的中学对接，通过中学接受交大基金会拨付的捐款，中学再发到小姑娘手里。这样基金会也得到规范票据。

　　我把筹款的情况也跟小李局长说了说，他也是挺激动挺开心地说："前天我向那个女娃娃的班主任说了你们的具体情况，他后来告诉我女娃娃听了这个消息眼前一亮，很是激动。"可能我们的一点支持和一点心意，能够给孩子带来的鼓励和激励会超乎我们想象。

在洱源工作生活，有时和这儿的领导同事闲聊。之前吴学长伉俪、孙学长伉俪支持洱源教育发展，大家有时候也会和我聊到另一些家境比较困难的个案，有些困难是我想都没想到的。这次通过学校处支部帮助这个小姑娘，我也收获一点思考。一是鼓励自己，二是希望洱源困难娃娃的个案能够得到更多人的关注。确实，有同学联系我，也愿意一起拾柴，如果娃娃努力的话，还愿意持续资助下去。

于是和领导汇报商量，可否在我们基金会设立一个项目，就叫"交大洱源—励学励行基金"，规模不用大，作为一个联结爱心善举和自强自立的小平台。一方面，如果有师长学长、同学朋友愿意共同来做这件事情的话，根据收到的资助，我和洱源的同事一起寻找需要支持的娃娃；另一方面，我和洱源的同事如果发现这类孩子的话，也可以通过适当渠道主动寻求师长学长、同学朋友们的帮助。

有缘能够牵上线，我想对捐赠人应该有一份感谢，对受赠人应该是一份勉励。我与同事商量，一份感谢状，一份勉励状。前者致送捐赠

致送小柏的勉励状

致送交大基金会党支部感谢状

人，表达谢意，告知爱心善举资助了谁。后者致送受赠人，励学励行，也让娃娃知道是谁在帮助支持，更重要的是通过勉励状的形式鼓励娃娃，困难是暂时的，要任重道远、自强不息。如果有机会，爱心善举的师友们能够来到洱源，亲自把勉励状给到受帮助的娃娃，再陪娃娃吃顿饭，鼓鼓劲儿，那就完美了。当然，我愿代劳。

在洱源这两年，我应该是有时间把这件事情做下去的。即便两年后回到上海，我也可以和洱源的朋友们一起继续做下去。

希望继续得到师友关心关注，帮助支持！

欢迎单位个人爱心善举，来电来函，共尽绵薄！

助学七载，思源终身

之前交大海外教育学院(2021年9月交大的海外教育学院与继续教育学院合并，组建终身教育学院)的校友工作做得蛮好，团结和凝聚了一大批关心学校发展的企业家，特别是国学联谊会的众会长，带领理事和会员，惠泽洱源。

2021年是国学联谊会的校友来到洱源的第七个年头。这些年来，会长们带领大家紧跟学校步伐，在洱源对口帮扶，做了三个基金。

"心"基金，免费救治贫困家庭先心病患儿，这些年来差不多筹集了200万元，交大附属胸科医院开辟绿色通道，造福69个小娃娃。

"梦"基金，帮助洱源一中优秀学子自强自立，这些年来一共筹集45万元，资助30人，跟踪3年，持续资助。第一批受资助的30名孩子高考全部通过一本线。

"行"基金，设立美育西南行项目，这几年筹集了50万元，帮助洱源300个班级订阅了美术报，聘请音乐美

术专职教师,惠及1600个小娃娃。

这次是学院的白杰副书记带队。老白这次亲自披甲,开讲"上海交通大学的源流、演变和使命"。校友们除了带资进组之外,也带课入滇。洪善银会长讲"美育西南",吴平老师讲"成为你想成为的自己",冯颖智副会长讲"时间管理",郑文燚学长讲"奥运与奥运精神",姜静怡学长讲"英语其实不难",于敏学长讲"怎么做个优雅的女生",王成伟学长和戴海霞学长共同担纲"照料好自己的生活"。干货满满。

校友们是27日周三来洱源的,成行不易,中午飞到大理,便马不停蹄奔赴洱源。下午2点半就在牛街初级中学举行今年的"行"基金——美育西南捐赠仪式,以及师生座谈会。

下午3点我有个会,没能赶上捐赠的活动。傍晚赶去牛街与老白和校友们见面。我到时,项副也在,原来她在下关开会,会后就直接赶来牛街了。项副与校友们很熟悉了,好似多年老朋友,比我熟悉多了,欢声笑语。我们洱源人民对"心""梦""行"基金非常感激,都是实实在在的帮助。大家聊起来美育西南,我们洱源觉得是校友们给孩子们开了美育的门和窗,但校友们却觉得是洱源孩子们的画带给他们彩云之南爱的表达。

项副很开心,给校友们唱了一首白族的歌。颇有些余音婉转绕梁不绝,我们都很惊叹。我和校友们打趣,走南闯北,纵横捭阖,哪有县长为你们献过歌,如此真心实意,足见不虚此行,恳请再接再厉。

第二天早上,我到牛街初级中学,听老白讲课。先和校长聊了几句,牛街初级中学考上高中的比例超过48%,我还真没想到,上海的中学平均也就这样。于是我想老白讲完,我得给明年咱们要做的思源特班打打广告,大家留在洱源读高中,特班会很特别的。

这个学校的基础设施还是可以的,不过没有大会堂或者演讲厅,于是老白的课安排在食堂开讲。老白还是那么激情澎湃,他说他是"白爸爸"，我想这家伙怎么还占人便宜。不过老白是做了功课的，讲交大，讲自己，讲得挺实在，也很澎湃。老白讲着讲着也会讲到他家正在读 8 年级的姑娘，如此这般。我们的听众是 8 年级和 9 年级的，听得那叫一个认真，特别是老白讲自己和姑娘时。我猜想老白肯定是在家讲不过自家姑娘，所以见到别人家的孩子父爱就泛滥了。后来我问老白，果然如此。

牛街初级中学，老白做报告

老白开讲时，校友们也在不同的教室给孩子们讲不同的内容。洪会长上午去另一个小学考察，看看能帮上什么忙。

中午我们这些校友老师们会合，都很开心。老白圈粉了，被拉出去合影了。校友老师们纷纷表示，孩子们太灵了，上完课后要么拉着签名，要么要求再来一节，活跃得很。

下午开始，授课对象换成了小学生，于是大家切磋小学生们的兴趣点以及相应的讲课方法，相当认真。

第三天下午，短暂而热情的第七载洱源行告一段落，校友们陆续返沪，并相约再来。

校友们的这几个基金和助学安排我之前一直都知道，但是没机会同向同行。这次零距离聆听感受，受益匪浅，感激不尽。

助学七载，思源终身，我说别等第八载了，随时来，我都在。

拾掇心情，洱源返工

　　26日回洱源。飞机上想起我家的哥哥和妹妹，心情有点低落。出了机场等车，有人拉住了我，原来是研究院的封吉猛，同在一个航班，下飞机才互相看到。我和封兄约定下次去研究院新楼食堂蹭饭，短暂交谈后告别，回洱源去了。

　　基层开会，周三开始。

　　我们洱源的妇幼保健院迎接二级甲等评审，专家上午进驻评估，我代表县里致辞欢迎。县里很重视，专家们很认真。我提了一下是从学校来挂职的，有机会也争取能够请交大医学院附属的相关儿童医院和咱们洱源妇幼保健院共建，互动一下也好。专家组长张主任是昆明儿童医院副院长，汇报会结束后跟我聊天，他激动地说昆明儿童医院和交大医学院附属儿童医院渊源颇深，昆明儿童医院院区的建设和布局从交大医学院附属儿童医院借鉴不少，见到我感觉很亲切。

　　下午代表县里参加省政府党组的全面从严治党电

视电话会议。省长主持并讲话，也算近距离聆听吧。全面从严治党永远在路上。

这周浦东新区高东镇的领导们来洱源帮扶交流。张副很辛苦，也是责无旁贷，陪着高东的同志几个乡镇连轴跑。高东这次给洱源很大帮助，一共支持资金 555.5 万元，这金额也是没谁了，真棒！我一直有会，直到傍晚陪县里领导一起才和高东同志们见了面。都是从上海来的，自然很亲切。

晚上研究院顺子老师来洱源了。学校资实处支持了一些电脑给乔后初级中学，顺子老师计划周四这晚住在洱源，周五一早去乔后，约我和小熊同行，我俩都欣欣然。傍晚顺子老师去小熊的丰源村看看安泰EMBA校友们支持的"点亮乡村"路灯安得怎么样了，没想到村里停电，看了个寂寞。于是晚上我们便在顺子老师房间喝茶聊天，互通有无。

小熊最近接了县里的任务，帮助右所镇的多肉大户做展示和发展规划，前一段天天被右所镇闻书记（闻建军，时任洱源县右所镇党委书记）"抓走"干活，虽使出浑身解数却心里惴惴然。顺子老师和我安慰他没事，县里任务，方方面面都做些贡献挺好的，何况多跑跑没准大户能在丰源村也张罗点肉肉，不是更好嘛。村里玄总也支持你，镇里领导一定也支持的。

周五起个早，赶到顺子老师处，吃两口早饭，出发去翻罗坪山。

上次去乔后，没走罗坪山，这次"尝尝"它到底怎样。驾车小哥是研究院的小解，一个年轻且老道的猛男。不愧是罗坪山，一小时左右腾挪到山顶，一小时左右腾挪到山脚，这就到乔后了，直奔乔后初级中学。

我们和镇长挺熟了，这天镇长开会，宋书记（宋炳昌，洱源县乔后镇党委书记）来乔后初级中学和我们见面了。书记和镇长都很年轻，但基层经验十分丰富。和校长一聊，乔后中学相当可以，高中升学率超过

70%，没想到这么厉害，山区的初中，很多留守、半留守的孩子，很懂事，老师们更是功不可没。我们在学校走动，课间孩子们在做操活动，见了我们都主动说老师好，很活泼很有礼貌，我还怪不好意思的。

乔后初级中学在盖一栋综合楼，3层，将近2000平方米，白族风貌，盖楼的资金是国家拨付的。目前刚把地基做得差不多，明年上半年应该可以完工。完工后可以增加4个班级，可以把目前尚不能覆盖的几个更远一些村子里的孩子们都容纳进来。

我们和书记校长一起聊。顺子老师介绍研究院搬新楼了，明年还有研究生常态进驻，就有一些力量可以一起和乔后初级中学的老师、孩子多多互动，也可以请孩子们到研究院去看看。书记校长很高兴，山里这些孩子，有不少都没怎么出去过，要是有机会和研究院或者交大相关部门的老师同学们互相来往，那就太好了。

学校寄来的电脑和一些设备已经运到了，好多箱呢，虽不新，心意欣。

聊到10点多，顺子老师下午1点半要赶到研究院开会，于是告辞。乔后中学也在吴总伉俪助学基金支持范围内，相约下次陪吴总再来。

回到县城，12点半。顺子老师放下我们，顾不上吃饭，匆匆再往大理赶去。我们到食堂吃午饭时，听说今天上午宾川有同志下乡途中遭遇车祸不幸罹难，很难过，平安最重要。

傍晚认识了之前在洱源挂任副书记和扶贫总队长的龚总（龚飞，云南省委网信办社会工作处处长、曾挂职洱源县委副书记和驻村扶贫工作队总队长），这次到丽江和大理公干，洱源也在行程内，顺道看看一众老朋友们。龚总性情中人，向我讲了讲这几年在洱源新农人挖掘、鼓励和培养上的努力和实践，成效很显著。现在虽已离开洱源，但仍关心洱源新农人的发展。

周六一早，跟着张副去农夫果园项目基地，与周总、镇里领导同事以及施工老总们协调后续工作进度。这次去看，和上次已不大一样，这两天招投标也出了结果，于是一个一个问题过，一件一件事项来，沟通顺利，进展可期。

中午回到宿舍，吃两口，下午县里"军事日"，换上迷彩服，接受军事教育去。打靶是高潮环节。安全步骤一一讲解落实，趴下开打了。奇了怪了，按步骤来，却怎么也没法瞄上准星，眼睛始终没法和第一个瞄准洞洞对上，更别说三点一线了，搞得我着急起来了。身边安全员让我别急，慢慢来，慢慢感受。搞来搞去还是对不到，郁闷坏了，突然发现，原来睁错眼了，枪栓抵住右肩，我睁了只左眼，能对上就怪了。睁一只眼闭一只眼，也得睁对闭对才行啊。

军事日打靶，安能辨我是雌雄

　　一番射击，不知道是不是旁边的子弹飞到了我的靶子上，还是我的子弹飞到了左右的靶子上，总之成绩马马虎虎。上次正儿八经打靶还是大学军训，这次也算是再接受军事教育和训练了。国防教育，人人有责。捡了几个弹壳，回头送给我家军迷小哥。不过现在的弹壳是军绿色，不像小时候是黄铜色的。

　　打靶归来，我这脑瓜里，住进了好几只蝉，嗡嗡叫嗡嗡叫，一直叫到晚上睡觉，周日醒来，终于不叫了。解放军战士当属不易，拥军优属要从我做起。

　　下午与龚总相约，参加同泽农业的开业典礼。同泽是龚总在洱源时挖掘的电商网红西装哥（李向荣，洱源同泽农业有限公司总经理、兰花电商）的新公司，之前西装哥是做兰花电商的，做得很好。今年5月洱源土豆滞销，龚总带着西装哥这些新农人们切入农产品销售领域，两周时间居然就卖完了所有滞销的土豆，自己都吓了一跳。这次西装哥的新公司开业，自己也成为洱源好物推荐官。真是需要有这样一批年轻有理想同时又能与现实有机融合的姑娘小伙们扎根洱源，发展洱源，也感谢龚总给我一个了解新农人们的机会。

　　周日上午，剑川县来帮我们做创卫压力测试和模拟检查的情况反馈，我也参加了这个会。创卫是县里大事，我体会到了基层兄弟县市的互助之情。

　　周日，仍在工作，大家都很是辛苦。

少年儿童之烦恼

和妈咪打电话，少年儿童们最近有点烦恼，主要是少年和儿童的烦恼。我在洱源，没法与妈咪分担，只能态度很好地听妈咪说，假装能够安妈咪心。平时可能也不太在意，此时自己人不在家中，孩子们成长路上的一些点滴听起来让人有些奈何不得，又有些莞尔一笑。

周一妈咪分别接妹妹和哥哥放学，同班同小区的亦然哥同行。亦然哥人高马大，一直前排就座，妹妹和我哥分享后排。烦恼就开始了，准确地说是欺负。

妹妹是坏。大马金刀躺下，占据左中两个位子。哥坐右座。妹妹也长高点了，伸直了腿，于是头顶心顶住哥哥大腿，大约很舒服，更多的应该是故意。哥哥一是怕痒，二是不愿，但说服不了妹妹离自己远点，于是向妈咪抗议，要求妈咪主持公道。

妈咪开车，无法直接干预，口头劝解，无果。哥哥如河豚一般，更气鼓鼓了。妈咪没辙，跟哥哥说，不行你把她搬走。哥哥得令，奈何不敢下重手，未遂，气得哼哼。

妈咪又支招，要么挠她算了，看她让不让。

这是个好主意，哥哥气鼓鼓地就挠了。妹妹不甘示弱，反击。要说怕痒，是哥哥的命门所在。气鼓鼓的哥哥被妹妹挠得又气又痒，乐不可支，瞬间丧失战斗力。不过毕竟大了9岁，饭不是白吃的，靠力气还是可以制服妹妹的。控制住了妹妹是没错，不能松开她呀，又不能下死手，一直按着也不是个事，左右为难，于是陷入气痒恨循环。

亦然哥在前排笑，对我家妈咪说，他家要是添个妹妹的话，他一定要一个和他差不多年龄的。哎，孩子，你想多了，也想晚了。

到小区，亦然哥先下车，到后备厢取书包。妹妹瞅到我哥的红领巾在大书包侧袋，大约在车上也没占到便宜，于是提出要哥的红领巾玩。哥因没得到好，所以坚决不从。哥也下车拿书包，不知咋滴红领巾滑了出来，落在了后备厢里，没等哥返身拿，妹妹跐溜一下从车里翻过了座位，居然一下子就滑进了后备厢。没错，是一下子滑进去的，妈咪说都看呆了。妹妹从后备厢里捡起红领巾，跐溜一下又翻回了后座，得手了。

我的妹呀，快乐体操不是用来翻后备厢的。

妹妹得手了马上下车，朝着家的楼迅速逃跑。哥哥在后面边追边骂，一时气急败坏没了操守，骂出了禁忌之言。妈咪很生气，这就要批评哥哥了。回家后妈咪批评妹妹，严禁以后在车里躺着，严禁翻越后备厢，严禁故意气哥哥。

我给妈咪出建议，下次再遇到这样的情况，找个公交车站停靠，把她拉出来骂，也不能这样欺负她哥呀。哥哥也要批评，任何情况也不能说出禁忌之言。这么大的人搞不过妹妹，也是愁人。

妈咪说后来妹妹收敛点了，不躺了。两人把后座扶手放下来，就分开了。妹妹又打上了扶手的主意。哥哥搭上扶手，妹妹就推他，说他过界了。哥哥抗议说并没有，只是搭在了自己这边。妹妹坚决说有，反正推就是了。哥哥又被气死了。

哥哥有个新杯子,掏出来喝水。妹妹也嚷着要喝水,大约是想把玩一下哥哥的杯子。哥哥坚决不从,推我的人,我就不给。妈咪帮着找补,跟哥说等你喝两口再给她喝一口吧。哥哥虽不情愿,却也不怎么吱声。妹妹好似得了势,不愿等,继续嚷嚷要喝水。妈咪不知从哪掏出一个纸杯递给哥哥,让哥哥倒一杯水给妹妹喝。你不是要喝水吗,喝吧。妹妹悻悻然,大约觉得今天是讨不着杯子了。

少年也有自己的烦恼。周四晚上我在开会,10点半妈咪呼我,我掐了,发个信息说在开会,于是没下文了。11点会议结束,我打回去,我哥接的,说前面就是他打的,说有一件很恼火的事情跟我讨论。

说有人挑战他课代表的岗位,要求取而代之,他不肯。于是那人找到老师,老师说你们自己商量解决。哥不愿让贤,于是那人提出决斗方案,看考试结果,谁分高谁上。给我哥气的呀,咬牙切齿说凭什么。我说那不容易,就考呗,你好好整,不就守住了吗。莫不是你心里没底?哥哥并不承认,也不表示有底没底,总之很生气,并举反例,说那我是不是也可以找一科考的不如我的课代表取代。我说咱不能这样吧,品德还是要有吧,不能别人这么对你一下,你就要去那什么去对其他人,这是没品。哥说别以为我不知道他为啥要这样,就是要加分呗。我说如果你再那么去折腾别人,不是跟那人一样一样的。这是不可以的,你可以考高点守门,也可以随便你咋样,可以不接受挑战,但不允许去恶心别人。而且吧,我觉得你不接受也没用,人家考得高了,挑战动作就会越大了,自己看着办吧,总之底线要有。哥依然嘀嘀咕咕。

第二天我问他想得咋样。哥好似气消了一点了,但表示没有接受对方挑战。我也不多话了,自个走着瞧吧。

妹妹拿回学校的默写练习纸,默写错12个,很开心。晚上妈咪告诉我,我说怕不是最后一名吧。妈咪说不是的,妹妹说有错17个的,还

有错 15 个的。我说那就是倒数第三名了吧。妈咪问妹妹，妹妹很高兴地说是的。妈咪问妹妹咋知道的，难道是老师报的。妹妹说不是不是，是问安安的，然后安安听一个男生说的，然后那个男生听另一个女生说的，云云。妈咪有点发愁，我说大概两个可能，一个可能没那么糟糕，还有一个可能真是这样，而且妹妹的听说链条可能就是她自己编的，忽悠忽悠你。

哥哥很开心，说妹妹啊，你呀你呀，倒数第三名了，不行啊，要努力啊。妹妹很开心，没事啊，以后我都考倒数第一名不就好了。妈咪更发愁了，我们这个妹妹看上去机灵得很，遇到学习怎么就这么懒呢，还这么乐于垫底。

我说没事没事，家里每天给她默写默写吧，她应该能进步。她三年级时，我回来接班。看两个孩子，对妈咪来说，确实有些不容易了。哥哥从小到大的学习，大多是我在张罗，相对而言妈咪可以略微高枕。我自以为在小孩学习的萝卜和大棒上有些心得，对于妹妹的学习也理所当然觉得能应对，不承想一下子我与两个孩子的学习就脱钩了。其实对哥哥的担心多一点，毕竟中考离他不远了。妹妹的学习生涯刚刚起步，我也不太信奉不能输在起跑线上，总是来得及的。

妈咪，辛苦了！

产业 CHAN YE

弥渡，有往有来

县里要组建新阶段的国投平台，相中商务局茶副局长去当董事长。之前也有几个平台公司，做出各自的贡献，却也囿于各自发展过程。这次组建的国投平台，希望能够整合县里的一些优质资源，在相对困难的阶段能够挖出一湾活水。

茶局起初并不情愿，这活任重道远。我和领导同事们看法一致，组织选人太精准了，她是最佳人选，至少是之一。茶局干过基层财政，资深审计老兵，文旅与商务并举，是个热心人，能力与情商都很突出。有领导评价，洱源县有两三个巾帼英雄，她算其中之一。

任务领下来了，她也就张罗上了，我就开始称呼她为茶董了。一日闲聊，说起弥渡县在这方面的改革上已经迈开了大步，正在北大方正证券的帮助下，设计并筹划了组织和业务架构。如果交大有这方面的资源，能不能也帮助一把。

说到北大和弥渡，立马想起兵哥（陈贵兵，北京大学挂

职弥渡县副县长）。与兵哥既是网友，上个月又在州里开会相遇交流过。既然弥渡先行一大步了，我们可以先去弥渡调研一下，看看他们是怎么运作的，他山之石，可以攻玉嘛。

两路联系。茶董联系弥渡国投刘董（刘俊生，弥渡县弥渡发展集团董事长），我联系兵哥，两路均是热烈欢迎。兵哥说，弥渡这方面的工作就是他的前任挂职副县长请方正证券具体谋划的，我们可以先来交流一下，互相了解一下基本情况，互为借鉴。后期方正证券相关同志来的话，他再张罗对接一把。

双方约定时间，11 月 2 日，周二，去弥渡。

我对弥渡的印象来自"学习强国"学习平台，常常刷到这么一道题：问，被誉为东方小夜曲的民歌《小河淌水》是出自弥渡还是弥勒？答案是弥渡。弥渡与洱源同属大理州，车程 2 小时，高速相连，来往也是方便的。弥渡的国资平台是弥渡发展集团有限公司，刘董、刘副董（刘森，弥渡县弥渡发展集团副董事长）和国资办彭主任（彭庄，弥渡县财政局副局长、国资办主任）热情接待了我们。大家知无不言，言无不尽，从组织架构到人员编制，从业务框架到产权税收，聊得很细致。我们茶董、乔董、邹董均表示，蛮好早点来的。

弥渡的平台大致是对既有的几个国资架构进行整合，并已初步完成。相较而言，弥渡还是有些重资产的类型。洱源的国投平台，目前茶董及几位董事也有一些初步的思考，初期基本还是考虑轻资产的运行，先把水流起来，再逐渐引入其他资产运营，到那时候弥渡处置并入资产的方法我们就可以借鉴起来了，心里、手里都有底后，再慢慢考虑既有平台的去留问题。

国资国投方面，我算略知一二。我们基金会旗下资管平台统筹资金保值增值工作，平时也有一点接触，大致对投资类型有一些了解。我跟茶董说，我们基金会的资管平台非常专业，非常市场化，但未必对县域国资投资工作涉猎很深。不过对于目前洱源国投平台考虑轻资产的思路，我觉得也可以找机会双方交流一下，相互借鉴。

谈到轻资产，我也建议茶董考虑一下普道财税管理的业务接入，这是完完全全的轻资产。普道对于风险控制已经做得比较完备了，所有财税业务环节对县里是完全开放监管的，也愿意承担具体财税管理中企业发生风险业务时引起的连带责任。政策方面，普道在云南的业务已经开展好几年了，最近跟同属大理州的漾濞彝族自治县达成一致，已经落地运营了。应该讲，项目落地并无政策障碍或特殊政策要求，这个业务我们应该可以开展，如能常态运营，每年县域增加几千万营收，分配结算后，咱们国投平台代表地方也有不小的一笔增收。茶董很感兴趣，表示正在着手研究。

兵哥在弥渡分工包含商务投促，这天在谈一笔大买卖，分身乏术。不过快中午时，兵哥还是溜了出来，和我们见个面。同事骑着个小摩托带着他来的。兵哥与我们也是依依不舍，奈何中午还要和大客户再深入交流，下午还要去昆明培训，又坐上同事的小摩托突突地走了。

弥渡之往，很有收获。

周四晚间，我们在开会。兵哥呼我未遂，留言告知方正证券来弥渡了，如果需要的话，他可以周五陪方正证券陈总（陈济沧，方正证券汇爱公益基金会秘书长）来洱源，专业人士可以再指导一下。这兄弟，杠杠滴。当然需要，强烈要求，于是周五下午兵哥和陈总就真来了。

茶董几位下午去开展国投平台的第一笔业务去了，把泥石流冲下来的泥沙卖出去。这活也真是不容易，限于环保要求，不能在本地水洗泥沙，于是价格就很受限了，把我们茶董给着急的。也没辙，尽量磋商，争取毛料稍许多卖点钱吧。通过这个交易，一方面把泥沙清理掉，另一方面也多少赚一点。

我就先和兵哥、陈总聊一聊。我假装也会泡工夫茶。同在异乡为

异客,相逢即缘谓相知。陈总也很有心,比我年轻四五岁,早年在政府机关工作,后来下海经商,转战方正证券。原先方正证券在北大旗下,帮助北大对口帮扶弥渡县。上一轮校办国资改革,方正证券转入平安旗下,但对弥渡的帮扶仍在路上。这次陈总到弥渡就是协调相关工作的。

兵哥的分工也有教育改革任务,我也把最近在洱源教育提升以及思源特班方面的考虑跟兵哥交流。北大 2018 年就在弥渡就开展类似工作了,兵哥也很实在,经验教训一股脑告诉我,我受益匪浅。

聊着聊着茶董一行卖沙归来,客户已经开着车来拉泥沙了,大家都很高兴。陈总和我们交流了国投平台的情况,给了很多实实在在的意见建议,比如投资原则的设定、运行模式的分析、领导期望与业务运行的协同、传统资产与金融资产的衔接,等等。

周六,陪兵哥、陈总去郑家庄走了走,三营的张副书记(张智,时任洱源县三营镇党委副书记)专门安排时间给我们详细说了说。郑家庄是 7 个民族共同生活的一个自然村,有 125 户 525 人,和谐稳定、团结同心,民族之间从未发生过争执,20 多年来没有一起刑事案件,小事不出村,大事不出乡,美丽富足,和睦相处,亲如一家。兵哥是点名要来,我早有耳闻,却一直未有机会前往学习,这次机会来了。

郑家庄荣誉很多,曾经是县里的团结进步村,2006 年被评为云南省第一批民族团结示范村,2015 年被授予第四届"全国文明村镇"荣誉称号。藏族老支书功不可没,这么多年来摸索出 1＋2＋7 民主议事会制度,"1"是指党支部书记,"2"是指藏族和汉族的两名村民小组长,"7"是指 7 个民族各一位的议事代表。村内的大事小情,经党支部、党小组议事决定后,提交给"1＋2＋7"的议事小组,由议事会进行表决,所有的征地拆迁、占房占地、邻里纠纷等事情都要通过议事小组来表决。村里各民间相互通婚,有的家庭甚至由 3 个不同民族组成。藏族过藏历新年，村里各民族就一起按藏族的习俗过年；汉族杀年猪，会邀请其他民族到家里吃杀猪饭；彝族的火把节、白族本主节，大家都欢聚在一起唱歌、跳舞、吃饭；中秋节和大年初六，全村所有人聚在一起共庆佳节，这种做法已持续了20多年。

郑家庄内融入白族风格、汉族风格的藏族人家门廊

我们在村里漫步，不同民族的人家在自家院墙上画着各自民族的代表画，特别好看，又非常和谐，毫无违和感。县里其他地方的民居大多呈白族特色，体现在门头上，郑家庄的门头就更特别了。有一户人家的门头特别漂亮，融合了好几个民族的元素，张副告诉我们是主人家自己设计的，我们不由感慨高手在民间。庄里一步一景，恍惚间这哪里是农村，比起城里公园不遑多让，甚至更胜一筹。外面来的人，一定都有一种"要是我家也有这么一座小院该多好"的感觉。

这几年，洱源面临转型发展的困境，大家都遇到困难，庄里镇里也一直谋划着如何把民族团结转化为生产力。镇里村里一直在总结民族团结方面的经验，也一直向县里州里汇报，希望能把郑家庄建设成为民族团结的学习和教育基地，吸引更多的人来了解这里，在这里实地考察学习，交流沟通。庄里前两年已经有一些实践的尝试，争取多方支持，已经设计建造了可以集教育教学、研讨交流以及相关后勤安排的场馆，目前各方力量正在帮助庄里做功能上的设计安排。我和张副闲谈，怕是庄里也很需要抓紧时间把之前的经验做法不断总结凝练，形成特色课程。张副说已经在开展这方面的工作了，不光是特色课程，还会结合民族特点，考虑设计在不同民族家里开展现场教学或交流，这样形式更丰富，更活泼，鲜活展现这么些年来庄里民族团结的真实情景。

下一步要鼓励和吸引庄里的年轻人回来或者用多种方式参与和帮助庄里的发展。老书记年事渐高，各方面难免兼顾不足，后续庄里的发展一定是需要年轻一代参与和努力的。其实庄里陆续走出40多个大学毕业生，不过目前在庄里工作的只有几位，这大约也是未来努力的一个方向。

从郑家庄出来，我们到丰源村转了转。玄总和小熊热情接待，大家去提水点看了看，又交流了一番，兵哥、陈总就回弥渡了。

弥渡之行，我们互相交流，取长补短，更有收获。

忙忙叨叨，总有点新东西

这周进入 11 月了，周一正好是 1 号。早上有个消防工作会议，视频会议，现场直播大理最大的商业综合体里消防各环节的做法，提醒大家做好自己县里商业体的消防安全工作。安全生产大意不得。会后搭消防大队王指导的车回办公室，路上聊天，发现大家都不容易。消防队伍原属公安武警部队，后划归应急管理部，四级财政供给，碰到我们经济压力大的县域，经费自然水降船低，捉襟见肘。人员编制也让我有些困惑。但是消防大队的任务倒是水涨船高，今年 10 个月，已经出警 70 多次了，兄弟们也都很辛苦。

快中午时，农夫果园的周总在农业农村局聊完有机肥不涨价的事情，来找张副反馈一下，我也陪着听了听。张副对沪滇协作是事无巨细，帮着农业农村局做协调工作，皆大欢喜。果园施工中标的山东企业也在，昨天比较晚到的，第一批的材料也一起运来了。昨晚和老周对接施工方案，两人聊到 2 点多，干点产业不容易啊。

下午和张副一起去丰源村瞧了瞧，主要看提水点受损情况，又看了看拟推荐给虞总投资洱源的两个场地。"9·13"泥石流灾害还真不是唬人的，提水点外面的院子已经夷为平地，友谊林的友谊树们都已经香消玉殒，只剩下平平整整的沙地一片。我给小熊出了个主意，发挥一下他学风景园林的专业特长，把围着提水房的小院重新规划一下，既然已经夷为平地了，那么施展空间也大了。友谊林重新种起来，争取纳入学校校友林旗下，作为学校校友林的异地林区，恳请各位校友捐赠支持，冠名认养，善款用于丰源村发展。小熊同学眼睛一亮，摩拳擦掌。

泥石流过处，寸草不生，提水点顽强屹立

要说提水工程的质量还是相当赞的。整个屋内都进了泥沙，墙上水位很明显，我举手也够不着，目测3米左右。分割很明显，3米以上是白白的墙，3米线特别整齐。水位嘛，总是水平的。再往下就是曲线了，泥沙沉淀的曲线。咋说质量好呢？因为核心设施，那大大的黑匣子完好无损，运行正常，提水功能几乎不受影响。这相当不容易，因为大黑匣子当时是全埋在水中泥里的。匣子旁边的监控设备当然已经不行了，铁架都弯了腰。

外围的输水管道有两三处裂痕，裂缝都在套管接缝处，形成喷缝喷眼，好似喷泉一般。小熊、玄总分析原因，是因为泥石流里裹挟石块树木，快速冲撞所致。张副与小熊嘱咐，尽快请施工单位落实勘查和修理方案以及预算，目前喷漏一定对水压有所影响，还是要尽快修复，所涉资金根据预算情况大家一起想想办法。

帮虞总看的场地是两所村小，因为学生人数太少，这两所村小已经与其他学校撤并汇总了，于是这场子就闲下来了。两所村小都是村集体所有，玄总很熟悉，当年是他张罗造起来的。一所 2 亩多，一所 5 亩，各有校舍设施，用作厂房的话可能要改造一下。我看下来都挺好的，小一点的交通好一些，大一点的略微有点远，也就远六七公里。拍照存图，发给虞总，诚邀他再来考察。

周三在州里开一天会议。上午是关于水专项的一个交流会议，下午关于农业面源污染调查的布置会。于是就想中午找地方蹭饭吧，不然上午 11 点多开完，赶到县里 12 点多，吃完饭就出发再到州里来，那不是傻了嘛。呼叫顺子老师，研究院搬好家有食堂了，想去蹭饭。顺子老师回学校对接工作，还没回，让我直接去。不怕，呼叫封兄，妥妥的。

到了研究院，这新楼颇有些闵行校区楼宇的色调，我喜欢。进入大厅，布置得相当好，有学校风景，有大理风光，有展示场所，有休憩空间，总之很有格调。中午封兄带我到食堂，半开放空间，吃多少拿多少，很自在。

下午的会是中国农大和云南农大对大理面源污染的一个调查工作布置，挺好的一件事情。洱源承担了一半左右的现场考察调研，我们要做好相关安排和准备。

周四县里请了教授来宣讲州党代会精神。我认真做好笔记。州党代会的主要内容就是"大理之问"，教授对大理的历史、现状和发展布局说得很清楚，特别是对现状的阐述，完全是客观数据对比剖析。

上海交通大学云南（大理）研究院新大楼全景

晚上七点半是洱源县创建国家卫生县城攻坚行动调度会，临近评审，要再抓紧。创卫这阵子，正是县城风貌提升进行时，还需努力。

周五也是新的学习机会。最近安全生产的弦要不断绷紧，州里派出安全生产检查组到各县市提醒督查，县里派我跟着学习。这个我没参加过，欣然随行。

第一站去的是洱源县华能马鞍山风电场，咱们去的山头上有93座风电机组，周边一共250座，风电叶片转啊转。学校里也有一个风电机组，做实验用的，没真的那么大。央企的安全生产有一套完整规范，组长提醒，要结合本地实际情况做安全生产工作，特别是风电机组在山顶，人员上下衍生出来的交通安全风险一定要高度重视。

第二站去大理高速洱源出口的加油站。加油站的操作相对比较明确，措施和预案也比较到位。我才知道油气回收装置是怎么布置的，平时自己加油去加油站，没机会掀开输油入库的那个盖子看看。

第三站去的是南塘子水库扩建工程。到了一看，和我想的水库差别太大了，就是水塘嘛。负责人告诉我，南塘子嘛，就是这山南面的水塘子呀。别嫌它小，这不是正在扩建嘛，现在小水塘库容18万立方米，是当年为了灌溉农田，老百姓们自己建的。这次扩建，要扩到188万立方米，一年灌溉三四千亩地，不算太小了，当然也不算特别大。水库坝体已经10米高了，还要再增加10米左右，是个弧形大坝。脑子里瞬间想起《冰雪奇缘》里的大坝，咱南塘子坝应该没那么高，但比它长。脑补一下，建好之后，站在南塘子大坝上，一塘清水，三面环山，好不惬意。拉回来，工程的施工安全重要性就无须多言了，是安全生产的重中之重。目前工程完成第一期目标，暂停施工了，等省州资金到位后再启动第二期施工。负责同志感慨，希望资金快点到位，抢抓施工黄金期。

周日去了一趟洱源一中。杰哥(张杰，上海交通大学原校长、中国科学院院士)获得未来科学大奖，周三要给青少年讲公开课，我们洱源的同学也能聆听大师教诲。两位同学在准备提问题，希望问题有些水平，能被杰哥选中回答的话就太好了，这对我们鼓励莫大。不过一颗红心两种准备，即便没入选，也是一个思考和锻炼的机会。又和段校长(段勇，洱源县第一中学副校长)以及学校其他领导们交流了一下对于思源特班的一些看法，虽非英雄，所见略同。

晚上参加招商引资项目的会。会上领导们讲得很对，要理清楚招商手册和项目手册的关系，目前做的这一版手册把这两点混在一起，反而不清不楚。招商手册要讲清楚洱源是什么、发展定位是什么、招商方向是什么、优惠政策有哪些、落地操作怎么办。项目手册要讲清楚项目

内容是什么、招商需求是什么、基础条件有哪些、优势情况怎么样、联系方式怎么办。手册结构清晰、简洁明了、一目了然,这样人家感兴趣,才会有意愿,才能有接触,才有可行性。

　　难怪我看到桌面上这一稿手册时有点蒙,漂亮也算漂亮,总觉得绕来绕去。听领导们剖析,一下子豁然开朗的感觉。看来,思路清楚了,东西也就顺了。

会多的一周，也为创卫

  洱源创建全国卫生县城，其中最重要的环节是省级技术评估，时间安排在 11 月 17 日至 19 日，评估结束后当场反馈结果。

  10 个组分别是综合组、爱卫组织管理与乡镇辖村卫生组、健康教育组、环境卫生和社区卫生组、环境保护组、病媒生物防制组、食品安全组、生活饮用水及公共场所卫生组、传染病防治组、勤洗手常消毒组，组别是依据评估的指标体系设定的。

  全国卫生县城创建，是云南省今年的规定动作和明确任务。县里为这项工作一直在准备和努力着。这周临考了，自然更是认真，方方面面的工作都在有条不紊地进行，发现问题及时调整。最近一个阶段，州里的县市陆续都在迎检，先后传来兄弟县市的评估分数和结果，有让我们羡慕的，也有让我们紧张的。750 分是基本合格线，需要整改再评估，800 分是一次通过的分数线，也是我们努力的目标。

11月15日周一。上午在洱海之源广场上举行了"洱源县创建国家卫生县城新时代文明实践志愿服务活动"启动仪式，各网格区域列队参加。我是负责第二十二网格的，也穿着红马甲，戴着小红帽加入行列。仪式很简短，任务很明确，结束后各网格同志各就各位。我到办公室拾掇了一下，也到我的网格巡山去了。玉湖二中侧门的施滉路，是医保局的责任区域，代局长（代立恒，洱源县医保局局长）他们都在。这一段情况有点特别，西面是二中，东面是建设中的高平中学，还没有完全建好，所以这段路是半成品。不过已经被代局他们收拾得很干净了，尽头与施工区域的杂草也都消灭了。路的南段是正在开发的小区。不过代局他们也进去了，与工地上兄弟们把施工相关的要求讲得明明白白。我还挺放心的，捡现成了。类似的情况，网格的片区内基本如此，红马甲和小红帽们沿途都在，真是随手捡，随时清。

县里细化了17个组别，分别由县领导们担任组长，统筹工作，大约已经准备一年多了。这周组长们更是全身心扑上去了，于是这周是我开会特别多的一周，能替的会，我上，也是另一种为创卫工作做贡献的方式。

周三上午参加了全州保供给促投资新能源发展工作视频会。这个会议重点是研究督促省州分配的分布式光伏发电项目的落地推进工作。大理好几个县市获得了配额和项目，但进度还是有点滞后，会上也提出了明确要求，相关县市也报告了项目进度和下一步的推进计划。可惜我们洱源没有争取到，其实我们在用地和空间资源上还是有很大的匹配空间，希望明年能有机会争取到第二批的一些配额和项目，这对经济拉动还是很有帮助的。会上听到了协鑫在大理有项目，协鑫是我们交大的捐赠人，很亲切。

下午去了一趟宾川县，参加大理州2021年水利固定资产投资55天冲刺方案第一次现场推进会。我们到宾川县实地观摩了鲁地拉提水项目水寨泵站的建设情况。鲁地拉水电站是金沙江中游河段规划八个梯级电站中的第七级电站，位于云南省大理州宾川县与丽江市永胜县交界的金沙江中游河段上，库区还涉及大理州鹤庆县，上接龙开口水电站，下邻观音岩水电站。这次去的提水项目，简单说就是从鲁地拉水电站的库区一路埋水管，覆盖滇西滇中缺水区域，是对滇中引水的补充工程。

宾川与洱源的风貌不大一样，宾川的山有些黄，不似洱源的山这般绿。宾川是水果之乡，葡萄、柑橘很出名，是支柱产业。这个提水项目大约今年年底明年年初通水，想必对于宾川百姓生活和水果生产造福匪浅。这次让我们来现场学习，是因为这个项目9月和10月进展非常迅速，从资金拨付到工程进度都是一等的，希望各县市能够以此为榜样，你追我赶。看起来各县市的任务也是颇为繁重的，努力吧。

周三这天就是17日，下午评估组来洱源了。

周四上午，对接了一下虞总的行程。虞总马上要回新西兰看老婆孩子了，走之前来不及到洱源了。不过虞总明确洱源的事情是一定要做的，先可以把大米和菌子做起来，之前考虑的品牌孵化待春节后他再来推进。我也认同虞总的思路，还是一步步走稳了比较好一点。

下午，去州里，参加全州招商引资工作会议。年关将近，全州距离目标还是有些差距的，各县市都有要进步的要求和空间。州里对于招商引资是三个考察体系，一个是州外资金数据，立足本州来看的，一个是省外资金数据，应该是省级下达的指标，还有一个是利用外资数据。今年洱源利用外资贡献一等一，以一己之力完成了全州的目标，多亏了顾总（顾力颖，帝亚吉欧大中华区战略项目财务总监）带来的帝亚吉欧威士忌项目，真是太好了。帝亚吉欧是全球知名跨国酒业集团，相中了洱源的水源和生态环境，在洱源县投资5亿元人民币建设集团旗下首个中国原产威士忌酒厂。还有两个月，州外目标洱源毛估估是可以完成的，省外指标有困难，求各方大佬支持啊，本广告长期有效，州内州外，省内省外，境内境外全面欢迎！

周四这天是18日，评估组继续紧锣密鼓，据说反响蛮好，不过没到最后宣布时刻都不能松懈。

参加洱源县创建国家卫生县城攻坚行动调度会

周五，上午评估组与县里要反馈评估结果。我继续用开会方式为创卫做贡献。早上我去州里，参加中国乡建院与大理市、漾濞县和洱源县的战略合作协议签约。10时许，激动人心的消息，踏网而来，组长宣布：洱源县创建国家卫生县城工作，达到国家卫生县城标准，通过省级技术评估。瞬间刷屏，久久喜悦。11时许，我也替县长把战略合作协议给签了。

签约前与漾濞李县长（李庚昌，漾濞彝族自治县县长）热情相拥。普道的财税项目落户的地方就是漾濞县。县长说你别跟我说普道呀，你说捷税宝嘛，一下子大家就对上了。我也很开心，告诉县长普道是交大校友的企业，老板是我同学。县长说9月底奉贤区派了一位副镇长挂职漾濞副县长，也非常给力。这我还真知道，昨天晚上刚听我们鹤总派驻漾濞得力干将智康总（洪智康，普道科技捷税宝项目经理）说起过，你说巧不巧，普道在上海奉贤的业务是和骆副（骆永，上海市奉贤区挂职漾濞县委常委、副县长）洽谈对接的。普道7月就与漾濞对接了，9月快签约时，骆副又到漾濞挂职，思路和方法拓展开来，进展比预计更顺利。智康总也相当给力，向鹤总反复申请了对漾濞项目起步的进一步支持，就像他自己说的，待在这儿一段时间，就体会到了当地的不容易，能支持的还是要尽力申请。这个窗口期还是相当重要，我也努力再推动一把，争取在洱源也能落地。

22 日和 23 日是大理州的州庆，洱源人民真是向州庆献礼啊！为表庆祝，我请驾驶员陈师傅小撮一顿，一锅香辣虾，边吃边聊。听陈师傅说起大家庭和小家庭的日子，各自的工作，各自的孩子，很有意思。不管做什么工作，每个人的生活在别人眼里都很特别，很有意思。希望家家安好，人人快乐。

结束了，陈师傅把我放在机场。正好等航班的时间理一理这周的工作。周末回去，带儿子去霞姐的融育学校体验一下，下学期升学了，多看看，和儿子一起找条适合他的路子。下周学校好几波队伍来访，校长们周末也来，我回去打个对接的前站。

再次祝贺创卫成功，据说 810 分，一次通过，真棒！

杰哥开讲,寄语洱源娃未来

　　这话得回到 20 天前,11 月 5 日了。那是周五,傍晚我们在合计茶董的国投事业。从接到学校基础教育办侯宗胜老师电话时,这话就开始了。

　　2021 年未来科学大奖获奖名单于 9 月 12 日在北京公布。张杰院士因其通过调控激光与物质相互作用产生精确可控的超短脉冲快电子束,并将其应用于实现超高时空分辨高能电子衍射成像和激光核聚变的快点火研究的贡献获得"物质科学奖"。杰哥荣获的未来科学大奖,是中国科学家和企业家群体于 2006 年共同发起设立的。未来科学大奖设置生命科学奖、物质科学奖、数学与计算机科学奖三项,每项奖金 100 万美元。2016 年首次颁奖,每年颁发一届,至今已经颁发 6 届。这次杰哥获奖,我们交大人都好高兴。

　　未来科学大奖很有意思,除了对科学家们的肯定和支持之外,还要求科学家们与青少年等群体通过讲座、报告等多种形式进行交流。这种安排相当好。杰哥学术报告会是 11 月 9 日未来科学大奖与上海交通大学联合举办的,题为"极端条件下的物质世界与超时空分辨观测",网络播出是 11 月 17 日。对话青少年交流会是 11 月 10 日在交大二附中举行,网络播出是 11 月 21 日。

跳回到 11 月 5 日傍晚。侯老师说杰哥与青少年的交流定于 10 日周三下午举行,主要面向交大二附中的同学们。我家小哥就是二附中的嘛,可惜是面向低年级的,初三生没机会直面聆听了。青少年交流会希望也能与偏远地区的孩子们互动一下,限于疫情,把孩子们请到上海不甚方便,最后决定采用录制视频提问的方式进行互动交流。于是就想着我们洱源了,希望能够推动洱源孩子的问题入选交流。

洱源一中同学
云端提问杰哥

这是个好机会。当下与洱源一中段校取得联系，段校和我一样很激动，我们都认为这是咱们洱源一中露脸的好机会，明年交大和洱源一中要办思源特班，这次是个绝好的铺垫和切入。虽然时间很紧，但段校有把握找到同学，问出风采和水平。陆续侯老师与我分享相关要求和信息，我再转发给段校。其间，我也找了一些资料请段校和同学参考。

7日上午，段校相邀，我到洱源一中学习交流。学校已经选好了两位同学提问，也对提问内容和场景做了很详细的考虑。我和老师同学也聊了几句，他们考虑得都很全面了，套用一句不知出处的话：其实，我们只是缺个机会。我提了个建议，不要分别提问，两个同学正好金童玉女，同时出镜，问候、提问、邀请一气呵成，看杰哥选不选我们。

8日下午，我们按时提交了提问视频。我近水楼台，先睹为快，我觉得风采水平都可以。周二杰哥看大家问的水平，决定选谁家的娃。虽然我觉得杰哥会选我们，但还是有些忐忑的。

9日下午，侯老师告知，洱源一中视频已被采用。真棒！真为我们金童玉女点赞，也为我们洱源一中点赞！给杰哥发了个短信，感谢杰哥，也邀请杰哥得暇再来洱源。杰哥说很高兴收到信息，他一直记着那次访问洱源一中的经历，邀请大家下午云端见。

10日下午，杰哥对话青少年如期举行，我负责在朋友圈盗图。对话会结束后，给在现场张罗的学校领导于主席（于朝阳，上海交通大学工会主席、时兼任基础教育办公室主任）发了个微信，聊表谢意。于主席说洱源必须支持，杰哥回答最后洱源的问题，讲得很动情。

公开播出时间定在11月21日，我与段校反馈。段校会请孩子们聆听杰哥的寄语，看看自己的风采。后来段校告诉我，孩子们看后都很振奋，备受激励！

杰哥开讲　　　　　我与未来科学大奖同仁申请到了原片，立马下载，心里还是暖洋洋的。

仲英相伴，洱源思源

　　我们领导要来看我了。领导一直说来看看我，看看能在洱源一起做点什么事情，本想跟着学校团一起来，学校团一直未能成行。程处说不等了，先行先试。我来洱源之前去转化医学显明那儿，那时候显明也要来洱源看看能做点啥，之前他帮着广西巴马瑶族自治县在康养文旅方面做一些大健康的工作，感觉洱源到一定阶段也会有所需要。

　　于是领导相约显明一起来。

　　交大的转化医学得到美国唐仲英基金会的全力支持。今年年初，我也参与一些工作，学校与基金会达成一致，设立上海交通大学转化医学唐仲英荣誉体系。原先唐仲英基金会支持学校的时候，约定了要在转化医学研究领域设立唐仲英首席科学家，引领和把握几大领域的发展方向。这次唐仲英荣誉体系设立遴选委员会，中心工作是遴选首席科学家。学校将既有的仲英青年学者项目也聚焦到转化医学和生命健康领域，新的青年学者也由遴选委员会审定。结合转化医学的辐射面和交叉研究需要，这次又设立唐仲英访问学者。下一步的计划是对标洪堡学者模式，设立仲英学者。综上形成上海交通大学转化医学唐仲英荣誉体系。5 月，在交大召开了第二次长三角地区高校仲英青年学者论坛，主题"专业旁的公益，公益中的专业"，这是俺建议的，被领导采纳，与有荣焉。

显明来了，邀请四位仲英青年学者同行。正好我们在张罗洱源一中的事情，那就顺理成章请四位学者给我们同学做报告，本人强烈要求显明也要做报告，他顺从了。之后续陆续再邀请其他学者来做报告。想到这里，不由自主地建议，设立上海交通大学仲英青年学者洱源工作坊吧，就落在洱源一中，先开展学术报告和生涯指导，后续还可以在医学健康方面拓展一些工作。

领导批准了，也得到唐仲英基金会的赞同。你看看，工作坊都要挂牌了，不请基金会那哪成。总监们之前也说要来看我，这次真来。

洱源行程我来安排，背后是县乡村振兴局全力支持。约好 26 日周五到。

临行前一日，这次要来的交大医学院附属瑞金医院两位学者行程有变。我们首届学者许杰老师虽转会复旦，但特别够意思，这次也在成行之列。交大医学院附属第六人民医院刘珅老师应该也可以成行，但他在 26 日下午临时有个答辩，原本中午航班就改到下午 3 点多经停的另一个，航班历时 6 个小时。模子，不愧为交大当年医学院第一届毕业生！

25 日晚，总监们抵达昆明，我心里基本有底，这次来定了。我想有显明、许老师、刘老师，报告足够了。5 个报告改成 3 个，正好每个人讲得充分些。

26 日一天我在州里开会，有空就在航旅纵横 APP 上看看他们飞到哪里了。刘老师本来很顺利，可惜计划赶不上变化，都已经抵达浦东

机场,办好手续走到登机口了,医院临时有事,又折回去了。刘老师说要不线上报告,他有把握能讲好。赞同,线上,讲好!

我对行程还是动了点脑筋的。

26日傍晚抵达大理,直接去上海交通大学云南(大理)研究院参观。研究院在孔老师和欣泽院长带领下,绝对是把论文写在中国大地上,写在苍山洱海中。5月,欣泽院长应邀参加我们论坛,给我们青年学者们讲了20年洱海治水的故事,我毫不夸张地认为他们的工作是专业精深和公益宏大有机融合的绝佳体现。这次我们到了大理,一定要到研究院实地看一看。正好研究院搬了新楼,我们也来暖暖楼。

27日上午,仲英青年学者洱源工作坊如约而"至"。县里很重视,张副、项副全程参与,教体局和洱源一中领导亲自张罗。全体高一的同学参加,坐满大礼堂。我左顾右盼,发现大家听得都很认真。显明先讲转化医学的前世今生未来,就像他自己调侃说是茶水博士,颇有些深入浅出。许老师之前就说不给孩子们讲太专业的内容,讲自己一路学医的历程、在国外做科研的感悟、回国后带团队的心得。他的神来之笔是说,不管学医不学医,考交大一定是对的。话音未落,娃娃们提问,那叫一个踊跃。我跟项副说,看我们洱源娃娃,真是不差的,我们无非就是缺一点点机会。许老师回答了七八个孩子的问题,有关于学医的,有关于家人健康的,最后时间不够用了,段校长不得不叫停后面排队提问的娃娃们。中场休息后,刘老师上线,骨科医生这报告让人听得又怕又爱。怕的是颈椎腰椎胳膊腿,样样出问题;爱的是锻炼预防保养,姿势很关键,早知道早做到,零件时间用得长。唯一可惜之处是网络不甚给力。

3个报告完,得一点启发。以后办报告会,一上午两到三个正正好,多留些时间互动,效果更佳。OMO(线上线下融合)是未来方向,网络也要加强。后续学者的报告一定还有在线的,未来与教育学院的结

仲英青年学者洱源工作坊启动

对,思源特班的系列活动也一定有相当比例在线安排。

报告会结束,已经有点晚了,县长专门安排时间和我们一行交流,话题比较多的是聊文旅康养。领导对洱源温泉资源很惊叹,表示将留意推介,争取让一众设计、开发和酒店运营的朋友关心关注洱源。县长特别介绍了凤羽镇的情况,让我们下午一定要去凤羽看一下湿地保护和乡村开发的几个点,多提建议,多帮助推介和引入资源。

本来我们的行程就有凤羽的考察,这是中国历史文化名镇。领导又反复嘱托,我们于是看得更仔细。上次我来凤羽,看过村落保护和凤翔书院,这次也算故地重游。上次我来时阴雨天,这次大家来时阳光普照,又是另一番景致。我感受最大的是凤翔书院内 300 多岁银杏树满枝金黄,文脉祥和,叹为观止。

去凤羽路上,沿着凤羽河,路过的湿地,让大家一再驻足。青山、清水、青草、蓝天、白云、微风,举手投足皆为大片。

镇长专门领我们去了退步堂,这是一张凤羽新名片。老总就是村

退步堂正门

里人，在外做了十多年银行业，在一众贤达支持下，在佛堂村做起"慢城时光"，打造了下院"退步堂"和上院"天马草堂"。退步堂正门很小，土坯木框，对联是"柴扉门小是正门，佛堂村远及天下"，横批是"退步原来是向前"，颇有些意境。进门小转后，豁然开朗。依半山七八间屋，很现代，却也不突兀。很难想象是出自没有学过建筑的白族设计师之手。不管住宿还是会客，基础设施品质都很好，很适合放下压力，放空下来，做一些跳出框外的碰撞。退步堂的后门与天马草堂的前门相呼应。天马草堂设计风格统一，我感觉其中小品元素更现代一些。

水的运用在两个堂里淋漓尽致，花草树木也很雅致，恰到好处的花团锦簇。

老总说现在也对外开放，根据客人需要，餐食和住宿都一起安排，也可以根据时间多少安排附近的游玩路线。大家戏称，找个时间带着孩子在这里放放空，孩子们跑上跑下，大人们喝喝茶，相当惬意。于是和老总相约下次来了要打折。

时间紧，凤羽还有好些点来不及跑了，留点悬念下次再来。凤羽下来路过丰源村,提水点必须经停。小熊给我们讲提水点的前因后果,山上大小南极村有七八千亩坡地,等着二期的水路通了,苹果就要种起来了。泥石流的印迹还是很明显,提水点质量还是杠杠的,饶是如此也有一些水管裂痕待修复。

泥石流之后顽强矗立的提水点

顺着走到右所,前一阵州委书记考察过的罗琦花卉就在路边,我们也进去开开眼。不进不知道,一进吓一跳,绝对开眼。这是生产和销售多肉植物的企业,一排排的多肉小苗苗,好似消消乐,看着又解压又有点密集恐惧的紧张。小熊对这里很熟,前一阵被右所镇闻书记抓着给罗琦花卉做方案,堪称半个向导了。重点在直播区。我们看了直播贵区,顾名思义就是卖贵的多肉,大约两三百元一株起板,一般七八百元一株,最贵的一株八千八元。"八千八"大家都看到了,我是外行也没看出好在哪里,但它就是八千八元,而且名肉有主。这里一大特色是开展寄养服务,半张乒乓台大小的桌面就是一家寄养的场子,有好多个场子,每个场子价值十多万二十万不等,上面悬挂摄像头。肉肉的妈妈们

罗琦花卉,贵 把肉肉们买下来,也不拿回家,就寄养在这桌上,每天通过摄
贵的多肉 像头看她们的肉肉,据说很开心,还自发组织家长会视频
交流。

洱源的气温和光照特别适合种植多肉,多肉销售非常好,
肉肉的妈妈们都是发达地区的女性朋友,据说最大的个人客
户购买的多肉市值逾百万。每年罗琦花卉卖出的肉肉在千万
株这个量级,带动了右所镇的就业,颇为可观。

接下来业态得规划拓展,以肉肉种植销售带动观光和文
旅康养,把来的人留住,目前在右所西湖区域做初步方案。还
有点时间,我们也去那里看了看,偶遇组织部同志也在那里调
研这个产业的规划。大周末的,基层不易。

周六一天兜兜转转就过去了。行程很紧,洱源很美,大家
很高兴。我不得不凡尔赛,这样的美景,洱源还多得很,请大
家多来看看,多来帮帮我们。

洱源的酒店，大都配有温泉，硫磺泉、碳酸泉，各有特色。来洱源，想让你住到没温泉的酒店还真不容易呢。泡泡泉，解解乏，是不错的。

周日上午去灯草湾苹果基地。这是沪滇协作、交大支持的项目。今年工会给大家福利的苹果就是从这里寄出来的。灯草湾在牛街乡西坡村的山垭口，海拔2700多米，昼夜温差大，种出来的苹果个顶个的冰糖心，吃过都说好！灯草湾还是有点远，主要是山路，车开得慢，不过经过脱贫攻坚，路的品质已经很好了。接待我们的是灯草湾的第三代了，第一代老爷子1992年在这里拓荒种苹果，那时候路也没有，是第一代老爷子挖的土路。如今鸟枪换炮了，在沪滇协作的帮扶下，交大出技术，也出一部分的消费支持，产品好，态势好！今年20万斤苹果，交大管一半，另一半也订出去了。第三代小伙子告诉我们，交大的苹果已经发货一半了，还有一半正在包装，每天能装2000箱，3天左右也就全发完了。工会的会员们，别着急，很快苹果就到了。

乡村振兴局的同志陪我们来的灯草湾，一路上告诉我们，县里对这个项目很重视，确实很有前景。目前灯草湾还有缺水的情况，他们正在想办法做资金方面的帮扶，解决水的问题。预计明年苹果的收成有50万斤，那时候可能就有些销路的困难了。我们说一定帮着推荐，今年学校采购也是一种推荐，大家吃得好明年自己就来买了，另外我们也向朋友们推荐，向我们基金会的捐赠人推荐，一起努力。

我们切了个苹果，真是好吃啊！

从灯草湾下来就已经是下午了，接着我们赶往大理市，途中在双廊停了下来，站在海边，喝口水，拍张照。洱海之美，美不胜收，感谢孔老师和欣泽院长的努力，更感谢洱源人民的付出和牺牲！

来大理市，我们是带着任务来的。之前我们支部一起张罗帮助洱源乔后镇的小姑娘，钱已经汇到小姑娘读高中的新世纪中学了。这次来更多的是想通过看望给小姑娘一些勉励和鼓励。我们乡村振兴局的

李副是这件事情的发起者。他太太在新世纪中学教高三，上次洱源泥石流灾害之后，知道有这么个高一小姑娘家里受灾了。正好李副救灾期间联系的就是乔后，专门去小姑娘家里看过，相当困难。后来找我聊起这事，没想到我们支部这么给力，很快解了燃眉之急。我们到的时候，李副和班主任许老师已经在校门口等我们了。

新世纪中学顾名思义是迈入新世纪时建的，教学水平和成绩有目共睹，一本率逾八成。站在这里，想着小姑娘是我们洱源人，能在这么好的中学读书，读得还不错，替她高兴。另一方面，要是我们洱源一中能达到这个水平，她就可以直接在洱源读了，不用离家这么远，回家要花一整天。

看到小姑娘，大家都很高兴。小姑娘状态很好，笑嘻嘻的，看得出比我们更高兴。领导老程同志笑得更开心，一直鼓励着小姑娘好好读

帮扶大理新世纪中学洱源乔后的小姑娘

书，生活方面的困难不用担心，有问题随时提出来。老程大概想起了自家闺女，已经读大二了，也想起并说起他以前在安徽无为市读高中的情景，那时也是很困难很不容易，就是靠着自己的努力读书走出来的。

孙校长特地从外面赶了回来向我们表达感谢。平时他也找各种资源帮助困难的孩子们，学校自己能免除的费用就直接给困难的孩子们免除，大家一起出力。小姑娘的班主任很年轻，对班里的孩子很关心，对家里困难的小姑娘更是如此。

显明说，以后有这样的情况，他们支部也可以支持。立即与他约定，以后遇到有困难的孩子，我就找他了。

相聚短暂，来去匆匆。从学校出来，送上海的师长朋友们去机场了，惜别，有点不舍。

我和小熊在回洱源的路上感慨，车里怎么这么冷清啊！大家一定要常来啊！

请允许我在文末来个致谢。

感谢美国唐仲英基金会，感谢朱莉、周健两位总监！感谢转化医学的老师，感谢显明和小新！感谢来到洱源的仲英青年学者许老师和在线报告的刘老师，也感谢未能亲临现场的瑞金医院曹亚南老师和叶静老师！感谢研究院的欣泽院长、顺子老师、封兄以及同仁！感谢我的领导老程同志，当然他实际上很年轻，感谢我们基金会的兄弟姐妹！感谢我们洱源支教团的六位新老师！感谢洱源的领导们关心支持，特别感谢乡村振兴局、教体局、卫健局、洱源一中、凤羽镇、茈碧湖镇、右所镇、牛街乡的领导和同仁！

仲英相伴，洱源思源！

再到西片，学习与调研

　　大理之问的洱源方案中，有关于产业发展专题调研的安排，我分到乔后镇和炼铁乡两个点。这次调研侧重农业产业发展。

　　我倒还挺愿意去的。乔后镇去过两次，并不太深入产业。炼铁乡还没有去过，正好有机会去学习一下。上个月原本计划陪虞总到乔后再看一下蜂蜜、菌菇和核桃乳，后来时间赶不及，虞总回了一趟新西兰。相约春节后回国，来洱源开工。前后有这么些时间，我先到处踩踩点。

　　于是，昨天再到西片。洱源一共9个乡镇，其中6个在坝区，离县城不算远，3个需要翻过西边的罗坪山，大家一般说是西片3个乡镇，按距离分别是炼铁乡、乔后镇和西山乡。

　　罗坪山是洱源最高的山，海拔3000米出头，山峰上是大唐风电的驻地。风电的兄弟们也不容易，上下都是翻山越岭。传统去西片的道路就是翻过罗坪山，从县城

罗坪山垭口俯瞰

出发，大约1个小时开到山顶，山顶成为垭口，上山方向的左手边有个小白房子，就算是垭口的标记了。本人自测，估计2小时也能开到山顶，但不敢开，全是弯道，上上下下车还不少。翻过垭口，大约开半小时就到炼铁乡了。再往前开有分岔口，直行大约半小时可以到乔后镇，岔开大约1小时可以到西山乡。

前年年底牛沙公路通车了，多了一条路到乔后。牛沙公路是洱源县牛街乡通往剑川县沙溪镇的公路，我们说的灯草湾苹果基地就在这条公路上，洱源和剑川的交界处。这里给剑川沙溪做个广告，很美的一个古镇，路过的朋友不要错过。沿着牛沙公路开到沙溪，左转就可以到乔后了。这条路比较好走，我们这次就走牛沙公路，到乔后，折回炼铁，翻罗坪山回来。

早上8点半准时出发。沿着牛沙公路上山，又经过灯草湾苹果基地。这次就不停车了，看路两边，农人们在果园里劳作，我也不懂他们具体在做啥，应该是为明年忙活起来了。大门口好像有人来买苹果，两大箩筐，应该是今年最后一批了。交大订的苹果应该陆续到了，妈咪说她的那箱已经送到了，我的那箱还没送来。我说你们吃得完吗，妈咪说怎么吃不完呀，这么好吃。

沙溪建筑一角

我们一小车人，农业农村局、乡村振兴局、林业和草原局各一位，都是熟人了，说说聊聊，八卦八卦，也就到乔后了。开始农业产业的学习调研，就和书记镇长摆起龙门阵。核桃是乔后的特产，也是我们西片3个乡镇的特产。乔后今年核桃晾干的产量估算为3 500—5 000吨，因为没有集中市场，所以只能粗略地估算。今年政府正在做一个核桃的交易市场，就在镇上，很方便。我去现场看了，地基已经建起来了，大约春节后陆续成型。市场开起来，烘烤就有了主阵地，不用个人烟熏之类的方法了，按流量收费，应该会比自己搞个小烘烤设施省时省力省钱，效率和品相都能得到提升。成品可以在市场集中交易，对农户和客商都更方便，也有利于形成一定的议价能力，对政府而言也能更好地掌握第一手数据。

镇里想得很明白，政府做政府的事情，比如争取项目投建设备设施，市场做市场的事情，比如这个市场建成后的运营，就会请本地核桃的大户来主持，生意还是需要生意经的，政府可以在带动小农户上提要求，各操各的心。大户也见到了，今年业务做得挺不错的，卖出了700多吨核桃，占比很高了。大户还做野蜂蜜、菌菇等生意。在大户家见到了乔后特产的小尖嘴核桃。小尖嘴核桃的种植对海拔是有要求的，所以产量不高，每年的产量只有20吨左右，供不应求。小尖嘴核桃确实有个小尖嘴，挺尖利的，壳很硬，没工具绝对搞不开，有工具也要费点力。核桃敲开后，肉质饱满结实，肉头很厚，吃起来有种油润的感觉，我很不专业地觉得大约是油脂油酸含量很高，所以很好吃！

贴着市场的地也在建设。书记说这是梅子酒的项目，也是镇里做基础设施和标准厂房，然后租给本镇的企业来酿梅子酒。说到梅子酒，之前张罗虞总和清源的合作，好像搁浅了，虞总说也不知道为啥。我说没事，缘分不到。这又看到梅子酒，问书记是浸泡酒还是发酵酒。之所以这么问，是因为清源号称是目前市场上唯一的发酵梅酒，其他都是浸

泡的,口感和品质还是有相当区别的。书记告诉我是发酵酒,我还挺惊讶。原来有个小伙子,之前在著名大酿酒厂做车间主任,知识技能兼备,回乡酿梅酒,也在酿白酒,都是发酵工艺。听上去挺靠谱的。书记说小伙子同步正在申请生产资质,他家里有一个泉眼,水质特别好,适合酿酒。书记请自己母校的老师帮忙设计包装,给我展示了一把,还挺有格调的。镇长不知从哪掏出一瓶,美年达的颜色,我尝了一口,果味浓郁,酒味刚好,符合虞总说的微醺状态。马上拍给远在新西兰的虞总,就等他回来了。

乔后的佳滤核桃乳,我第一次来的时候就尝过,口味相当好。这次聊起来才知道为啥,因为加入了小尖嘴核桃,所以特别香。佳滤一年也能消耗掉三五百吨核桃,不过企业目前还是比较困难。县里镇里是真心觉得产品好,一直也帮着想办法引入投资者或者合作者。方方面面原因,收效甚微。目前生产继续,口味依然是不错,但运营和销售是再明显不过的短板,处于预付款订货模式,产能大约还用不足,更不消说扩大了。我觉得思路还是要打开一些,比如玻璃瓶的包装我个人就觉得不是最佳,至少运输会比较麻烦。东西的确好! 要是能打开销路、扩大产能,带动本地的核桃用量,那就乡村振兴了。

核桃壳也是有用的。大家在张罗一个做机制炭的项目,就是把类似于核桃壳、废柴断枝碎料挤压加工制成炭,变废为宝。

菌菇和蜂蜜是乔后镇也是西片乡镇的特产。乔后杨总做得不错,前两天刚刚请茶董牵线,杨总和虞总对接上了,看能不能在品牌、包装和渠道方面合作一把。明年虞总来洱源做卡片蜂蜜,一定也能用西片的蜂蜜。我尝过,蜂蜜也好!

镇里在鼓励每个村委会成立合作社,大家拿出一些地,不用特别多,作为集体经济发展的基本场地。大家可以一起探索尝试一些适合本村发展的项目,有钱的出钱,有力的出力,引进也行。总是需要盘活资源，需要努力尝试，试一试才有可能，不试的话永远没有呀。

乔后领导们的思路我相当认同。还是那句话，政府做好政府的，市场做好市场的，政府找到好的、契合的企业，在政府搭的台上唱，把本地能做的做好，这样水土也服，沟通也好，发展也顺。政府共担风险，与企业共同成长。我觉得真是挺好的。类似乔后的思路，分布式要素保障，小集体供给，再汲取乡镇企业发展的经验教训，还真是另一条可以尝试的道路。

当然，我是纸上谈兵，期待乔后实践。

辞别乔后，一会儿就到了炼铁。

炼铁乡以驻地得名。明末清初，大理至云龙的古驿道通过境内，当时官府曾在黑惠江上架过一座藤桥，以利交往。清末，杜文秀起义占领大理后，从军库中拨出两万斤生铁，运到藤桥附近，并动员了一批工匠，冶炼打制成炼索，将藤桥改建为铁索桥，炼铁乡由此得名。炼铁乡可以说是洱源县西部的经济文化中心，是洱源连接漾濞、云龙、剑川三县的交通枢纽，建设中的大漾云高速在炼铁有出口，预计明年通车。剑洱高速这两年也有望开工，炼铁是其中重要的节点。未来炼铁的西片区位中心地位将更加稳固。

在炼铁，主要学习调研的是万头规模化生猪养殖项目。大家接上头，我们跟着炼铁的领导和企业负责人实地去看了看。这是张副协调沪滇资金支持的产业项目。出发前，张副就跟我说一定要去看一下。果然，大开眼界。

这个厂区位于洱源工业园区炼铁片区内。大理州调整产业园区规划，撤并了一批，洱源的得以保留，名称调整为洱源工业园区。洱源工业园区由邓川片区、焦石片区、炼铁片区3个片区组成。片区空间布局位于洱源县城东南、西南方位，各相邻片区直线距离控制在30公里内。园区总体规划面积10平方公里，其中焦石片区规划面积1.69平方公

里,邓川片区规划面积 3.52 平方公里,炼铁片区规划面积 4.79 平方公里,是最大的。

洱源工业园区重点发展食品与消费品加工制造业,辅助发展先进装备制造业、矿冶及精深加工产业、新型建材产业,形成"一主三辅"的产业结构体系。其中邓川片区产业空间布局导向为食品与消费品加工制造业、先进装备制造业;焦石片区产业空间布局导向为依托周边丰富的石材资源,发展新型建材产业;炼铁片区产业空间布局导向为依托洱源西片三镇乡和周边县市的矿产资源,发展矿冶及精深加工产业,依托洱源西片三镇乡和周边县市的林果、林下资源,发展以高原特色农产品加工为主的食品与消费品加工制造业。

看出来了吧,炼铁果然是西片中心。

在县里,这个项目被称为万头规模化生猪养殖项目,承接企业是云南西南天佑牧业科技有限公司,公司老总是大理洱源人,本乡本土。

项目主要投入的资金来自沪滇协作,乡政府采取了"资金变资产、资产变收益"的模式建设和经营。11 个村集体共同拿出地并组建合作社,流转土地给乡政府。政府与企业互动,报批和建设都由政府完成,企业带领小猪猪们拎包入住。项目建成,产权归 11 个村集体共同组建的合作社所有,根据投资额和预期收益率,政府与企业谈定每年的租金金额,签订 20 年合约。租金的 10％留存为合作社发展资金和运行管理费用,其他根据出地多少分给村集体作为集体经济收入,用于公益性岗位、困难群众救助、村集体公益事业等。这个厂区占地四五十亩,旁边还有三四十亩已经成熟的地基,有项目的话就可以干了。各位老总,有兴趣的话,联系我牵线啊。

和乡领导们交流,大家对于发展的期待和努力都是杠杠的。高速公路通车在即,炼铁的区位优势将会更加明显,乡里也在做方方面面的谋划。聊起来,炼铁更是核桃大户,产量是乔后的四五倍。可是现在核桃的价格实在太低了，一段时间甚至出现采摘成本大于收购价格的情况，老百姓们干脆任由核桃们自生自灭，也不摘了，更别说加工了。乡里在谋划几个类似烘烤的加工项目，可以烘烤核桃，也可以烘烤中药材，分门别类，希望能够增加一些附加值。但供过于求总是一个大问题。

和乔后有丰富的水资源不一样，炼铁缺水。原本想等附近的一个水库修好后，解决灌溉的问题。现在看来，水库的修建比较慢，乡里正在谋划跨山提江水的方案，能成功的话，炼铁的一大片山地就能用于生产了。衷心期待。

聊到傍晚，依依分别。打道回府，下次再来。路上继续八卦，又很开心。

回乡好似更思乡，乡乡相像

作为普通人，还是想家的。

回家一次，白天总是七七八八有工作的，晚上和妹妹打打趣，陪哥哥熬熬鹰，也没什么感觉。回程的飞机上，坐麻凳子后，就开始想念了。

和年龄大概也有点关系，和家有小妞也有些关系。妹妹天真烂漫，说的大体都是自己想的，也撒撒娇，不过也是懂道理的。哥哥大了，愿意和我报个喜，也常常给我打打针，预防性的，以免滑坡时我接不住。

这次提前与上海荣昶公益基金会王总（王建明，上海荣昶公益基金会执行委员会主席）报告，相约周二早间拜访，汇报思想和行动。周五临行前，县里代表团确定即将访沪，我和张副分头落实浦东和交大行程，下周二下午来交大。于是推迟至周三下午返回洱源。

周五飞机一落地，妹妹电话就打进来了，问我飞机能直接开到家吗。低调如我，还是打车到家吧。到家已是 10 点半，娃娃们都还是很精神。哥哥抓紧给我"打预

138

防针"，今天月考五门，很是不可思议，云云。我表扬哥哥打针水平有长进，痕迹不甚明显。妹妹穿着轮滑鞋，显得很高。轮滑鞋是一年多前买的，带着练过几次，有点难，放弃了。上次我走后没几天，她突然来了兴致，自己套上轮滑鞋摸着沙发走，居然就会了。于是乎，妹妹就来了兴致，天天回家套上轮滑鞋过日子。开始我担心瓷砖地滑，要求她护具齐全，现在她溜得很，不戴了。

周六，基金会领导带队，访问唐仲英基金会。故地重游，亲切如故。唐先生离开了大家，基金会中心唐先生的铜像望着太湖，慈祥地微笑。我们在唐先生眺望的方向认养了一株银杏，取名健康树。树虽小，但枝头发散，假以时日一定枝繁叶茂。为人类谋健康是唐先生支持交大转化医学研究的初衷，老人家是个很率直的人，我们的树也就直意健康，以此为名，薪火相传。

接下来的周四和周五学校有个大团访问洱源，校长亲自带队，我得把本地对接的活干好。之前请求教育学院支持我们洱源，进展很顺利，学院领导和师生都很支持，最近一直在敲定细节，这次教育学院领导也随团一起来，和咱们教体局及洱源一中一起设立"党建引领、教育帮扶"教育共建基地。大家都很期待。

中午去程及美术馆咖啡馆和交大洱源商店踩个点。一路遇上领导、熟人，大家给我很多勉励，表示有啥需要一定支持。周一是个晴天，咖啡馆生意真是好，晴天时交大最美咖啡馆称号就体现出来了，思源湖畔，美术馆里，风景好，品质好，店长忙得要起飞了。我的美式还是偶遇的林老师（林峰，上海交通大学后勤保障中心餐饮与商业管理办公室主任）买的单，真是相当不好意思。承蒙蒋主任（蒋宏，时任上海交通大学后勤保障中心主任）关心，美术馆至图书馆的石板路铺好了，效果一级棒，桥边半岛的草皮也重新铺过了，长起来后就可以放一张户外小桌。交大越来越美，还会更美。

　　跑了个题。来踩点是想着周二下午也请我们洱源同志们来这里坐一坐。下午到交大洱源商店看一看，门面、地点还是挺好的，收拾得很干净，东西还是这些东西，来的人不太多。之前和张副商量着，咱们在上海交大有这个商店不容易，明年看看怎么能从硬件、软件和产品方面提升一把，让商店的活动丰富起来，比如做个苹果季啥的。

　　下午拉着小熊，一起和学校对接了明天洱源同志们来访的安排和下半周交大团访问洱源的安排。

　　去接妹妹放学，人群中就看到妹妹，粉色绒衣，敞着拉链，神采飞扬。牵住妹妹的手，冷冰冰，问妹妹外套哪去啦，妹妹很骄傲，在书包里。勒令妹妹拉上拉链，穿上外套。后来我跟妈咪说，妹妹就是要好看，所以每次都很潇洒地要风度不要温度。妈咪大惊失色，原来是这样啊。

　　回到家，妹妹开始咳嗽了。哎，这小妞。

　　周二早上，妹妹还是咳嗽，还好不发烧。妈咪决定妹妹上午上学，中午接她出来看医生去，妹妹很高兴。上午下午我都有工作，只能妈咪出马了。

　　上午和交大荣昶储才计划的负责人李老师一起去荣昶拜访王总和黄总（黄银荣，上海荣昶公益基金会理事长）。虽然在洱源一中办思源特班的想法得到学校的大力支持，也得到了孙学长慷慨助力，在学生资助、成绩奖励、师资激励方面有底了。但我一直在想，要提高教育教学的产出，主要还是依靠师生在学科上教学相长，此外第一课堂和第二课堂的互为促进也是越来越重要。上海孩子所处的环境，有着天然的优势，这是洱源的孩子相对缺失的。而高中阶段，见识的增长对于孩子未来道路的宽度和深度所起的作用，也许比我们想象的更重要。如果我们不用这一块去丰富孩子们上学之余的时间和安排，这个时间大概率就是被抖音和游戏占据了，这是很可惜的。

于是琢磨如何借助校内资源能帮助我们洱源孩子补上这一块。思来想去，荣昶储才！王总通过荣昶公益基金会搭建储才平台帮助学校极具潜力的同学。学校得到荣昶资源和助力，选拔和培养了一大批荣昶储才优秀学子，这些学子们在领导力、团队合作、社会责任和公益服务诸多方面自加要求、不断提升。荣昶储才优秀学子每年夏天都会到洱源开展社会实践和支教服务，感情浓烈且真挚。

上次回来前，我与王总报告了初步想法。王总觉得挺好的，支持我与李老师深入沟通一下。我还没联系李老师呢，王总就把我的想法跟李老师说了。那次回校，我和李老师深入交换了意见。她觉得这个想法蛮好的，荣昶储才优秀学子得到诸多帮助和培养，也一直想将他们的学识积累传播出去，希望尽自己的力量反哺社会。每每谈起，荣昶储才优秀学子总觉得得到很多，付出不多，有心有力却未能完全使出的感觉。

这天早上，我巴拉巴拉倒豆子，把到洱源这四个月所见所思所为向王总、黄总全都倒了出来。两位长辈笑眯眯地听我说，方方面面给我指导点拨，有肯定，有建议，更多是用他们的人生阅历和经验给小辈帮助和鼓励。王总说之前和程处也交流过，也看着我在洱源捣鼓，到洱源这个机会也是学校对我的锻炼和培养，一定要珍惜和努力。王总对荣昶储才的同学赞誉有加，他也来过洱源好几次了，对洱源也很有感情，对我的想法也是全力支持，嘱咐我与李老师再仔细商量商量，完善方案，共同推动。

这天是阴天，王总的话却是暖阳，深受鼓舞。王总留我们午饭，家常菜，好好吃。

辞别王总、黄总，赶回学校，恭候洱源团来访。团里大多数同志我都很熟悉了，龚副(龚红松，时任洱源县人民政府副县长)又是访问交大次数最多的县领导，于是就不显得那么严肃了，更像是走亲戚的感觉。喝

杯咖啡，考察一下洱源商店，参观校史博物馆，校领导会见交谈，参观学生创新中心，一下午很充实。创新中心的贾严宁老师正在和中心领导一起推动科创青禾计划，洱源已在考虑范围中。

洱源代表团访问交大

回到家，妹妹正在吃药，但精神很好。她已请好周三的假，在家休整一日。

晚上哥哥成绩出来了，也不枉哥哥这几天打针铺垫。去年期末到现在，名次回升到第 66 名了，肯定我哥的努力！看看短板，最短是道法，相当短，不能再短。跟哥说，拿着卷子去找一趟老师，请教一下问题在哪，怎么办。哥说好的。

我是周三中午的航班，上午的安排就是去机场。妹妹也在家，于是我俩不急着早起。正常时间妹妹醒了，我扛着妹妹去上个厕所，再打了个盹眯着了。醒来时，妹妹早已自己穿好衣服四处晃悠了。我起来收拾东西，妹妹看着电视。临走时，我抱抱妹妹。前几次我走时，妹妹都在上学呢，都是早上我送她，这次是她送我。父女也聊了几句。

爸爸，你不要走好不好？

不行啊，要去云南上班。

那你过 10 天再走好不好？

不行啊，过了 10 点走吧。

我不同意，除非你明天就又回来。

那不行的，过一个月回来好不好？

不好。

妹妹有点失望，但也笑嘻嘻的。

那你跟我去云南上小学好不好？每天我都早上送你，傍晚接你。

不要。

不要归不要，走还是要走。爷爷抱着妹妹到窗口送我。下次见，妹妹。

坐一下午飞机，又回到洱源。前些年跑得多的地方、熟悉的地方就是香港了。这两年，洱源就是第三故乡了。

回乡好似更思乡，乡乡相像。

教育学院来了，踏实

　　教育不好，心存烦恼。从高校来，从教育条线来，从管理服务中来，从陪家中小哥一路念书中来，到洱源了，很自然想看看能不能在教育方面添砖加瓦。

　　恩长支持，柏年先生在澳门呼我，这两年可以支持洱源学校50个图书室，雨蒙一直在帮忙张罗。喜讯传来，今年的20个图书室的图书起运在即，很快县里就有20所学校拥有柏年图书室了。我说等书到了，每个点我要去跑一下，柏年先生的心意要落实好。第一张馅饼，好香。

　　学长支持，吴学长伉俪支持我们100万元，每年帮助乔后100个娃娃，先帮5年。第二张馅饼，好大。

　　交大支持，我们想在县域高中提升方面做点工作，想支持洱源一中举办思源特班，学校给了我们50万元。第三张馅饼，好强。有这份钱，启动无虞。

　　学长又支持，孙学长和太太支持我们100万元，和交大的钱一起，支持举办思源特班。第四张馅饼，又大又强。本来担心特班启动后，几方面工作推起来，资金会捉襟见肘，也有些担心办特班的持续性。孙学长和太太的支持解决了大问题，我们把钱用到刀刃上，两年三个班，应没问题，尽量省一点，看能不能用到第三年。大家齐心协力，一定会有效果，我必须对得起大家的支持。

思源特班的基本资源落实了，资金集中资助学生、激励教师，第一课堂就是学校和师生的共同努力了。在移动互联网充分扩散的时代，我认为第二课堂对于孩子志向、视野、兴趣以及生涯的形成非常重要。我们不办第二课堂，抖音和鲜肉们就会蜂拥而上，那就太可惜了。

于是各路码头走起。近水楼台，很快，仲英青年学者洱源工作坊落地，生命与健康领域知识走起，学生们排着队向老师提问的场景历历在目，很受启发和鼓舞。仲英青年学者是交大最杰出的青年学者群体之一，对高中生而言，即使不在云端，也足够高屋建瓴了。

上周回去和荣昶王总汇报，提请荣昶储才优秀学子给予洱源深度支持。荣昶储才优秀学子是本科生，与高中生最接近。对洱源高中的孩子而言，努力一把，你有可能就是他。

有思源特班这个念头后，就一直想着交大教育学院。交大办教育学院，培养教育硕士，生源清一色是985综合性大学应届本科生，他们投身基础教育志向弥坚。教育学院就瞄准为最优秀的高中培养最优质的师资。我虽不在教育学院上班，但和他们的自豪是一样的。教育学院去年11月成立的，刚过一岁生日，蓬勃兴旺。于我洱源，天时，天时，一定是天时。

初到洱源时，就与教育学院领导挂号。两个月前，琳媛（王琳媛，上海交通大学教育学院党总支书记，时兼任上海交通大学招生办公室主任）调任教育学院书记，我就进村汇报了。前期零零散散也与学院领导们汇报交流，这次正式进村提了两点请求：一是教育硕士们能否与特班学生们结对，从生涯和学科上答疑解惑；二是教育学院的老师们能否从教学理

念和方法方面给予指导。

琳媛说洱源的事情必须支持，两个方面都没问题，学生方面学院优中选优，优先选派学生党员，结对工作不用等到明年特班，眼下就可以先做起来。双方都会陆陆续续有新的届别和新的生源，先做起来积累经验，到特班时就会更顺当。老师方面，平时可以做线上线下的一些交流，暑假可以结合双方共有时间，集中在洱源做一些强化性的训练营。

具体做法可以再想一想细化下来。正好林校长年底前会带队来洱源，边商量边细化，争取同期官宣。

向分管县领导汇报，与教体局和洱源一中交流，大家也都很支持和期待。人和，人和，肯定是人和。

地利就不说了，从黄浦江畔到洱海源头，有水的城市大多是伟大的城市。

抓紧和教育学院霍欢老师商量路径，具体细化。教育学院的加持，洱源一中是抓手和重点，在几个领域可以对县里面上教育工作提供助力的。琳媛和我共同向学校领导汇报，学校领导很认同，也很支持，于是商定由教育学院代表交大和洱源县签订"党建引领、教育帮扶"合作共建协议书。

协议约定五项内容。

一是双方共同建立"子午连心"教育共建基地，县教体局统筹协调，基地设于洱源一中。

二是教育学院遴选优秀学生党员担任高中学生导师，与洱源学生结对，线上线下定期交流，聚焦思想、心理和生涯方面。

三是教育学院选派教师为洱源老师提供线上线下培训，聚焦学科前沿、教育理念和教学方法。

四是教育学院组建暑期支教团赴洱源集中开展暑期学校活动，聚焦美育、体育、前沿讲座和学科答疑。

五是双方共同组织洱源师生来沪短期交流学习。

林校长来大理和洱源时间很快敲定了。与交大对接具体安排，谈及教育学院和洱源的教育共建，学校认为兹事体大，应正式纳入主体活动议程，并确定在正式座谈交流会上签署教育共建协议书。

琳媛率教育学院同仁先期抵达，专门安排时间与一中座谈交流。琳媛考虑得非常周到，邀请交大招生办公室副主任陈悦同行，专门为洱源一中高三同学做交大专场招生宣讲会。大家看法一致，不管当下是否能考上交大，总体的招生政策宣讲、大学生活的基本特点、民族及西部地区相应的招生政策，一一梳理清楚，对于高三同学大有裨益。

17 日上午，活动分段进行。

第一段与洱源一中领导班子座谈交流。琳媛介绍了教育学院一年来的发展情况，比我知道的更卓越不凡。得益于从学生工作、宣传领域、交大附中、交大招办一路走来，琳媛对洱源一中的发展提了很多很

"子午连心"教育共建基地揭牌

好的建议。大家交流得热烈融洽，乃至于一度忘记了我们还有一个重要任务，就是给"子午连心"教育共建基地揭牌。形式简朴，内心赤诚。

第二段是陈悦（上海交通大学招生办公室副主任）担纲。我先溜号，去张罗一下下午林校长率团与县里座谈的准备工作。第二段活动的现场反响很是热烈，这我有充分预期，在教务战线干了这么长时间，谁还不知道谁嘛！

下午座谈会，交大校长、副校长和大理副州长见证教育共建基地签约，相当顺利，相当振奋。

教育学院来了，踏实！

校长组团，豪华阵容

上周二在学校，中午得到准确消息，林校长上午坐上飞机出门了。哈哈，踏实了，既然出门了，洱源是来定了。

林校长带队。安胜副校长分管地方合作，一定来的。仰部长也来看望我和小熊，与有荣焉。程处一定来，有任务的。

阵容豪华，一行30多人。组织部、党政办、地方合作办、工会、宣传部、科研院、招办、发展联络处、校友总会办公室、农生学院、教育学院、终身教育学院主要领导悉数到场，我也很骄傲地说，来的人俺都认识，大多挺熟的，没白待在交大20年。环境学院和云南（大理）研究院本也要来，正好要忙着国家野外观测站的一系列学术活动安排，就留在州里忙活着了。之前孔老师还悄悄拉住我说他这次来不了了，我说您一年来这么多次，次次都是一样的心意，不差这一次。

云南校友会蓝会长（蓝波，上海交通大学云南校友会会

长,健之佳医药连锁集团股份有限公司董事长、总裁)随团来访,老纳秘书长一同来的。蓝会长和老纳对咱真是没说的,"9·13"泥石流灾害后,小熊为丰源村修桥的众筹目标完成五分之二,前几日蓝会长给咱兜底,一下子超额完成了目标,给我俩激动的。修路修桥,功德无量。

州里和县里对林校长来访都相当重视,这些年大家是亲戚中的亲戚,州县领导都有轮换,但见面仍倍感亲切。县长问了我好几次,校长来访具体行程如此这般,都安排好了没有。我必须拍胸脯,请放心,妥妥的。

12月16日,安胜副校长和教育学院、招办一行先到了。我们人多,县里把唯一一辆考斯特交给了我,虽然是10多年的老车了,收拾的还挺干净,这是县里最好的一辆巴士了。和裴学长(裴峰,上海交通大学校友,时任丽江市挂职副市长)、启航学长(张启航,上海交通大学EMBA校友)在机场碰上头。两位学长都在丽江,裴学长从央企来,作为老大哥给了我很多挂职工作的真知灼见和实践指点。启航学长已是功成名就,之前在浙江运营了个上市公司,感于丽江之美和丽江之难,又开始在丽江继续创业,专注中药材和中医药产业,已颇具规模,正开疆辟土。到启航学长的民宿参观一下,不由感叹,院子里花草茶鸟,头顶上无云蓝天,湛蓝湛蓝的,这生活,亮堂!

赶到大理已是傍晚,林校长也已抵达大理,正在和几位选调生校友聊着。校长说,我知道你们对外都说交大好,也不让人说交大不好,这里大家都是自己人了,你们别光说好的方面,主要说说意见建议,说说不足的不满意的。我偷偷瞄了一下,校长有个小本,也在记呢。

匆匆晚饭后,校长与校友们继续座谈交流,范围更广一些,蓝会长、老纳秘书长,昆明、丽江、大理、楚雄的校友们,有选调生,有医生,有教授,有企业家,畅所欲言。时间有些不够用了,再晚一些校长与州领导还有一个会谈。我们洱源支教同学参加座谈,坐在后排,即使时间紧,校长也坚持要请每位同学都讲一讲。大家都说了说，有长有短，还有表扬我的，有点不好意思啊。

校长对各位学长的意见各有回应，特别表扬了支教同学。校长说在我们眼里你们还是孩子，即使你们已经本科毕业了，但听到你们发言，看到你们的状态，这几个月在洱源当老师，我看到的不仅是你们对当地学校和孩子的帮助，也看到你们自己的历练和成长，相比交大里的同龄孩子而言，你们已是更成熟一些的孩子了。

17日上午，校长一行出席了上海交通大学和大理州共建云南洱海湖泊生态系统国家野外科学观测研究站签约暨实验办公大楼启动仪式。下午大家洱源会合，举行上海交通大学定点帮扶洱源县座谈会。我给县长排了不少活，主持、汇报、签约、揭牌等。

签订四个协议，我最喜欢其中的教育基金和教育帮扶协议，近水楼台先得月啊。林校长、安胜副校长、李副州长（李苏，大理州人民政府副州长）见证签约：

上海交通大学与洱源县政府定点帮扶年度合作备忘录；

上海交通大学与洱源县政府设立"交大洱源—基础教育发展基金"协议书；

上海交通大学教育学院与洱源县政府教育帮扶协议书；

上海交通大学科技服务洱源农业企业协议书。

此外，还宣布了八项捐赠及采购项目，两位学长对洱源的支持正式官宣：

上海交大向洱源县直接捐助帮扶资金260万元；

上海交大向洱源县捐助"9·13"泥石流灾害救灾重建款100万元；

上海交大向洱源县捐助专项党费30万元；

上海交大直接购买洱源农特产品计260万元；

上海交大向洱源捐助"交大洱源—吴剑勋王晔助学基金"100

万元；

上海交大向洱源捐助"交大洱源—孙斌教育基金"100万元；

上海交大向洱源捐助"助医助学助教"资金55万元；

上海交大帮助销售洱源农特产品计310万元。

并举行了两项授牌：

上海交大洱源专家工作站授牌；

上海交通大学洱源县邓川镇中和村产业振兴示范村建设启动授牌。

校长说，今天活动有点多啊，眼花缭乱了。

我轮到接3个牌，递牌给我的交大领导看我戴着校徽，略有恍惚，问我："哎，到底是我给你牌还是你给我牌来着？"

我说，当然是你给我牌，我给你心，明年多买点我们洱源的东西吧。领导说，要得。

县长说：2013年以来，上海交通大学高度重视和关心洱源的脱贫攻坚工作，为洱源脱贫摘帽做出了卓越贡献。洱源将倍加珍惜上海交通大学定点帮扶洱源的历史机遇，用好用活定点帮扶各项措施，进一步加强与上海交通大学之间的交流对接，不断推动双方在人才、教育、医疗、农产品等领域的合作向更高层次和更宽领域拓展。

林校长说：今年是"十四五"的开局之年，也是洱源县巩固拓展脱贫攻坚成果和开启乡村振兴战略的关键一年，上海交通大学紧密结合洱源县工作需要，继续做好挂职干部的选送以及教育、医疗等民生服务工作，同时也根据乡村振兴工作总体要求和洱源县的实际情况，在教育、产业帮扶等领域有了一些新的举措，不断助力发展洱源基础教育，为洱源的生态环境保护、特色产业发展提供人才和技术支持，助力洱源培养一批本地的科技农技人才队伍，为洱源的农业发展服务。

仪式简朴隆重，短平快。

林校长来洱源，内容多多

有点依依不舍，但校长一行还有其他工作行程，暂别。

仰部长和农生学院侯书记下午继续在洱源考察，主要代表组织和学院来看望我和小熊的。丰源村是小熊的根据地，我们一路颠上海拔 2700 米的大小南极村，这是提水工程的目的地，去年年末已经启动分水管网的建设，提上来的水很快就要开枝散叶了。快到山顶上，车不能开了，原来是水泥路从上往下开始浇灌了，我们都很高兴啊，估计 1 个月左右水泥路就能修通了，上下可就方便多了。路上我们还拦了两个放学的小朋友给我们拍合影，原来是玉湖二中的学生放学回来了。孩子们也希望快点修好路，回家就快多了。

师长学长们陆续离开洱源，感恩感谢！

洱源思源，常来多来！

跟着走，访校友

12月18日周六，跟着安胜副校长一路从弥渡去昆明，19日回到大理。咱云南几位学长创业，一路走来，已是相当成功。校长带队走动一下，代表学校多一些问候，多一些互动。这么好的机会要抓住，我向县里请假，跟着校长跑一圈，和校友们脸再熟一些，加深一下洱源印象。本还想跟着老纳秘书长去一趟建水，晚上有会，只好下次求带了。

快到弥渡时，接到北大挂职弥渡副县长的兵哥电话，他知道了交大一行来访，来给我们做向导。真是太好了，兵哥可是老熟人了。

弥渡，我们来看春沐源。春沐源是郭德英学长创办的，之前郭学长创业的项目是酷派手机。当年的国产手机"中华酷联"，中兴，华为，酷派，联想，江湖地位可见一斑。酷派鼎盛时，产值逾300亿元。机缘种种，郭学长选择切换赛道，有感于未来绿色发展、消费升级的大势所趋，做出重大战略转型，创办了集科技农业、休闲度假、怡养社区、创业基金和新零售于一体的春沐源集团。

一直知道郭学长在做农业，没想到一个这么大的基地就在弥渡，种植番茄。另一个基地在广东河源，有种植，有小镇，有文旅。郭学长临时有公务没在弥渡，这两天每天与弥渡公司赖总联系，问学校来的对接都安排好了没有，路线是咋个衔接的，云云。学长心意。

郭学长赛道切换到农业，也是根据科学数据说话。他选中种番茄后，全国各地选址，最后选定弥渡。种番茄是很有讲究的。弥渡蔬菜之乡，优势得天独厚：海拔 1 670 米，比洱源低 400 米，温暖多了，冬无严寒，夏无酷暑，贴着北回归线，每年日照时长 2 600 小时，昼夜温差 12 度，与摩洛哥、墨西哥在同一条纬度上，因而大理弥渡、摩洛哥和墨西哥一同成为全球三大高品质樱桃番茄黄金产区。

郭学长远见，赛道切换的时机抓得准，3 年前到弥渡，看准了就拿下 1 100 亩地，清清楚楚完成土地流转，分步骤实施，不慌不忙。一期 300 亩当年建成投产，3 年来已经全成本核算盈利了。二期已完成一半，明年年底三期启动。

来这里真是长知识，长见识，原来小番茄可以这样种，全玻璃温室，无土栽培，AI 计算，精准控制光合作用所需温度、湿度、肥度，精准计划并控制着产量和市场需求匹配关系，一整套技术组合拳上去，种植成本下降 32%，能耗成本下降 61%，肥料节约 30%，用水量节约 50%。更掉下巴的是产出以平方米计算，樱桃番茄，每平方米年产量是 42 公斤，亩产就是 28 吨，亩产值就是 56 万元；大番茄，每平方米年产量是 100 公斤，亩产就是 67 吨，亩产值就是 40.2 万元。就问你厉不厉害。

二期在建，科技含量更胜一期，规划的三期科技含量问鼎。没法再说了，这时候我理解了一个词，不明觉厉。

赖总说了一句话，令人印象深刻。春沐源的农业是工业的农业，是信息业的农业，完全是用生产手机的流程在生产、销售和管理，看似不

春沐源的
小番茄种
植基地

同赛道，不同产品，本质相同，大道同源。

　　来了春沐源，怎么着也得吃一口番茄。这番茄真好吃，根本停不下来，校长说是小时候番茄的味道，浓郁，酸甜，3 个品种，各有千秋。赖总说春沐源的大城市的超市里都有供货，很稳定，略有点贵，但不当饭吃的话也吃得起。

　　前面一直在想交大洱源商店接下来的运行，这两天跟学长们也聊了几句。洱源是大理的，乡村振兴是大家的，明年争取把商店拾掇一把，小小升个级，接下来可以尝试洱源商品产品的覆盖面，要能吸引师生常来常买才行，要对现有的产品线分类调整。一是精选整合，选出师生真正有兴趣会买的东西，比如常年卖酸奶，应季卖苹果之类。二是兼容并包，大理州各县市好的产品，精选再精选，把最好的东西拿进学校，比如春沐源的番茄一定受欢迎。三是校友互动，好多交大校友在云南不同县市挂职，不一定在大理，当地最好最可能受师生欢迎的产品也可以呀。运营主体是洱源，营收主体是洱源，税收主体是洱源就可以了。

这两天正好看到学校出了一个讲交大创业人的短片，郭学长与递次年轻的两组年龄段校友共同出镜，印象加深。

兵哥说可羡慕了，校长带着这么大个团来看你们，还带着你们到处跑。我看他是真羡慕，哈哈。

弥渡看完，马不停蹄，往昆明去。

傍晚我们到时，云南校友会正在健之佳开理事会。健之佳于 1998 年创办，开设了第一家门店，那时蓝会长毕业十年。如今门店数将近 2 500 家，遍及云南、四川、广西、重庆，员工近万人，聚焦健康，稳健多元，旗下有健之佳药店、之佳便利店、博仁堂中医药、福利大药房、体

谋划升级改造的交大洱源商店

检中心，业务主线非常清晰。大家一股脑把春沐源的小番茄贡献出来，还不让我上交，说让我也补补，搞得我怪不好意思的。

我们参观健之佳总部，展厅是重点。健之佳太熟悉了，洱源就有七八家店，非常现代化，健康的风格，店员也很 nice，我作为买过皮炎平和金霉素眼膏的会员，体验颇佳。有机会来总部，还是咱们会长蓝波董事长亲自介绍，相当光荣。

蓝会长是安泰学长，88 级的，去年 12 月 1 日向交大安泰经管学院

随团访问健之佳总部

捐赠1000万用于支持学院的发展，饮水思源情，爱国荣校心。

会长一路向我们介绍，很谦虚，我们一路边听边问，很骄傲。几点印象非常深刻。

一是会长对企业一路走来的风雨历程了然于胸，大小细节娓娓道来，举重若轻，看得出会长对企业的全心投入，对健康事业的全情付出。对健之佳不同的业务板块，蓝会长都有着独特的思维逻辑。

二是会长为健之佳设定的企业文化，从成立之初就已确立，至今初心不变。使命、愿景、责任、精神、承诺，各有层次，贯穿其中有一点不变，就是顾客满意。

三是会长对品牌的理解和坚守。健之佳，朴素地取意于服务家庭健康。所谓理解和坚守，不仅在于围绕健康的多元业务都凝聚于健之佳品牌，也不仅在于线上线下健之佳店铺的同品牌运营，而是在于通过产品和服务的品质牢牢支撑起品牌的商誉，又通过品牌的商誉保证产品和服务的优质。会长在药品流通配送的信息化上狠下功夫，不玩虚的,会长说这就是 EDI,几十年前叫这个,现在还叫这个,踏踏实实做好它,比给它另起这样那样的名字重要多了。我觉得不玩虚的,就是健之佳的核心竞争力,这样垒起来的品牌,就是顾客放心选择的品牌。

四是会长对员工成长的重视,工资福利活动,别人家有的,健之佳都有;别人家不一定有的,健之佳也有,集团运动会,业务比武,不一而足。我羡慕的就是服务金牌,可真是金牌,24K 纯金,一块 20 克,服务 10 年的员工,人手一块!

五是会长对社会责任的投入。对交大的捐赠是校友情长,也是社会责任,一路走来,会长对教育、对医疗、对社会服务持续投入,从未间断,包括这次支持洱源泥石流的灾后重建。

很有意思的小插曲,去年云南省脱贫攻坚全面胜利,会长一度觉得自己和企业在脱贫攻坚事业中好像未有很大作为。一次与扶贫办同志交流时,对方说你们排摸排摸,看看员工里有多少脱贫攻坚建档立卡户。一排摸,不得了,以百为单位。就业是最大的民生,健之佳荣膺云南省脱贫攻坚奖社会扶贫先进典型,我认为,实至名归。

一会儿探子来报,校友理事会开完了,我们可以出现了。和学长们见面座谈,分外亲切。卢会长和我聊起前两年在丰源村提水点种友谊林的点滴,我向会长报告泥石流已把我们的友谊林夷为平地了,会长说不怕,林不在友谊存,抓紧把重建方案整理出来,跟他说就行。真是万万没想到,非常非常感动。回来后我和小熊捣鼓,尽快把初步想法和方案梳理一下,提请卢会长关心支持。

18 日上午,卓会长、纳秘书长、周副会长领着我们去参观安泉学长的企业。车一路过去,经过翠湖,经过滇池海埂,红嘴鸥极其壮观。滇池水质确实不行,这方面洱海好太多了。滇池治理也已加劲,期待绿水青山映蓝天白云。

安泉学长是云南联顿集团创始人,我们去的是集团旗下联顿妇产

拜会联顿集团安泉学长

医院和联顿骨科医院。也是相当长见识。联顿妇产医院产科和月子中心一体化，大约是昆明定位比较高端的民营妇产医院。我们看月子中心的排班表，已经满房排到明年四月份了。月子房就在产房楼上，进出身份验证很仔细。我们参观轮换出来的月子房间，温馨高端，一家人的需求都考虑得很充分。

骨科医院是隔壁一栋楼，规模也很大。联顿的经营很细分，聚焦三甲医院退休名医，灵活安排名医长期与多点执业，体制比较多元，医生技术精湛，效果效益自然兼顾到了。

安泉学长创业也很有意思。创业前，学长已是年薪百万。2004年在听完徐飞教授讲课后，创业之心就按捺不住了，抵押房子，向亲戚借款，开启创业之旅，一路开拓坚守，有苦有乐。

两家医院地处闹市,旁边有间餐厅,也是安泉学长的产业。学长说他对玩乐没有追求,所有精力都放在企业上了,唯独钟情美食,于是开辟了农业产业的布局,这家餐厅是小小场所,主打和牛。和牛也很有故事,源于学长带孩子去日本旅游,品尝和牛,觉得相当美味,孩子很喜欢,于是学长说那我们想办法看能不能在中国养和牛吃。

回来后惦记上了,不料日本不允许活牛出口,辗转通过荷兰进口试养成功,于老家贵州遵义龙滩口批量饲养,所谓吃青草,喝泉水,听音乐,成本不低,附加值也高。龙滩口依山傍水,于是也养鱼。乡梓情深,安泉学长请乡亲们一起参与,解决很多人就业,养好的鱼大家想吃就提出来,每年每家分几条大鱼,不要钱,这样谁也不用偷摸惦记着好水好鱼,吃得也安心,更觉得自己是龙滩口事业一份子。明人不说暗话,相当佩服!

本来龙滩口是饱口福的副业,不料越做越好,贵州省很重视,希望安学长在农业这一块做大做强。学长这就被推着,农业布局越做越大,龙滩口已经是万亩规模了。万亩是啥概念,就是两个闵行校区呀,不得了。学长在贵州也开了一间餐厅,是当地最好的。

校长一行是中午的飞机,我是中午的火车,茶过三巡,与学长们依依分别,各回各家,一路回上海,一路回洱源。

柏年图书室,为中国而读

21日,周二,雨蒙联系我,20所柏年图书室的书,已经在北京打包了,周五就能发出来了,过两天每个学校的书单也会发给我,20块图书室的铭牌也一并发给我们,不需要我们自己再花钱去做了。

到位之至,感激之至!

柏年先生四方游历,按他的说法是活到老学到老,他一点都不老,活力四射,火力全开。遇着他的人一定会不由自主被带动起来,也都high得很。每年他会到内地资助的几所大学,和同学们聊一聊,如大哥一般。他总是要求大家叫他王哥,他认为这样是平等的。我们也叫他王哥,更多的是尊敬。

我刚到洱源时,他在澳门。他微信、摄影、音乐、舞蹈都玩得很转。那天晚上用微信向柏年先生问候致意,汇报我的小小变化,他就兄长般一番勉励,支持我们洱源50所柏年图书室,费用都是他来。我真没想到柏年先生给我们这么大支持,一时语塞。很快雨蒙在北京就张罗起来了，先把 20 所图书室做起来。

柏年先生的大本营在香港，他很快就从澳门回香港了，我们也挺挂念他，不过看他的朋友圈，依然是那么丰富多彩，我们又觉得想多啦。但他也一定很挂念我们。我就和雨蒙相约，春节后，春暖花开，请她务必代表柏年先生来洱源看看我们的柏年图书室和孩子们，现场鼓励一把。欣然成交，她说，成，我也非常想去洱源看一看。

很快，27 日，各学校的图书目录和图书同一天到了。教体局请张晓萍老师帮助对接。晓萍老师绝对可以，各方协调，安排得妥妥帖帖，书到的时候，如请教体局同事们一起帮忙搬，分门别类，整整齐齐。

| 柏年图书室的书来了 | 邓川中级中学的柏年图书室 |

我看目录时，还有点担心。这次配书，雨蒙是根据每个学校的学生规模和中小学区别配备的，相当用心。但我还是有点小小的担心，想着这一车过来，怎么选出来分到各学校啊。事实证明在下杞人忧天了。晓萍老师告诉我，这车书一包包是哪个学校的，里面哪些书，都标注得非常清楚，可方便了，已经请各学校来提了，大家都挺高兴的。

这雨蒙，怎么能做得这么好！

柏年先生专门呼我，说了他对图书室和孩子读书的嘱咐。1987年，柏年先生与同事给油田的孩子捐书，1994 年起开始系统地支持乡

村孩子读书。柏年图书室发起于 2014 年前后，倡导为中国而读，每年柏年先生拿出数十万资金帮助西部偏远地区中小学建立图书室，希望中小学校长带着孩子们多读书，读好书。电话里先生嘱咐我，一定在推动孩子们多读书方面争取县里的认同和支持，希望洱源中小学的校长们能身体力行，亲自带领孩子们多读书。

柏年先生关于读书的看法，我非常认同。我认为自己的启蒙就是小时候囫囵吞枣地读了爷爷柜子里的一点书。所以在儿子小时候，我就安排他读书，功课上反而没有下太多功夫。现在儿子初三了，我觉得不管当下成绩如何，他都还是有兴趣有后劲的。

柏年先生倡导读书，与他小时候的经历息息相关。

别看现在柏年先生自信开朗、活力四射，他说他小时候是个痛苦、自卑的孩子。柏年先生是上海人，家中原是纺织大户，后家道中落，5 岁时随家人从上海移居到香港。那时候他是个小孩子，个子小，不会说广东话，常常受别的孩子欺负。种种因素叠加，小时候在学校他的成绩不太好。

但那时候他就去看书读书，慢慢爱上了读书。他告诉我们，他的转变源于中学校长对他的鼓励，我想这大约也是他希望我们中小学的校长能花一些时间带着孩子们读书的原因所在。有时候一个孩子的转变就来自老师对他的认可和鼓励，说简单也就这么简单。

一个人内心对自己的看法很重要。成绩虽然不好，柏年先生从来不认为自己是个坏学生。他说："我非常喜欢看书，拼命地看书。"正是那个时期的博览群书，才让他具备了改变人生命运的知识和眼界。

柏年先生在香港过得很辛苦，帮妈妈做工，后来借了 2000 美元，只身到美国勤工俭学，为了完成学业不得不靠洗碗、擦地板赚取生活费。当时他认为自己穷得很煎熬，但是如今回过头看，他觉得贫穷像是一个朋友，教会自己努力，也给自己指引了方向和目标。

天将降大任于是人也，必将劳其筋骨，饿其体肤，空乏其身。老祖宗的话有道理啊。柏年先生说读书和苦难给他的自信，毕生受用。后来他在加拿大石油公司上班时，管道检修要爬上爬下，从不犯怵。遇到大老白欺负人，他说自己个子虽小，却绝不害怕，就用英文跟他们对骂。再后来，他回到内地，做起了石油设备的行当。

干一行爱一行，很快他就发现中国当时的石油行业急需先进的设备和技术，而他所在的阿尔伯特省正是加拿大数一数二的石油大省。于公于私，这个线要牵，这个桥要搭。

1986年，他以北美永新能源有限公司总裁的身份回到中国，一起带来的还有加拿大先进的燃气轮机等石油设备。那时中国的外汇很少，花一两百万美元买一两套设备是很大一笔钱。作为第一个"吃"石油设备和技术"螃蟹"的人，柏年先生一边要说服国外石油公司改变对中国的偏见和封锁，鼓励他们向中国出售设备、转让技术，另一边要应对从讨论、立项、拨款到投标、议标、授标的漫长过程，干得非常辛苦。

大庆、辽河、克拉玛依等中国主要油田，柏年先生都去过。有时候带着老外去，一屋子工程师们都拿着笔在记，柏年先生负责翻译，大家有好多问题，常常谈到凌晨三四点，饭都顾不上吃。柏年先生说他至今还记得油田冬夜里的那种严寒，糖尿病和骨节炎就是那时落下的。

说到永新能源，刚认识柏年先生时，我问他，您这个永新和香港的永新有关系吗？他一脸肃然，说当然有关系，香港永新的曹氏家族是他的导师，曹其镛先生，是他的人生导师，曹光彪老先生更是他偶像，永新能源也是曹先生们鼓励和帮助他做起来的。世界很大，但有时候世界也真是小啊。

后来我与其东先生聊起来，说到这一段，其东先生说，当年柏年先生极其不容易，那时候国内的石油工业要用设备，而相关的运营维护刚刚起步，急需得到新设备和新技术的支持。那时候改革开放刚刚开始，

方方面面还是比较保守的，因此柏年先生一步步推进相当不易。但柏年先生非常能吃苦，当时在北京，晚上他就打地铺睡在办公室，一是工作需要，二是生活节约。

真是应了那句话，没有人能随随便便成功。

柏年先生说，他不是很有钱的人，有一点钱，慢慢都要回馈社会，不会留多少钱给儿子、女儿，他们要靠自己。他是一个极其乐观的人，常说人就要疯狂地开心，要做好的事情。依我看来，他确实是这样做的。

王柏年先生在交大与学生交流

我跟晓萍老师说，接下来我要到每个柏年图书室去跑一跑，看一下，也和校长、老师聊一聊读书的事情。

为中国而读，为发展而读，一定是有用的。

普道，迈进一步

普道的事一直没断线，陆续与县里各部门沟通。同时，普道在漾濞的项目推进得很不错，势头红火。

县里组建国投，希望有一些轻资产轻资源的现金流项目，前期普道小洪同学专门来交流过一次，与好几个部门深入交换了意见，感觉各方对这个项目还是持乐观推进的态度。我还挺高兴的，看怎么能再敲敲边鼓。

岁末年初，县里也有一些变化。李常务（李新奇，洱源县委常委、常务副县长）从剑川县调任洱源县，办公室在隔壁。相处时间虽还不长，深感他的务实。上周插空向常务汇报了一下普道的项目，看是否进一步推进。三言两句，常务便提议最近邀请普道再来一次，双方交流，他也仔细了解一把。

我还挺受鼓舞的。

当下与小洪说了这事，看公司这边如何安排，确实也是年末了，一周之后就元旦了，公司方方面面的事情也不少。

要说同学还是亲的好。傍晚鹤总微我，说他会来。说实话，超出我的预期，我本觉得第一次来的人马就行了，或者鹤总委派具体负责捷税宝的熊总来，毕竟漾濞也是熊总去签约的。鹤总说，他得来看看我，项目能推进固然好，来看我也很重要，不过时间没定下来，大概率在元旦后，争取下周元旦前就来。说这话时，是22日，周三。

27日，周一。鹤总呼我，其他安排都推掉了，29日周三到洱源，30日周四一天留给我们。这家伙，搞突然袭击，不过我喜欢。马上溜到隔壁汇报，常务表示热烈欢迎。

周三傍晚，小洪拉着鹤总就飞到大理了。鹤总一路打拼过来也是不容易的。咱们一起在交大念会计专业，大学毕业了，我就到了学校干活，他在资管公司和事务所沉淀过几年，就开始倒腾自己的一亩三分地了。后来同班同学邓总从普华和安永"溜达"一圈也出来了，他俩就一起开始创办普道了。一路过来，普道也十几岁了。

鹤总贵州人，安顺滴，黄果树瀑布那。周三到的时候稍有点晚了，拉着鹤总去吃口饭。鹤总说云贵川是一家，这口味太熟悉了。好吧，好吃你就多吃点。饭后与茶董几位闲聊，鹤总说口音太亲切了，感觉像以前的同学一般。就是嘛，蛮好你早点来的嘛。

次日上午，他俩去酒店对门的茈碧湖溜达一小圈，也不叫我，差评。我就在办公室恭候吧。常务请了投促局、税务局、市场监督管理局的领导和同志一起参加。大家开门见山，大方向讲明白，真意向说清楚，我觉得双方都是诚意满满的。税务局局长是老法师了，对项目也比较了解，积极推动并实事求是。其他同志也表达了各自领域的关切。

常务说很感谢鹤总到访洱源，很欢迎普道项目落地，大方向是一致的，希望步伐加快，漾濞的推进是很好的参考和借鉴，嘱我与小洪商量，尽快组织几个部门到漾濞实地学习一下。我就喜欢这样的常务。

鹤总很赞同常务的意见，也嘱小洪尽快张罗。鹤总介绍了通用的合作模式,但表示会入乡随俗,根据当地具体情况调整优化,毕竟洱源和交大是手拉手的。

我还是认为,交情归交情,生意归生意,双赢才是长久之计,当然能倾斜一点,鹤总还是要倾斜一点的呀。

鹤总来洱源,按他的说法,真是感觉很熟悉。前一天大半夜被我拉着去和文化圈的人说说话,下午又被我拉着一起去洱源一中看看小杨同学。他跑得很高兴。他高兴就好,我也高兴。

同学鹤总来看我

下午鹤总本要去一趟漾濞,碰上漾濞今年接受东西部协作国考,临时决定不去漾濞添麻烦了,晚上回上海。真是48小时洱源行啊。我得送送他。沿着环海路去机场,我跟他说好惭愧,我还是蹭他的车欣赏一下环海路美景。真是美,车"游"在曲折蜿蜒的海边路上,蓝天白云碧水微风,人生惬意不过如此。

谢谢我大鹤!

强强哥搭把手，小杨加油

　　12月3日，偶遇敖部长（敖秋萍，洱源县委常委、宣传部部长），聊起来。

　　牛街乡西甸村菩提组的结对户，家里两个孩子，姐姐婚嫁不久，弟弟今年在洱源一中读高一。在洱源，初中毕业的优质生源流失挺多，但家境实在困难的孩子还是会留下来的，就像这家的小伙子。

　　姐姐出嫁了，家中还有3个人。父亲46岁，年龄倒也不大，奶奶年岁大一些，84了，再就是这小伙子了，明年初就17岁了。父母离异后，妈妈离开了家。父亲头脑比较灵活，原本还是多少能挣到一些钱养家的。前两年骑摩托带人出了车祸，被载的人身故，自己受了伤，赔了一笔钱，家底彻底被掏空了。父亲受伤后，腰椎落了病，重一点点的活计都做不了了。奶奶年纪大，高血压慢性病，打针吃药，也是一笔开销。

　　脱贫攻坚，给予建档立卡贫困户基本保障。村里给父亲谋了个道路清扫的差事，每月能有700元收入，但杯水车薪。部长去过他家好几次，盖的被子不知道是哪一年的了，里面的棉花已经卷成团硬成块了；孩子的衣服也很是单薄破旧，挺可怜的。部长给他家添置了被褥衣服，时不时还给孩子一些帮助。

小伙子学习挺好的，今年考进了洱源一中，这是县里最好的高中了。进了高中，花费自然比初中大。学校帮衬点，部长也帮衬点，勉强也能过下去，不过总归还是捉襟见肘的。

之前我们处党支部做了个励学励行的资助，帮了一把乔后镇的小姑娘。我们正好碰到聊起来，部长说有没有可能以这种形式帮帮这个小伙子。读书一定是改变命运的最佳途径，部长觉得励学励行这样的方式，经济帮助是一方面，也许更多的是鼓励、勉励和激励的作用。

我当场就答应部长去找人帮忙，我觉得应该能行。之所以这样说，因为我这就有个强强哥（黄克锋，作者高中同学）。

我觉得既然在洱源了，遇到这样的事情，就是一种缘分，能张罗帮上忙，便是结下善缘。个人能力有限，不用好高骛远，遇着就帮帮忙，帮上多少算多少。上次乔后小姑娘的事情，我也做了一点记录，出钱能力有限，办事应该还行，依托学校基金会，建个小小平台，一步步来，我觉得会有人愿意帮忙的。

那次写完日记，强强哥就找我，说他愿意，还仔细问了问我一个孩子一年需要多少钱。我觉得家境困难的高中生，学校是会给一些基本的帮助，比如减免一些学校能够自主的费用等。但生活总是需要钱的，吃饭、穿衣、书本、文具，这些我们平日觉得理所当然的开支，困难的人家就真的是捉襟见肘，比如这个小伙子。我建议每个月资助孩子 600 元，一年资助 10 个月，6 000 元。如果可以的话，资助到高中毕业，那就太感恩了。

马上微一下我强强哥，大概介绍了小伙子的情况。强强哥说，没问题，多少钱。我说 600 元每月，6 000 元一年。强强哥问一年一年来吗，

我说一年一年来,我会告诉小伙子好好读书,不用太担心生活的。强强哥说行,操作听你的。

3日当天,强强哥就把他和姑娘的钱捐到了交大基金会,我们安排捐赠票据和感谢状。感谢状我想最大的用处是对强强哥家小姑娘爱心善举的肯定和表彰,爱心的种子也需要呵护成长。

9日,我们汇出了捐赠款,钱汇到洱源一中。和段校长商量,学年内的每个月支持600元,一学年正好10个月,到期后再想办法。强强哥的想法是鼓励孩子励学励行,可以持续支持。

中旬时我回上海对接工作,把勉励状带回来洱源。一直想着和部长一块去看看小杨同学,鼓励鼓励,忙忙叨叨没顾上。于是,月末年尾,约起来。部长也有一阵子没见过小杨了,约好30日去一趟学校。

我和段校联系,找个课间就好,十多分钟差不多就够了,主要来看看孩子。上午陪鹤总了,于是约好下午上课前,我们去一趟。

我们陆续到了,和段校碰上头,学校好几位领导都在。我们说阵仗太大了,我们只是来看看小杨的,不是调研也不是座谈。段校说反正是中午,大家吃完饭也没啥事,一起坐坐。

过了一会儿,小杨过来了,戴着口罩。我正奇怪,班主任说很不好意思,孩子感冒了,中午在宿舍休息,不小心睡着了,所以来晚了一点点,戴着口罩,是怕感冒传给大家。这真没事,坐下来,聊几句嘛。

这几天洱源还是挺冷的,即便是中午,不在太阳下面烤着,还是凉飕飕的。小杨穿得挺单薄,校服也不是很厚的那种,里面好像就一件薄薄的衣服,没太仔细看是毛衣还是卫衣,不过干干净净、整整齐齐。孩子瘦瘦的,好像比我高一点点,难怪感冒,穿太少了。

后面有课,我也就开门见山。我跟小杨说,今天和部长来就是看看你,也是想一起鼓励鼓励你。家里的情况之前我听部长说过,当下是困难一些,不过总会过去的,心里还是要有希望有信心的。这次一点励学的帮助，也是希望能帮到你解决学习生活上的一些开支，不要为这些开支担心顾虑，你需要做的就是专心读书、认真学习，争取三年后考上一所好的大学。这次的励学金是我的同学和他的孩子一起支持的，我个人很感谢他们，我想你也是很感谢他们的，心存感激很好，但不要因为受人资助就觉得低人一等，其实大家都只是在不同的阶段做不同事情而已。对捐赠人而言，是在这个时间或者这个年龄，做一些自己力所能及的服务或者回馈社会的事情；对你而言，心存感激就可以了，其他要做的就是努力读书，成功成才的路千万条，三百六十行也行行出状元，但一定读书学习是最有效的路。之所以我们一定要来看看你，就是想对你说这几句。

部长说，刚认识小杨的时候，他大约才三年级。第一次部长去小杨家时，他在院子里扫地，看到有人进来，很主动地打招呼，搬凳子，很有礼貌的。初中有一阵子和爸爸也闹点小矛盾，搞点小叛逆。后来家里有一些变故，爸爸身体不好，奶奶身体也不好，小杨就又懂事了，考上了洱源一中。洱源一中也是县里最好的高中了。

其实我们来之前，部长考虑得很周到，通过村里与小杨爸爸做了沟通，励学金要用到孩子的学习生活上，孩子是家里的希望。也顾虑到孩子会不会觉得自卑，通过学校与小杨说了我们来的目的。我算了算，部长与小杨家结对也七八年了，情真意切。

班主任对小杨评价非常好！孩子虽然家中困难，但并没有被困难打倒，在班里担了两个班委职务，非常热心和认真。平时班里闹腾了，主动就帮着老师维持纪律，同学人缘也挺好的。

段校让小杨也说说。孩子很感谢能得到大家的关心帮助，说了两句眼圈就红了，不过并没有让眼泪掉下来。于是我插嘴问问学习怎么样。孩子对自己每门功课的优势、劣势都认识非常到位。班主任说小杨进来的时候基础是有些薄弱的，但在进步中。

快上课了，我和部长一起把勉励状颁给孩子，我觉得既然是勉励，有这么一点小小的仪式感，效果会更好。

我跟小杨说，把这个放在宿舍桌上，让你同学也羡慕羡慕，交大给你颁个勉励状，一定是因为你是可以的，加油努力！

部长说很感谢我，也很感谢我强强哥，我说我也很感谢我强强哥，但我也很替强强哥还有他家姑娘感谢部长，给他们和我一个机会做一些力所能及的事，帮助真正需要帮助的人。

于是说成了夸夸群了。不过这样的强强哥，我们就是要夸夸他，还有他家大姑娘。

致送小杨的勉励状

这样的胜哲，再来一打

　　冬至前一天，小熊又做饭了，支教团的小老师们，包括胜哲（徐胜哲，上海交通大学第 23 届研究生支教团成员），还有我，一起去打秋风。一桌新菜，味道相当可以，边吃边吹吹水。

　　支教团的小老师们也想发起一个项目，为支教服务的当地学校里品学兼优的孩子做一些奖学励学的事情。交大支教团现在服务三个地区，除了咱们洱源，还有两个，分别在内蒙古和四川。向谁筹款、支持谁、怎么支持、多大金额、多长时间，大家七嘴八舌。这个项目我觉得是蛮好的，有我们的同学在当地做支教老师，对当地孩子的了解会比较准确深入，结合这个项目能开展的互动就比较多了。

　　我也出了点建议，支教团老师们再系统考虑一下整个项目的前因后果，如果要做的话，我也愿意积极参与。

　　小熊问我，交大如果还有电脑等设备可以支援洱源的话，能不能考虑向村委会倾斜。村里的电脑还是十年

前的,相当于老坦克了。我觉得可行的,及时与设备处领导请求支援,获得肯定的答复。不过学校设备轮换是一批批的,下一批可以安排。

学校上一批来的电脑和设备是 10 月底,全部支持了乔后中学,五十多台套。我跟小熊说,如果按这个量测算,应该可以整体支持茈碧湖镇各行政村优化办公条件,每个村配几套,这不就是一个交大支持茈碧湖镇基层信息化水平提升项目吗? 关键是各个村有没有需求,我们拿来的设备也不是很新很先进,确实有需要才比较好,不要给人家带来负担。小熊觉得很有需求,相对而言,丰源村的电脑啥的,算是其中的佼佼者了,尽管是十年的老坦克。

工欲善其事,必先利其器,等下一批次有货了,马上办起来。

咱俩说着这事,胜哲插个嘴,问熊老师,咱们村里现在有几台电脑啊。小熊说十台出头。胜哲说这事我行啊! 我俩纳闷,十多台呢,你哪来这么多台电脑啊,即便是旧的。

胜哲微微一笑,自有办法。原来胜哲在浙江也有一些资源,常常会有一些电脑更新轮替,好好拾掇一下,都是挺好用的设备。

也就十天时间,电脑设备们就踏上了来洱源工作的道路了,元旦假期陆续抵达。十来台电脑,虽不很新,但都新换上了固态硬盘,显示器配的都是全新的,三台打印机也是全新的,两台投影仪刚换上新灯泡。

咱们还是要有点仪式感,简朴而隆重,我们仨和村委会同志们一起,小小交接一把。于是择日不如撞日,6 日中午,丰源村走起。交大校友捐赠支持洱源县丰源村基层信息化水平提升项目,一刻钟搞定,我的任务就是把从上海带回来的感谢状交到胜哲手中。

我向小熊建议,基层信息化水平提升,咱们除了硬件更新换代,也可以搞点讲座,两手抓。

小徐的心意，
丰源的收获

6 日中午，和往日中午差不多，阳光很好，却是更暖和。

洱源思源，这样的校友已有很多，这样的胜哲，也请再来一打。

呈请荣昶支持的建议书

交大支持洱源一中开设特班，方方面面推进中。一个月前专门与荣昶王总和黄总汇报，两位长者很愿意支持，王总嘱我细化方案，再看怎么支持和推进。于是一直在琢磨这个方案，有时候脑子里想的、嘴巴上说的，要写出来，也是要磨一磨的。

没急着噼里啪啦打字，落单的时候常常想想、盘盘。梳理两周后，觉得可以提提笔了。最后定的题目是"交大洱源—荣昶讲坛"项目建议书，内容如下。

一、荣昶与交大

2016 年上海交通大学有幸与上海荣昶公益基金会结缘，先后获得"荣昶奖学金""荣昶领导力训练营基金""荣昶人工智能普及教育专项基金""荣昶中西乐团专项基金""广慈荣昶基金"等项目强力支持，学校教书育人事业蒸蒸日上。

二、交大与洱源

2003 年起上海交通大学开展洱海水生态保护科学研究,2013 年起定点帮扶大理州洱源县。2018 年洱源县率先脱贫摘帽后,学校帮扶力度不减,助力脱贫攻坚全面胜利。2021 年起学校助力洱源县乡村振兴,聚焦深化教育振兴,扶志扶智,探索洱源县教育振兴长效机制和多元举措。学校设立"交大洱源—基础教育发展基金",以此为框架,依托各界支持,设立助学、励学、特班等独立项目。

三、储才与洱源

2016 年学校设立"荣昶储才计划",以学生领导力培育为主线、实践能力培养为重点,融入人文艺术教育,强调价值引领与能力培养相统一,有选择、有指向、有目标地培养一批具有卓越领导力、突出综合能力和高度社会责任感的优秀青年学生。储才伊始,洱源思源,每届学员于大一暑期赴洱源考察实践,支教助学,更有学员选择再次回到洱源实践支教。储才学员与洱源有很深羁绊,期盼能有更多机会将所学所得薪火相传,奉献社会。

四、洱源一中特班

2021 年国务院政府工作报告明确提出"加强县域高中建设"。县域普通高中(以下简称"县中")是县域基础教育的排头兵,办学规模占全国普通高中总数的一半多。全面加强县中建设、着力破解县中发展困境、整体提升县中办学水平,对于巩固提升高中阶段教育普及水平、带动县域义务教育优质均衡发展、加快缩小城乡教育差距、服务县域经济社会发展、助力推进新型城镇化建设和乡村振兴战略,意义十分重大。

洱源县承担了洱海源头生态环境治理与保护主体任务,经济社会转型发展面临较大困难,教育也受到较大影响,初中毕业优质

生源流失严重,对本县高中特别是洱源一中冲击巨大,转出学生家庭经济负担也大幅增加。尽管面临多重困难,洱源县委县政府给予洱源一中重要保障,师资队伍保持稳定,近三年高考一本率基本保持12%。限于生源基础瓶颈,洱源一中在师资积极性进一步发挥和办学水平进一步提高方面受到严重制约。

上海交通大学帮助洱源县深化教育振兴工作,支持洱源一中设立特班,遴选聚集初中毕业优质生源,师生并进,提振洱源高中教育教学水平。2021年,上海交通大学自筹投入50万元启动经费,校友孙斌学长捐赠100万元发展经费,各方努力,以特班为抓手,力争3年时间将洱源一中办学水平提振至大理州较高水平。上海交通大学将在特班设计谋划、优质生源遴选聚集、特班学生资助与奖励、交大教育资源注入、校友与社会资源支持等方面予以帮扶。特班目前各项工作筹备中,2022年6月初次招生,每年招收一个班,当前150万元经费主要用于特班优质生源资助和奖励及特班师资激励。

2021年12月,上海交通大学教育学院与洱源县人民政府签订"党建引领、教育帮扶"合作共建协议,于洱源一中设立教育共建基地,遴选优秀学生党员担任洱源一中学生导师,选派教师为洱源一中教师提供培训,与交大基础教育学校共同接受洱源教师来沪培训提升,并组织师生开展暑期支教活动等。

五、交大洱源—荣昶讲坛

县域高中教育教学水平提高,主要因素取决于师生在第一课堂教学相长的努力。同时,第二课堂与第一课堂的互为促进也发挥着越来越重要的作用。对于第一课堂学习之外自然接触的外界信息,洱源的学生和上海的学生是相似的,往往围绕着数码产品和手机游戏。上海的学生所处环境,有着自然的优势,这是洱源的学生比较缺失的。而高中阶段的见识增长，对于学生人生观和价值观的形成和塑造，以及对其未来道路的宽度和深度所起的作用，可能比我们预想的更为重要。高中时期是对学生志向和兴趣的引导和培养的黄金时段，如果缺失，后期弥补事倍功半。

有感于荣昶储才计划对于交大学生的培养，期盼得到上海荣昶公益基金会青睐支持，拟依托交大储才学子，在洱源一中开设"交大洱源—荣昶讲坛"，具体从以下几个方面开展工作。

1. 学子结对

交大储才计划第 7 期学子预计 2022 年 6 月选拔产生，洱源一中特班初次招生将于 2022 年 7 月完成，时间节点和人员规模相当，拟请第 7 期储才学子与第 1 期特班学生分组结对，搭建大学与高中学生朋友圈，近距离扶志扶智。2022 年暑期邀请储才学子赴洱源线下分组结对，双方互相熟悉了解，为后续活动奠定基础。

2. 讲坛设立

上海交通大学协助洱源一中开设"交大洱源—荣昶讲坛"，储才学子帮助特班学生逐步掌握讲坛架构、主题甄选、讲者邀请以及活动组织等具体内容，并由特班学生自主组织管理和开展系列活动。

3. 洱源主场活动安排

特班学子确定每月活动主题，邀请交大师生赴洱源一中开展活动，活动主题包含生涯规划、升学指导、专业前沿、学习方法、科技实践、心理健康等。储才学子根据当月活动主题和需求，物色落实具体讲者。讲者以当期储才学子为主，包括但不限于历届储才校友、学校自立自强标兵、教育学院师生以及兄弟高校师生等。洱源主场活动每月开展一次，在洱源学生第二课堂多元活动和第一课堂主干教学间取得平衡，交大师生于周五晚间抵达，主题演讲定于周六上午,面向洱源一中全体学生;周六下午储才学子与特班学生通过线上线下融合方式沟通交流,答疑解惑。周日上午可根据情况安排家访等交流活动,下午返回上海。洱源主场活动计划每学年开展 10 次,每次邀请 3—5 名交大师生,其中储才学子 2—3 名,一是作为讲者,二是保障线上线下融合分组结对沟通交流的效率和质量,将结对活动落到实处。

4. 上海主场活动安排

每年暑假和寒假各安排一次上海主场活动,邀请特班学业及综合表现优秀学生赴上海学习参访,每次邀请 10 名学生。储才学子负责上海活动组织与实施,学习参观环节主要包括专家报告、学生创新中心及相关实验室参访、荣昶公益基金会参观与交流、上海一日游览等。确定特班受邀学生的合理标准和条件,兼顾受益面,一般不重复参加。

六、提请支持

"交大洱源—荣昶讲坛"项目对于洱源教育发展和洱源学生成长意义重大,对于交大储才学子进一步将所学所得奉献社会开辟了新的通道,特提上海请荣昶公益基金会同意储才学子深度参与帮扶洱源教育事业发展,并提请捐赠设立"交大洱源—荣昶教育基金",支持和保障"交大洱源—荣昶讲坛"项目具体运行。

"交大洱源—荣昶教育基金"主要用于"交大洱源—荣昶讲坛"组织洱源和上海两个主场活动。

洱源主场活动主要支持交大师生每月赴洱源开展活动的差旅费用。交大主场活动主要支持洱源学生寒暑假赴上海学习参观的差旅费用。

综上测算,提请上海荣昶公益基金会捐赠设立"交大洱源—荣昶教育基金",捐赠资金交由上海交通大学教育发展基金会管理并根据活动开展具体情况在沪支出,首期提请支持 2022 年至 2024 年 3 年期"交大洱源—荣昶讲坛"运行所需经费。如蒙上海荣昶公益基金会给予支持,拟争取学校给予配套经费支持。

上海交通大学教育发展基金会会同洱源一中每年编制"交大洱源—荣昶讲坛"活动报告及"交大洱源—荣昶教育基金"财务报告,呈报上海荣昶公益基金会监督查阅。

元旦前基本框架和内容搭建好了,没急着呈报。元旦后,又仔细过了过,也和于总(于洋,上海交通大学发展联络处副处长、教育发展基金会副秘书长)商量了一把,如获支持,后续的实施环节又聊了聊,再对方案做一些补充。

前几日方案报告给王总,正式呈请支持。

冬雷的渊源

　　翻了翻新闻,交大基金会和冬雷脑科医院发起的宋冬雷脑科研究与发展基金是2021年6月设立的,同期启动了"百人基层脑科医生培训计划"。那时候我在忙美术馆咖啡厅的事情,程处是请于总具体对接脑科基金的。

　　在此之前,其实我是知道冬雷脑科医院的,这是很牛的一位医生创办的,但那时候我不知道那个医生就叫宋冬雷。我们一对老学长伉俪,太太前年摔倒昏迷,手术后一直未能苏醒,最后的日子愈加艰难时,程处帮着找到冬雷脑科医院,体面走完最后的人生,我才知道院长是宋冬雷教授。那次是振宇学长帮助协调,我也是那时候知道振宇学长投了冬雷脑科医院。

　　这次翻新闻发现,振宇学长是宋冬雷脑科研究与发展基金的理事长,陈师姐是秘书长。源起元旦前,程处去冬雷开会,和陈师姐说起有无可能在脑科医生培训计划中加上洱源。陈师姐欣然应允,于是程处马上就告诉了我这个好消息。

我觉得,这个机会与我之前想到的关于医疗方面做一点增量的考虑,契合再契合啊,要让我自己去倒腾,到哪里找这样的资源啊。程处转达了陈师姐的想法,她后续也可以做一些更契合洱源需求的医疗帮扶工作,看怎么具体对接。

马上与县里领导们商量,大家都觉得挺好的。我就提议不妨县里安排去一趟冬雷脑科医院,具体聊一聊。以我们做基金会筹款工作的一点小小经验,主动上门是上上选。

岁末年初也比较忙,一时县里同志也出不去具体对接。元旦假期我回一趟上海,看看孩子,再把一些工作也对接了。原计划4号下午回洱源,上午想来想去,还是觉得要去陈师姐那里打个招呼才对,不管后续做不做成,做到哪般,都应该要先去见见师姐。联系上师姐,当下约好4日下午去一趟冬雷脑科医院。师姐说4点左右到,不用太早,那时候宋冬雷教授下了手术,也会见见我。我原本料想师姐在上海的话应该会见我的,没想到这么顺利,没想到还会见到宋教授。

冬雷脑科医院在大虹桥区域,在上海国际医疗中心区块,区位很好,距离虹桥枢纽车程就20多分钟,我从学校过去,嘉闵高架一路也很方便。见到师姐,先报告专业届别,鉴定完毕,可以确定是亲师弟。师姐向我科普了一下冬雷的情况。

宋冬雷教授是上医体系的医生,师从华山医院周良辅院士,2005年破格晋升为华山医院神经外科主任医师,那年他39岁;2007年获批教授和博士生导师,那年他41岁。在那个年龄段的学界医界,这个速度和资历是相当不一般的。大约是想做一些更不一样的事情,2013年宋教授离开体制,出任外资医院院长。2015年创建冬雷脑科医生集团,这是国内第一个脑科医生集团。

目前宋教授有几个头衔:BDG冬雷脑科医生集团创始人、上海冬

冬雷脑科医院一览

雷脑科医院院长、中国脑血管畸形 Onyx 栓塞微创治疗领导者、中国脑动脉瘤密网指甲介入治疗首批导师，同时精通脑血管介入及开颅手术、脑肿瘤微创手术等，是国内外为数不多的"双枪将"专家，已开展各类开颅手术、介入手术 20 000 余例。

以上，不明觉厉。

我还真不知道啥叫医生集团。师姐继续给我科普。医生集团又称为医生执业团体或者医生执业组织。通俗而言，就是志同道合的医生们聚在一起，成立一个公司，聚焦医疗技术，以轻资产方式与医院合作，开展手术诊疗等。

几年下来，冬雷脑科医生集团业务、运营和收入都挺好的。不过轻资产模式需要借助其他医院的空间设备等，总有不如意或达不到宋医生理想中要求的地方，于是在政府支持下，冬雷脑科医院应运而生。

师姐就是医院成立的时候加入的，负责医院融资和财务，CFO。2021 年 11 月，冬雷脑科医院宣布完成 C 轮 2 亿元人民币融资，南鹏学长执掌的红杉资本独家投资,我想师姐一定功不可没。现在除上海冬雷脑科医院,成都冬雷脑科医院在建中,冬雷脑科医院在江浙沪地区拥有 20 多家合作基地,已成功搭建医生集团＋实体的专科网络体系。以红杉资本独到和老辣的眼光,并作为优质和长线的品牌投资人加持,冬雷脑科医院开展了从单体医院到连锁医院集团的战略行动,再伴随红杉资本在其他医疗领域的互动和融合,其在未来尖端民营医疗生态中地位可期。

我把在洱源几个月的情况跟师姐也汇报汇报,又过了一小会儿,宋教授便过来了。他身材消瘦,头发偏白,发势清爽,举手投足儒雅风范,与我认识的大医名医风采一般无二。

名医平易,宋医生进门,握个手,扬扬手机跟我开玩笑:你看你这个师姐副董事长,对我这个董事长也不礼貌一点啊,拎起手机就喊我来,我还必须来。宋医生也不讲究,靠着桌边就和我们聊起来。医疗方面我也真是说不出什么能与名医对上话的,就与宋医生和师姐报告一下之前我们的一点顾虑,即冬雷脑科医院的脑神经外科太强了,我们县医院派员学习的话,一是担心学不来,二是担心用不上。

师姐说前一期接受四川县域医院年轻医生进修培训时,也发现这样的情况,就及时做了调整。脑科是综合学科,重症救助、麻醉、呼吸、神经内科、神经外科,乃至后期的护理,这些方面都是冬雷脑科医院的强项,总有一款适合你们的,并不局限在脑神经外科。去年成立的宋冬雷脑科研究与发展基金,会对洱源来的医生在冬雷脑科医院进修培训全额资助。

我掐指一算,按上海的成本,半年培训所需经费没个小十万怕是下不来的。

宋医生说经费不是你们要考虑的问题,关键是要切实能对县里的医疗提升产生效果。最近疫情,你们过不来,冬雷脑科医院作为医疗单

位,医疗人员出去也是会有些麻烦的,你可以回去跟县里相关领导以及县医院的同志说一说,有意向的话可以通过线上的方式双方碰一下,掌握一下县里医疗的情况,听听县里的需求,一方面可以有针对性地对派出的培训医生做一个比较契合的培养方案,这样更符合县里医疗急需,也就避免人来了但技术学不来,或者学会回去了技术用不上的情况;另一方面也可以探讨一下在进修培训之外,还有哪些工作可以推进,慢慢有一些更多元的帮扶。对于西部医疗的帮扶,冬雷脑科医院是肯定要做的,如果洱源有兴趣的话,冬雷脑科医院和交大基金会这么密切的关系,总归是欢迎和优先的。

怎么可以考虑得这么周到?! 真是 first blood! double kill! triple kill!

宋医生很忙,师姐也很忙,一会儿时间好几个同事来约安排。聊得差不多,我也就告辞了。师姐又领着我大致参观了一下冬雷脑科医院,很感慨医院的氛围和环境,风格颇让人放松安心,因为全预约制,没有传统印象里排队和忙碌的感觉,设备设施先进就不提了;病区管理要求严格,我没能看看病房,师姐说一般是两人间和一人间,也有可以家属陪护的套间,病人和家属会住得相对舒适一些,价格大约与酒店相仿。选择来冬雷脑科医院的病人,相对而言家境可能稍好一些,也有这样的需求。不过医保同样适用,国内外的商业医疗保险在这里普遍适用,手续也很便捷。如果综合考量诊前咨询、医疗技术、医疗管理和患者感受,冬雷脑科医院可能是中国最好的脑科医院之一。

想起在上海时,医生朋友们常常会开玩笑说,互相认识当然缘分很好,也希望你们不来医院最好。

再次谢过师姐,回到学校天也黑了,其实才 5 点半,这个点洱源还是蓝天白云呢。

5 日,回到洱源,这项工作也对接起来。

我的寒假

　　理论上，今年、明年，我应该是没有寒假的。新春佳节，也是县里的领导和各条线的同志们比较忙的时间。节前的省州考核，常规的走访慰问，节日值守与应急处置等，能陪陪家人的时间是相对零散的。

　　趁着学校寒假的日子，过一过我的寒假。大约绕着几件事情转悠。一是邻县医院的调研，二是与校友会的走动，三是回上海后的一些联络，也是穿插着。

　　1月20日，中午去了趟祥云县人民医院，交大医学院附属第九人民医院与祥云的医疗对口支援堪称典范。交流后发现，原来主要对接工作就是我在交大的中青班同学杜老师（杜勤，上海交通大学医学院附属第九人民医院主任医师）张罗的，学校和医学院的领导、院士和大主任们都到过祥云县人民医院帮扶、指导和交流。所谓"真情帮扶、用心受援"，名副其实。九院是真用心，祥云是真主动，于是火花点成火把，还是奥运会防水的那种。

　　约上小熊，21日一早去了一趟昆明，节前与校友会

交流一下，就着医疗再与盖睿科技胡总（胡鹤，盖睿科技云南区域负责人）也交流一下。于是在祥云的调研结束后，傍晚全力奔跑赶火车，堪堪赶上了，先去大理，到研究院食堂找顺子老师蹭个晚饭，不然次日早上再从县里出发就来不及了。

中午到昆明，先找卢学长，报告了丰源村提水点在"9·13"大型泥石流灾害中的受损情况。提水点外场原本一整片友谊林，当年是在上海交大云南校友会和四所交大企业家联谊会支持下种起来的，已是郁郁葱葱，去年被泥石流夷为平地，只剩下友谊林的石碑孤孤单单地立着。卢学长是校友会副会长，当年一起来洱源提水点给友谊林揭幕的，说起当时的情况，情真意切。卢学长给我们提了很多好的点子，答应后续也会从方方面面支持友谊林恢复起来。

下午，约到胡总，聊了聊中国初级卫生保健基金会的"大病不出县，行走的医院"帮扶项目，相约春节后请胡总来洱源，深入对接一下具体项目的可行性。这个项目面向西部欠发达地区开放申请，运行模式属于"官方发起、慈善机构主办、医学界支撑、公益服务采购、企业运营支持"，各方权益管理得很清楚。"官方发起"指的是中国初级保健基金会、中国国际投资促进会、中国农工民主党，"慈善机构主办"指的是中国初级保健基金会与中国医师协会、中国光华科技基金会和中西部扶贫发展基金，"医学界支撑"体现在联合国内顶级医疗、卫生、科研机构共同承办，其中也有交大相关附属医院，"公益服务采购"和"民营企业运营"是同步的，其中涉及的诊断设备开发、诊断平台运营管理、与公共医疗机构衔接等工作和服务通过类似公益服务购买等方式由盖睿科技等相关健康研发和管理类企业研发、提供及支持，提供给有意向加入的县域医疗单位无偿使用。

"大病不出县，行走的医院"帮扶项目包括五个方面内容。第一，通过为村卫生室配备带有远程诊断功能和31项基础检验检测功能的"全科医生助诊包",加强了村卫生室的基础医疗设施建设。第二,通过基层医生优才计划,为村卫生室培养新时代"科技型"村医,提升村医服务能力和水平。第三,通过带有远程专家门诊功能的医生工作站和每天提供的北京上海三甲医院专家门诊号,为老百姓带来优质医疗资源。第四,通过与县医院的医共体相连,实现了将县医院的门诊前移到村,进行老百姓常规性基础疾病的筛查及长期慢病的管理,提高了当地公共卫生服务质量和水平。第五,通过"健康180"中心建设,百姓通过呼叫专有号码,调度中心实时响应,村医携带"行走的医院"全科医生助诊包上门入户进行健康服务,从而提高百姓对健康服务的获得感和满意度。

傍晚我俩约老纳碰面,恰巧卓会长也在,有几位很相熟了,又新认识了好几位校友,也请校友们多多帮助我俩,多多关心洱源。

22日是周六,上午出发,就回县里了。这几日县里开"两会",我跑进跑出也没能参加,回来后准备跟上分组讨论。不过计划总是赶不上变化,23日一早,趁着节前,再跑一趟永平县人民医院。本来我有点担心,是周日,按我的印象,周日往往医院门诊不一定开的,周日打扰人家心里总也有点过意不去。领导说你想多了,那是你在上海的节奏和印象,这里周日没问题的,都上班。于是永平走起。永平县是我们相爱相杀的复旦大学定点帮扶的,复旦大学在医疗上确实还是投入了很大资源和力量,2016—2021年协调了附属金山医院医疗对口支援,新的五年期协调了附属妇产科医院轮替,模式与祥云县类似,做得蛮不错的。

回来后与领导初步汇报了一下对两家医院的调研和交流情况,把之前冬雷脑科医院和初保基金会的情况也说了说。领导对医疗提升很重视,很期待,晚上又专门找了我和县医院院长,嘱我回学校与部门和学校领导汇报争取。我把自己的感觉也说了说。正好是要过年了,我跟领导们汇报,这次回上海,年前对接一下六一儿童节洱源娃娃在交大开画展的事情,再琢磨琢磨医院的事情。年后找医学院相关附属医院

的师友再请教,初步形成一点文字材料,向交大领导先汇报一次。等学校开学后,与教育学院和农生学院也再对接一把,为接下来洱源的活计做点铺垫。这样的话,年后会稍晚一点回来,基本和市里开展沪滇协作的兄弟们同步返回。

六一儿童节洱源娃娃在交大开画展的事情,缘起去年10月终身教育学院国学联谊会凌会长(凌霞红,上海交通大学终身教育学院国学联谊会会长)、洪会长一行第七年来洱源,开展美育西南行支教活动。美育西南行项目帮助洱源300个班级订阅了美术类报刊,聘请音乐、美术专职教师,帮助洱源娃娃们画出唱出跳出心里的美。要说之前我写一点小小记录也是有用的,学校程及美术馆徐骞老师看到了,觉得校友们和孩子们一起做的美育西南行很有意义,也争取到了交大档案文博管理中心领导的支持,提议可以考虑在交大做一个画展。我真是挺感动的,我觉得这是对校友们这七年美育西南行的充分认可,也是对我们这样在洱源挂职同志的莫大支持,更是对洱源孩子的鼓励激励。

程及美术馆是很有些故事和地位的,坐落于闵行校区思源湖畔,建筑面积1200平方米,由程及先生捐赠建造。程及先生是当代杰出的美籍华裔水彩画家、美国艺术院终身院士。1997年,程及接受上海交大顾问教授的称号,并向交大捐赠50万美元造一座美术馆,以实现他毕生的爱国和热爱艺术教育事业的心愿。程及美术馆于1998年4月8日举行奠基仪式,同年9月动工,1999年3月落成,并于4月举行开馆典礼,是上海乃至全国大学建设比较早的一个多功能美术馆。

去年,我也帮着张罗了在美术馆里终于把香港信兴集团蒙德扬主席心心念念的 Mong's Coffee 开起来了,于是和徐老师很相熟了。Mong's Coffee 大家好像也挺喜欢的,全国两家大学里有,那就是北清华南交大了。

我个人觉得洱源娃娃的画能在交大程及美术馆办个展,意义很大。

过往交大与洱源的活动，类似这样文化和教育的交流比较少，于是这次寒假回来，我与徐老师相约，请凌会长到美术馆看一看，大家沟通一下，看这个活动能不能办起来。

没想到档案文博管理中心副主任丁东锋老师和终身教育学院陈猛副院长都参加了我们的交流，聊得可好了。凌会长蛮激动的，她觉得这么些年一点一滴的事情，没想到学校这么认可和支持，她很感谢很愿意并将发动校友们一起支持促成洱源娃娃们的画能在程及美术馆展出。丁老师和陈副院长也是认识这么多年了，丁老师是我参加中青班的班主任呢，一直对我很关照很支持。陈副院长也是老朋友了，之前在体育系，是现在洱源支教团里胜哲小老师的老师。两位领导对这个提议非常支持，给了很多拓展性的意见，相当有见地。

于是基本说好，美术馆预留档期，学院和会长们协调美育西南行的老师和孩子们的画，提前准备起来。届时校友们支持，争取邀请两位基层老师和孩子代表能来学校，给老师和孩子们提供一个说一说的小讲台。

年前又参加了一次国学联谊会校友们的聚会，凌会长、洪会长、石班长，还有好几位去年来洱源的校友重逢，又认识了好几位新朋友，大家对六一洱源儿童画展都很有兴趣，也很愿意支持。再聊起来，才知道原来几位会长都是高东镇人士，这世界真是小啊，高东镇现在就是浦东派出与咱们牛街乡、乔后镇、西山乡结对的。后来我回洱源了，与张副说了这事，他也觉得好有缘分。之前互相都不知道，还是要多聊多交流，这样面包才会有的。

帮着妈咪带带娃娃，一晃间，年也就过来了。

今年学校开学比以往早不少，初十同事们就返工了，包括我家妈咪。那几日，陆续整理了对祥云县和永平医院调研的情况，结合自己的一点看法和前期接触过的一些项目，初步形成了关于洱源县医疗提升

的相关建议。开学后,去地方合作办待了小半天,汇报一下最近的情况,主要是医院这事,聊一聊,意见建议到手。又向交大医学院附属仁济医院和附属儿童医学中心请教了一把,互联网医疗和儿中心宁德项目参考意见到手。修改了两稿,逮着机会,向安胜副校长口头和书面都汇报了一次。校长说我的意见还蛮中肯,鼓励我努力推进,顺便把错别字好好再改一改。中年小脸一红啊。

又一日,与教育学院琳媛书记碰碰头。教育学院的同学与洱源一中同学的结对已经组织得差不多了,等云南开学后,就可以实质动起来了。

临回洱源前,得到两个新年大礼包。

一个大礼包是香港柏年先生的电话鼓励,愿意在柏年图书室的基础上再支助 2 万元,支持校长们推动读书活动;再一日又电话鼓励,感念冬奥会上的中华风范,愿意资助 2 万元鼓励洱源孩子们踢足球。具体方案柏年先生并无定数,唯希望县里和校长们认同娃娃读书和足球运动,具体方案由县里和校长们商定。真是太好了,回洱源后,我也对接起来。

另一个大礼包是团中央光华科技基金会梁秘书长给我们的。

今年冬奥会,光华科技基金会发起主办"青春爱运动　健康强中国　一起云支教　共同迎冬奥"活动,交大团委也积极组织大学生志愿者参与,带上我们洱源孩子一起。我很是主张并愿意积极参与和推动这样的活动,只有通过一起做活动,大家才能多沟通多了解,慢慢洱源也就会得到更多关注和帮助。

于是年前梁秘书长协调捐赠了十万支彩色铅笔给我们,1 月中旬送到县里了。这我们还真用得着,美育西南行项目的孩子们画画就用得上,我都想难道梁秘书长也知道我们孩子画画的事,真是及时雨。十万支,我这辈子还没见过这么多铅笔,还是彩色的,真好。

年后梁秘书长帮助协调争取了 10 万元的图书和 1 万元的奖助学金。我与梁秘书长汇报,10 万元图书应该是册数蛮多的,如果基金会对分配到的学校数量没有特别要求的话,结合图书的受众对象,我想分配给 2—3 所中学或小学;1 万元奖助学金,如果基金会和捐赠人对受众没有特别要求的话,我想设在洱源一中,今年我们交大要支持洱源一中开一个教育振兴的特班,正在多方筹措资源,奖助学金的具体额度和名称都可以根据基金会意见和捐赠人意向酌定。梁秘书长赞成。于是我也要及时推进。

临行前一日,跑了趟岳老师那里,一是感谢岳老师对我的支持,二是后续虞总蜂蜜的项目也请岳老师再支持。岳老师介绍我认识了刘源老师,刘老师是食品科学与工程系的教授、系主任,主要研究方向为食品风味与品质评价,这就对蜂蜜项目的胃口了,回头请刘老师指导一下,让蜂蜜营养又美味。我总觉得还是可以考虑得深远一点,虞总对新西兰蜂蜜的分级体系和具体实践很熟悉,我们有岳老师、刘老师这样的专家支持,又有农生学院食品系和陆伯勋食品安全中心作为科学机构,做一个国内有公信力的分级体系,感觉还是有戏的。一步步来吧。

16 日,下午返程。早上送妹子报到领书,中午接她回家。其间去了一趟办公室,又向领导报告接下来的工作。程处对我在洱源的工作是最支持的了,年前我还没回来的时候,专门跟广峰一起代表组织部和本部门看望慰问我家夫人和娃娃。程处又给我一些指导,说过一阵子结合洱源的一些活动再来看我。实话实说,在洱源工作,心里还是蛮踏实的。当天下午,学校召开 2022 年春夏学期干部大会并颁发管理服务奖和佳和优秀教学奖,感谢领导和同事认可与支持,去年推荐我申报,我荣获管理服务奖二等奖,挺受鼓舞激励的。想想已经与县里说好今天要回的,于是仪式请假,洱源走起。

这么着,我的寒假也结束了,洱源的活计也算没停,也算又开始了。

跑一圈医院，捣鼓些建议

　　县领导对于县里医疗水平的提升非常重视。增进民生福祉是发展的根本目的，发展过程中能增进一分便要去做一分。领导对于祥云县与交大医学院附属九院的对口支援工作及永平县与复旦附属金山医院的对口支援工作印象深刻，嘱我能不能尽快安排去实地取取经，看看来龙去脉、操作方式方法，为下一步争取包括交大医学体系在内的多方支持准备起来。

　　县里的工作方式是说干就干，早上动议，马上安排对接，接着就出发了。祥云是 1 月 20 日早上提议，中午出发调研；永平是 1 月 23 日早上动议，上午 9 点半就出发调研，直奔医院，短平快。

　　春节假期后我在上海多留一周，向学校报告县里关于医疗水平提升的想法，并向几个相熟的附属医院领导讨教讨教，县里很支持。于是节后在学校转悠，梳理了调研情况和前期联络的与医疗相关的项目，在向学校地方合作办汇报后，又向分管校长具体报告；又向仁济和儿中心相熟的兄弟姐妹请教了若干可能性,形成了一些建议文字,以备向县里汇报及后续推进。

关于洱源县医疗提升的相关建议

2022年1月下旬,根据县委主要领导相关指示和意见,副县长黄金贤同志、县委组织部副部长张双智同志、县人民医院院长李文劲同志等先后赴祥云县人民医院、永平县人民医院调研沪滇医疗帮扶工作。现将调研情况及相关建议汇报如下。

一、调研情况

1. 祥云县人民医院

祥云县人民医院较早向云南省争取医疗对口支援机会,2009年与国家卫健委直接挂钩,作为全国县级公立医院综合改革试点单位。2010年3月开始,祥云县人民医院与上海交通大学医学院附属第九人民医院(以下简称上海九院)连续签订了三轮共11年的对口支援协议。至今,上海九院共派出21批医疗队110名专家,上海九院真情帮扶,祥云县人民医院用心受援,通过对口支援深化精准扶贫工作,实现祥云县人民医院跨越式发展,有效促进了祥云县医疗卫生事业的快速发展,县内就诊率达到91.6%,实现大病不出县的医改目标。祥云县人民医院现已升格成为三级乙等综合医院,床位1000张。

祥云县人民医院对于对口支援工作非常积极,对自身发展定位和需求梳理非常透彻,与上海九院互动非常密切,对支援专家管理与服务非常到位。上海九院每半年派出至少由5名专家组成的团队赴祥云县人民医院担任科主任,主持相关科室业务和发展,直接和深度参与医院管理和发展工作。

目前国家卫健委布置的3轮对口援助工作已完成,上海九院已不再派员援助。祥云县人民医院提请上海九院继续支援,或通

过适当形式进一步合作，相关工作推进中。

2. 永平县人民医院

2016年4月，为积极响应国家卫生和计划生育委员会、国务院扶贫开发领导小组办公室、国家中医药管理局等部门联合下发的《关于印发加强三级医院对口帮扶贫困县县级医院工作方案的通知》（国卫医发〔2016〕7号）精神，按照上海市卫生计生委和复旦大学的部署，复旦大学附属金山医院与永平县人民医院签约，派遣专家医护团队至永平县人民医院开展为期5年的对口帮扶支援工作。

通过5年10批次总计51名医疗队员的接力帮扶，永平县人民医院业务范围逐步健全，开展适宜新技术、新业务达41项，涉及多个学科，在完善外科各学科手术治疗技术、提升治疗能级的同时，在病理学检查、磁共振、超声、血液学检查、肺功能检测等方面持续"输血"，填补永平县人民医院多个领域的空白。永平县人民医院为二级甲等医院，现有床位500张，2018年通过省专家评审组县级公立医院"提质达标"检查验收；2020年"五大中心"全部通过验收，通过新一周期二级医院评审。

2021年金山医院帮扶任务圆满完成。根据永平县人民政府请求，复旦大学商请上海市卫健委协调，派出复旦大学附属妇产科医院对永平县人民医院开展新一轮5年期对口支援工作，仍延续每半年派出5名专家团队的工作模式，首批专家已入院工作。

3. 洱源县人民医院

根据沪滇协作相关机制，浦东新区对口帮扶云南省大理州。2016年，浦东新区卫计委派出浦东新区公利医院对口帮扶洱源县人民医院，为期5年。2021年双方续签协议，开展新一轮5年期对口支援工作，公利医院将对洱源县人民医院人才、设备进行持续帮扶，着重对重点学科进行帮扶，推动内镜中心建设，协助"五大中心"持续发展。在浦东新区公利医院对口支援下,洱源县人民医院医疗水平稳步提升,现为二级甲等医院,开放床位360张。与祥云县和永平县帮扶模式有所不同,公利医院每3个月派出1—2名专家赴洱源开展工作,在新老批次专家交接过程中帮扶工作可能有所中断,支援力度相对偏弱。

二、相关建议

1. 加强与公利医院对口支援工作

建议县领导、县卫健局、县人民医院密切与公利医院交流交往,瞄准公利医院优势学科,争取公利医院进一步投入医疗资源,加强支援力度。

2. 提请上海交通大学拓展医疗对口支援工作

上海交通大学拥有全国最好的医学院及附属医院体系,拥有12家附属医院,其中11家为三级甲等,1家为三级乙等,医疗资源丰富,医疗水平顶尖。

一是参照复旦大学在永平县相关做法,提请上海交通大学商请上海市卫健委,派出交大相关附属医院对洱源县人民医院开展整体性、系统性支援工作。

二是结合交大相关附属医院数字化转型建设实践,开展互联网医院相关模式的远程医疗帮扶工作。

三是结合洱源县人民医院儿科特点,参照交大医学院附属上海儿童医学中心与宁德市人民医院"党建联建共建"、党建带动学科发展的模式,提请上海儿童医学中心帮助洱源县人民医院发展儿科相关专业,使洱源儿童获得更加专业的优质医疗服务、健康教育,有效提高洱源小儿外科疾病专业救治能力。

3. 加强与上海冬雷脑科医院交流交往

上海冬雷脑科医院是由上海市卫健委审批的三级脑科专科医

院，占地面积 1.8 万平方米，设标准病床 300 张，以"脑科专科诊疗""全生命周期脑健康管理"为特色，提供脑血管病、脑肿瘤、功能神经外科、脊髓脊柱专科、神经内科、睡眠障碍、神经重症、神经康复等专科医疗服务。院长宋冬雷教授，师从华山医院周良辅院士，是 BDG 冬雷脑科医生集团创始人、中国脑血管畸形 Onyx 栓塞微创治疗领导者、中国脑动脉瘤密网指甲介入治疗首批导师。

2021 年 6 月，交大基金会和冬雷脑科医院共同发起宋冬雷脑科研究与发展基金，同期启动了面向西部地区并给予全额资助的"百人基层脑科医生培训计划"。培训计划涵盖重症救助、麻醉、呼吸、神经内科、神经外科乃至后期的护理，并不局限在脑神经外科，并可根据派出医院实际需求，对派出培训医生定制比较契合的培养方案。冬雷脑科医院也愿意探讨更深入、更多元的帮扶举措。

建议县领导、县卫健局、县人民医院密切与冬雷脑科医院交流交往，近期可通过视频会议与宋冬雷教授及团队初步沟通，为后期多元帮扶奠定基础。

4. 积极争取中国初级卫生保健基金会医疗帮扶项目

中国初级卫生保健基金会是由中国农工民主党中央主办，国家卫生健康委员会主管，以资助和发展基层特别是农村贫困地区初级卫生保健事业为宗旨，具有独立法人资格的非营利性 4A 级公募基金会。

中国初级卫生保健基金会面向西部地区县域医院，推出"大病不出县，行走的医院"帮扶项目。第一，通过为村卫生室配备带有远程诊断功能和 31 项基础检验检测功能的"全科医生助诊包"，加强了村卫生室的基础医疗设施建设。第二，通过基层医生优才计划，为村卫生室培养新时代"科技型"村医，提升村医服务能力和水平。第三，通过带有远程专家门诊功能的医生工作站和每天提供的北京、上海三甲医院专家门诊号，为老百姓带来优质医疗资源。第四，通过与县医院的医共体相连，实现了将县医院的门诊前移到村，进行老百姓常规性基础疾病的筛查及长期慢病的管理，提高了当地公共卫生服务质量和水平。第五，通过"健康180"中心建设，百姓通过呼叫专有号码，调度中心实时响应，村医携带"行走的医院"全科医生助诊包上门入户进行健康服务，从而提高百姓健康服务的获得感，提升满意度。

中国初级卫生保健基金会在全国中西部17个重点省市选取试点，计划帮扶100家二甲以上医院进行国家级医学中心专项精准帮扶工程试点建设。一是品牌下沉：国家级、知名医疗的品牌和医疗技术服务下沉到县级医院，在品牌上为基层百姓看病就医树立信心，同时让老百姓在县级医院就能享受北京、上海等三甲大医院同样的医疗技术服务。二是人才与技术下沉：依托国家前沿学科专家团队支撑，每年累计40周下基层对口医疗帮扶，通过临床技术指导及理论培训，同时结合本院医生到北京、上海等三甲大医院进修、网上教学等举措，缓解县级医院缺少专家及人才培养问题。三是资金与设备帮扶：根据国家级医学中心建设标准，完善配套设施，提高县级医院专项医疗设备水平。通过提供采购补贴、捐助或捐赠、扶贫金融政策等多措并举，解决资金问题。四是科研下沉：县级医院通过国家级医学中心建设，形成区域综合诊疗中心，提升诊治能力和救治水平，为医务人员提供了医、教、研一体的发展平台，从而留住人才。基金会还可以支持或发起与该项目相关的医疗投资相关工作，拉动县域投促相关工作。

近期拟邀请该项目云南相关负责同志访问洱源，建议县领导会见交流，并建议安排与县人民医院专项对接。

营商环境东风，普道窥豹一斑

2月7日，正月初七，春节收假的第一天，县里就召开了2022年优化营商环境大会，会议传递出"政府围着企业转，企业有事马上办"的服务精神和"今天再晚也是早，明天再早也是晚"的工作态度。会上举行了洱源县2022年一季度重点招商引资项目集中签约仪式，洱源县溪灯坪金矿采选工程建设项目、洱源火焰山温泉度假酒店二期项目、洱源县右所多肉产业园项目、洱源"捷税宝"项目、洱源县茈碧湖温泉小镇项目签约。

没错，五个项目之一的洱源"捷税宝"出自鹤总的普道。年前卡着元旦前，鹤总专程来了一趟洱源，会见常务副县长并深入交换了意见。接着紧锣密鼓了。投资促进局总体协调；市场监督管理局批准个人独资企业准入手续；税务局复核核定征收政策；洱源国投集团负责项目本级落地，都极其给力，统一意见很快形成，1月中旬基本就合作模式、推进步骤达成一致。春节放假前4天，框架协议通过，年后签约无虞。我是没想到这么快，春节收假第一天，初七。

这周一是 21 日，和小洪聊了两句。这一阵子小洪同志与县里相关部门沟通很密切，也很顺畅，普道已经准备投放资源了。这周五，碰到国投茶董，她告诉我第一家公司已经走完注册所有流程，咱们的市监、税务相当给力，赞叹之情，溢于言表。第二家、第三家也在进行中了，等着一起银行开户，公司业务就可以投放了。

紧接着，普道与县国投集团已经开始测试运营，县里委办局职能部门非常支持，也是乘上了县里下大决心花大气力优化营商环境的东风。所以现在说到优化营商环境，我都说亲测有效。测试运营平台搭建起来了，3 月，第一周，投放 8 家企业落户，第二周，投放 13 家企业落户，工商税务手续都很顺利，银行开户也接洽中。协议正式过会后马上就会签署生效，预见并乐见越来越多企业落户洱源，真金白银快到碗里来。我们鹤总还是相当上心的，亲自与国投茶董对接进度和数据。我们国投也是相当可以的，有点认真起来自己都害怕的感觉。

挺好的。

这周三，23 日，省里举行学习贯彻习近平总书记在省部级主要领导干部专题研讨班上重要讲话精神读书班，县里参加视频会议。省委书记王宁做开班动员及主题报告时强调，要深入学习贯彻习近平总书记在省部级主要领导干部学习贯彻党的十九届六中全会精神专题研讨班开班式上的重要讲话精神，抓班子、带队伍，大力推进作风革命、效能革命，大抓招商引资、大抓项目引进，有效防范化解各类风险挑战，为谱写好中国梦的云南篇章而努力奋斗。

作风与效能，确实关乎营商环境。省委书记上一个章节讲作风效能，下一个章节就讲招商引资和营商环境。

前者我印象很深的是开短会、讲短话、发短文，对应着讲方法、讲效率、讲质量。

后者把招商引资、项目引进、营商环境与农民保障形成闭环，发挥云南优势招商，招适合自己的项目，招长远发展潜力大的新兴项目等。营商环境强调契约精神。农民保障上强调招商引资提供的农村土地流转供给，为企业提供要素支持是重要的一方面，同样重要的另一方面是在这个过程中如何保障农民持续增收的问题，下一步省里要统筹指导，合理合法，企业与农民要做到各取所需，切实共赢，才是可持续发展，才是实实在在的乡村振兴。

周四下午，县里两个短会，效率非常高，领导讲话和专题发言都是干货和要点。会上对优化营商环境提出了进一步要求，领导对重大项目推进进度很清楚，大项目涉及方方面面，各个部门积极联动，提供服务的同时也是积累经验，后续再有类似情况，不管大小项目，自然协同更好、办理更快、服务更佳。过程中难免磕绊，但总是越来越快地向前。我觉得大家对这两个短会的模式非常振奋，非常高兴，我也是。

反正，从普道项目管中窥豹，我觉得是挺好的可见一斑，希望越来越好！

源头保护第一课

最近一周,洱源风特别大。早上微风拂面,阳光也开始暖起来,不冷了;到了中午,突然就起风了。天气预报对阴晴气温报得都很准,风却一点都不准,一般都是偏西风3—4级,但肉眼可见明明不止啊,翻倍起板,中午宿舍阳台的门被吹得咣当咣当。

都说,下关风吹上关花,洱海月照苍山雪。下关风大是共识,也是领教过的。每次航班降落前半小时,心里开始抖哗哗了,飞机实在是颠。颠簸就算了,左右晃动也很吓人,偶尔还会忽地往下掉个十几二十米,特别唬我等心弱胆小之流。于是我想,洱源风都这么大了,下关风岂不是更疯。

我暗自庆幸,还好我不是这几天飞来飞去。这周一,2月的小尾巴上,下午一上班收到孔老师微信:到了大理,明天可能去洱源,去之前联系。这老爷子,着实让人佩服!2013年做的心脏手术,9年了,本应是不适合来往高原,更别说他这般进进出出,快进快出的。

　　老爷子虽说是可能来,一般是不会变的。晚上确认肯定来的,次日早上知道了具体情况,原来在我们湿地项目的罗时江洱源段综合治理过程中遇到一些困难,这次专门请孔老师来现场对比勘查,以决定下一步工作方向。于是和分管领导朱副(朱国荣,洱源县人民政府副县长)相约,带上我一起上一堂现场课。

　　快中午时,老爷子说下午到,应谭书记(谭利强,洱源县委书记)邀请,先参加洱源县的开学第一课。我摸清了,原来是在玉湖二中,目前洱源县最好的初中,放眼州里也是一等一的。这个热度,我还是要去蹭一蹭的,孔老师来了,我不跟着上课学习,那哪成呢?

　　到了现场,原来是这么一个活动:2022年洱海源头保护全民参与行动启动仪式暨开学第一课。关键词是:树牢源头意识,扛牢源头责任,做出源头贡献,主办方是:中共洱源县委、洱源县人民政府。

　　我的第一反应,这个热度我蹭得对,不来就可惜了。倒不是说有刷存在感的机会,确实是我觉得这个活动真心好。

　　家有娃娃,每学期开学也都有第一课,往往是收看电视里关乎家国、关乎安全的节目,这两年大约也是全国娃娃的开学标配,当然也很好。不过像这次这样,把身边家乡最重要的洱海保护大事情与娃娃们需要培养的环境保护意识结合起来,形成县城娃娃开学第一课,这种形式,我觉得有高度、顾长远、接地气。

　　找到孔老师,大家都穿上红马甲。我本想做个安静的那什么男子就好,领导们说也不能让你白来,既来之,则融之,也发你一件红马甲,源头贡献有没有先不说,源头意识请先树牢。

　　议程清晰明了。少先队员倡议、志愿者代表发言、企业代表发言、科普图书捐赠,正式宣布活动启动,短平快。接着玉湖二中公开课,再接着就是全县中小幼各显神通,给娃娃们上好这一课。

　　介绍嘉宾时,州里同志、县里同志,都快到我了,却还没有孔老师。

我想,坏了,孔老师是书记上午特邀的,不会是主持稿没更新吧,这事以前也遇到过。内心唏嘘时,主持人说,今天还有一位特别的嘉宾,上海交通大学环境科学与工程学院讲席教授孔海南老师……下面请少先队员向孔老师献花致敬。啊哈,原来伏笔埋在这里,隆重介绍与献花环节就一气呵成了。后来才知道,领导直接改的前后顺序,相当周全。想想也是,他俩老朋友,哪能漏掉。

少先队员是两位小学生,志愿者是一位中学生,发言颇让我意外。有稿子,拿在手里,垂在身边,并不看,不怯不忱,一气呵成。我说我们洱源娃娃很灵的,只是缺个机会。

仪式开始时,暖场,一群大娃娃演唱,还有 3 个小娃娃,穿戴白族服饰,好看又好听。后来公开课上也放了这首歌,我才知道叫《我们守护你》,真的蛮好听的,特别是自家洱源娃娃唱。后来我陪孔老师先行离开,去看罗时江,才看到洱源一中李老师在跟大娃娃们总结点评,原来大娃娃是我们洱源一中的队伍,蛮亲切的。时间有点紧,走得有点急,就没来得及跟李老师打个招呼。

跟着孔老师去罗时江,继续上现场实践课。

弥苴河、永安江、罗时江这 3 条河流是洱海主要的入湖河流,入湖水量约占洱海总水量的 57%,约占洱海年补充水量的 70%。上次跟着孔老师去的是永安江,实地学习了湿地等对于水质净化和提升的情况。这次到罗时江,确实有些不同。罗时江这一段 6 公里多,大约在 2006 年和 2007 年,那还是"十一五"时期,孔老师主持水专项计划,罗时江的上一次系统治理大约就是那时候完成的,一晃十多年过去了。

那时候也是孔老师心脏持续承受高压的时候。第一次出状况是 2006 年和州里同志讨论洱海治理的时候中途昏倒了。后来他回忆:"当时大家非常吃惊,马上派人派车把我送回来了。我的家人都不知道。我想如果由于身体原因我不能承担洱海项目,估计年轻的老师也

很难承担起这个项目。另外，我总觉得这是自己的最后一次机会，再困难也不愿放弃。"之后五六年，他大约每年心脏会承受不住1—2次。进进出出，慢慢也琢磨出点规律，他说："我不能频繁地从高原到平原，从平原到高原，这也是我在大理一年要待上200多天的原因，我的身体不适合上下跑。"孔老师就这么挨到"十一五"水专项验收后才回上海。到上海，孔老师做了两次大手术，身体才慢慢稳住了。

现在看孔老师吃药，也很有意思。他从兜里掏出个椭圆的像大药丸一样的金属盒，拧开盖子，倒出两颗药丢进嘴巴，也不喝水，就吃下去了。他自己说吃药水平很高，我想大约也是练出来的。

这次到罗时江，与上次去永安江是不同的。连着这三四年，老爷子每年都要到罗时江。以我完全外行的看法，罗时江的水质和永安江还是有差距的，彼时"十一五"期间的治理距离现在时间有些长远了，罗时江流经的主要乡镇这些年的经济社会发展给水质带来的压力也不容小觑。前两年也有一些其他项目的治理，总体而言差强人意。这次结合去年年底启动的县里洱海流域湿地公园保护与提升改造工程，对罗时江要有一个系统的治理环节。

罗时江这一段，技术人员在勘测过程中发现水体与流域周边的植物现状还是相对复杂一点，流域一些既有的水塘功能和预想设施很不完善，到底是纳入湿地范畴，还是调整为村落景观功能，需要进一步推敲。罗时江两边植物以外域木瓜为主，与本地木瓜差别很大，中看不中用，经济效益不好，很可惜。技术人员本想与本地木瓜做嫁接改良，尝试后不尽如人意。于是既有方案、前期概算与目标预期就存在一定的差距了，几个口径也在做初步的分析，不过具体落实到投入以及方案变更上，颇难决断。这次请孔老师来，就是把把脉。

又见阿冰，看得出他蛮为这事发愁。沿着罗时江大家从上往下，典型河段和断面逐一细看，一直到与大理市交界断面。我就是听课打酱油的。震宇调侃我，再跟两次，能不能混半个专家。要这么容易，我还不早就指点江山了。我也推测，这个嘛，原理、技术和工程大约不是极其复杂，经费投入是一方面，生产生活方式大约是更为复杂和不容易协调的方面。他笑而不语。

右所镇范围内罗时江的水质，孔老师觉得比去年来看的时候好一些，也比他预想的要好一些。阿冰说，是因为这一阶段工程对水草做了一些处理。我看大约是把水草刮掉了一层，路边捡起刮上来的水草，上面有一层油油的像膜一样。孔老师说了原因，大约是因为天气冷，水草就几乎不生长了，所以吸附和净化的功能就弱了，水慢慢就腻起来了。

往下走到邓川镇范围，再到洱源县与大理市交界段，水就不那么透了，因为地势趋平，高低落差太小了，水流速度慢了下来。再往下，水越发黯淡了，分析大约是坝区乡镇的生产生活负荷的影响居上。孔老师一行人对附近街镇厂子布局相当清楚，路过一座分界桥，前一阵他们专门到桥底下踩过掏过，四个角上还是有上下层叠的出水口，可能存在渗漏，这也是下一步的关注重点。

孔老师提了几点，我总结一下。一是罗时江的重要性不言而喻，这次对罗时江的方案，看起来是需要调整的，他愿意和支持下一步的论证，需要他协调或者主持的话也没问题。二是这个不能简而言之，需要组建专家团队充分调研和科学论证，用事实和数据说话，程序和内容都来不得半点马虎。三是论证后的建议方案提交政府主管部门决策，在力求实效的前提下量力而行，根据财力和预算，对罗时江的治理由主及次，先水体，后流域，逻辑和步骤一定要清晰。四是要特别重视生产生活带来的负荷，本质上水治理也没什么复杂的，控制住了外来负荷，通过湿地、水草系统涵养，水体自身不出问题，自然也就好了。

匆匆忙忙一下午，孔老师赶回州里，大后天又回上海了，我跟着老爷子这半天课也上完了。和老爷子聊几句，他这次来其实还与州里方

方面面协调去年赠送学校的滇樱移栽的事情。学院的新大楼落成在即，按之前的计划，去年的滇樱要移栽过来，取名大理滇樱园。新大楼的落成也想淘块大理青石立一立，纪念学校和学院与大理的友好往来。我觉得这对大理是很好的形象展现，对师生更是一个很好的教育和纪念。过程不表，老爷子内外跑动，颇不容易，当下好似困难还比办法多。方方面面，确实也各有难处，但总觉得应该也希望能顺利。

　　忙忙碌碌，希望老爷子身体健康。

医疗，再努力

春节假期刚过，中国农工民主党主办的中国初级卫生保健基金会的联络代表盖睿胡总就张罗到洱源来交流一趟。我觉得拜会领导和沟通交流应该都有戏，对了一下各自行程，请胡总稍等，我回洱源后即张罗起来。

先把结合年前调研和在沪请教情况梳理的医疗提升建议汇报给领导，其中就有初保基金会的项目。新年刚过，县里力推营商环境的优化，举办首届梅花节，接着州"两会"召开，好不热闹。用云南话讲，2月领导实在忙不赢。忙不赢就是忙不过来了，最后还是要赢的。

控制节奏，积极对接，进入3月，约上了领导在2日一大早，赶在上班前会见胡总。我的分工是协助项副，项副是一定要参加会见的，并请卫健局和县人民医院领导一起参加，这就齐活了。

胡总前一天晚上到的，一早我与胡总会合，8点不到，我俩就呼哧呼哧爬上4楼，领导已经在办公室批阅材料了，也是够早够拼的。大家都到了，就迅速进入主题。

胡总介绍了两个项目的基本情况，一个是"行走的医院"以及衍生的医共体和医联网平台，另一个是国家级医学中心专项精准帮扶工程，还介绍了初保基金会负责两个项目的具体机构和人员情况，以及省内省外已经与初保基金会申报成功或初步达成一致的县域情况。

这两个项目是初保基金会中西部振兴与发展办公室具体负责。中西部振兴与发展办公室原名中西部扶贫工作办公室，成立于 2016 年 12 月，负责开展健康医疗、教育、生态环保等领域的帮扶工作。

胡总说，年前 1 月中旬，负责该项工作的初保基金会理事、中国国际投资促进会副会长、农工党中央联络委员会委员狄森陪同时任农工党中央主席陈竺院士到贵州毕节大方县调研。大方县已得到"行走的医院"项目覆盖，陈竺主席在调研时动情表示："设立这个项目，就是为了给基层培养健康守门人，解决好群众看病最后一公里的问题，你们的责任重大啊，一定要守护好一方百姓的健康。谢谢你们！"

这次调研过程中，初保基金会与大方县人民政府还举行捐建科技楼协议签约仪式。这就是胡总一直提到的若干衍生帮扶了，敢想敢提，真的会有。

河南汝阳县也是胡总介绍的一个示范。2020 年 6 月，依托"大病不出县，行走的医院"精准扶贫项目，国家标准化心血管病诊疗中心落户汝阳，成为全国首例；通过与北京安贞医院开展为期 3 年的深度合作，全面打造县医院学科、人才、技术建设高地。特别是国家标准化心血管病诊疗中心的落户，对汝阳县人民医院从二甲晋级三甲功不可没，汝阳县人民医院成为洛阳市唯一的县区三甲综合医院。据说周边县市的心血管病人看病不去洛阳去汝阳了。

领导对胡总到来很欢迎，也很感谢胡总费心帮忙牵线搭桥，并表达了几层意思。一是高度重视和关注县里医疗能力提升，并会全力推动。二是初保基金会的项目与洱源的条件和情况高度契合。作为洱海源头，洱源这几年在源头意识、源头责任和源头贡献上不懈努力，经济转型结构调整努力和困难并存，医疗等民生工作内外压力很大。即便在这样的情况下，大家仍然努力争取到了专项债券资金用于县人民医院提标扩能建设项目，正逢其时，非常迫切地期待得到诸如农工党和初保基金会的项目支持。三是根据相关申报程序，做好材料准备，尽快赴京对接。

会见的情况和效果很好，与会领导和同志们对下一步推动也都很支持和乐观。我补充两点，一是将盖睿和初保基金会的关系说清楚，二是向学校统战部和农工党相关委员会报告并提请支持。

一聊很快就到 9 点，还有其他工作要落实。于是项副代我们与胡总进一步沟通交流，主要针对国家级医学中心专项精准帮扶工程申报哪个方向的问题。现有方向 10 个：国家标准化心血管病诊疗中心（中国胸痛中心）、脊柱微创暨疼痛康复技术示范中心、规范化肿瘤诊疗建设示范医院、国家智能骨科疾病诊疗示范中心、国家骨科手术机器人基层诊疗示范应用基地、国家级院前急救示范中心、首都医科大学脑重大疾病研究中心"脑重大疾病标准化防治中心"、全国中医肿瘤规范化诊疗基地、国家标准化血液疾病诊疗中心、国家级两癌（乳腺、宫颈）诊治示范中心。结合洱源的实际情况，院长建议申报心血管病方向，局长建议申报康复方向，这与洱源加快建设温泉康旅胜地可以说联系紧密、大有裨益。于是一起准备材料。胡总也提醒，僧多粥少是必然的，一是要考虑县情医情，二是要考虑同行竞争。

关于"行走的医院"项目所提供的医联平台与县域医疗信息化现状的结合，医疗帮扶设备是否存在"枪免费子弹贵"的指定耗材情况，大家也做了交流。前者会根据医院现状和要求，替代使用或者开放接口；后者完全不存在，和我想的一致。

第二日，胡总与北京方面沟通，北京很欢迎洱源领导带队访问和交流，于是准备材料的同时，下一轮的对接也要动起来了。

美美弥渡，每每不同

　　弥渡去过两次了，两次都是麻烦北大"挂友"兵哥张罗的。

　　第一次是县里组建国投集团，我们去弥渡的国投企业弥渡发展集团有限公司学习调研，收获巨大。回来后国投组建进展顺利，加之兵哥专门请方正证券陈总一行来洱源指导并后续一直给予帮助，如今洱源国投已迅速进入轨道，俨然香饽饽了。

　　第二次是跟着校领导一行调研参观弥渡春沐源。这是郭学长的企业，专攻小番茄，堪称乡村振兴一二三产融合发展的典范。大开眼界，大饱口福，春沐源小番茄名不虚传，与弥渡独特区位、光照和温度休戚相关，直接对标墨西哥的番茄。也是兵哥张罗照应，非常顺利。

　　不由自主，弥渡给我留下了美好的印象。弥渡县城我感觉比洱源大不少，是花灯之乡、云药之乡、蔬菜之乡，美食也是丰富，豆腐宴很有特色，走在县城里，好似云南各方的美食餐厅都有。

唤声美美弥渡，并不过分，没想到很快又到弥渡。

年前，校长布置一项工作，环境学院耿勇院长承担国家重点研发项目，需要到弥渡县金宝山铂钯矿调研，嘱我争取落实。我一看弥渡，心里还是有点底的。耿院长是讲席教授，发 Science 和 Nature 的人，常年霸榜全球高被引学者，能有机会为学校教授的研究提供一点支持，我也是欣欣然的。其实不管是哪位哪级教授，不管是研究、管理还是行政方面的工作，但凡能提供得上一点帮助的，我总是乐意的。

当下和耿院长通了电话，掌握了基本需求。与兵哥对接。兵哥的行程我已掌握，即将返京。兵哥说没有问题，非常欢迎。于是相约节后敲定具体时间，我和耿院长团队一起去叨扰。

年后回洱源，安排一下手头工作，即与耿院长对接调研安排。学校开学也不久，院长想亲自来的美好愿望够呛，于是委派研究团队师生跑一趟。接着负责的老师就联系上我了。

相当出乎意料，居然是这么熟悉的许老师。我是纳了闷，他明明在日本研究中心，咋又在耿老师团队里。原来我们许老师是学生态的，与环境管理相关，于是跟着耿老师读博士，已临近毕业。许老师说日本在资源环境和回收方面的研究和实践比较领先，所以与本职工作也是很相关的。

我感叹，人才啊。然后发自肺腑地说一句，热烈欢迎！

许老师一行3人，2位博士，1位硕士，3月2日周三，直奔大理。傍晚降落的，我问最后半小时吓人吧？许老师说太吓人了，颠簸得这么厉害。又说没想到这里太阳真厉害，落山这么晚，6点半跟下午似的，上海老早就天黑了。

此次调研主要目的是弥渡金宝山铂钯矿的情况，储量、产量、品位、开采、选矿、冶炼、加工等各环节的物料情况、能源投入、污染情况以及环境管理方方面面。调研主体工作结束后正好也是周末，力邀许老师

一行去一趟洱源，看看交大对口县的情况，看看我们支教的同学，其中还有许老师法学院工作时的小助理，没准还可以给我们高中同学讲一课。未遂。调研团行程相当紧凑，主题太专一了，进出已经安排好了，周六还要赶回学校开组会，科研这也是够拼的。

于是相约分头出发，调研团一路从大理坐火车到祥云，同是北大挂职弥渡的田老师（田定方，北京大学挂职弥渡县勤劳村驻村第一书记）帮助接站。祥云弥渡紧邻，祥云站在中间，到弥渡车程也就 20 分钟。我从洱源直接去弥渡，于 3 日下午弥渡会师。

兵哥和田老师都已经帮忙对接好了，办好入住就直奔弥渡工科局，矿山这一块的业务管理部门就是工科局。陈桢副局长和杨股长已经在等我们了，材料也帮我们准备好了。

同是大理州，自然渊源多，咱们洱源好些领导就是弥渡人，比如陈副局长和洱源县领导是初中同学，弥渡县县长就是洱源人，洱源工信局局长前几天刚到弥渡联系过工作，郭学长的春沐源就在弥渡。

之前许老师一行呈报了调研需求，局长和股长给我们准备的材料已经很有针对性了。调研过程大约应有知识产权体现，恕不多言。材料比我们想象的更丰富，除了金宝山情况，还有对总体矿产情况的介绍，比如九顶山等。金宝山的情况与调研团之前掌握的信息和印象也颇有不同，于是双方深入交流和探讨。还真是应了那句话，没有调查没有发言权。

弥渡人民真好，局长和股长知无不言，言无不尽，当然也是因为对交大和对洱源来人的信任。交流过程中调研团想补充了解的一些原始信息，他们表示可以列一个清单，稍后翻阅档案，能支持尽量支持。

一聊也聊到傍晚了，局长说这个矿归属母公司云南黄金矿业集团，省属国企，在昆明，如果你们有时间的话，可以联系去集团交流一下，这样对上一层的情况乃至整个云南矿业的情况可以有进一步的了解。这可是没想到，还有隐藏福利。于是拜托局长帮助对接，争取昆明成行。兵哥盘了盘，省国资委也有校友，可以打个招呼。调研团算算时间，明天周五，早上计划要去金宝山实地看一下，中午回来扒拉两口饭，就直奔祥云站，昆明走起。

晚上兵哥带着我们漫步弥渡县城，走到花灯广场。果然名不虚传，蔚为壮观。偌大广场，满场人员，三五成群，音乐交错，却不相扰。是的，就是广场舞大合集，颇有国泰民安、安居乐业之势。

弥渡金宝山调研留影

次日清晨,天蒙蒙亮还不很清晰时,我下楼,找个僻静处,跳跳绳,锻炼锻炼。早餐遇着许老师,碰巧田老师来电,说县长听说我们到弥渡了,一定要来看我们,看看有什么需要县里再支持的。旋即,县长一行就到了,给我和许老师整得老不好意思了。我向县长报告,耿老师在这个领域耕耘数载,方方面面颇有资源,后续争取耿老师也能到弥渡转一转,沟通交流,牵线搭桥。

辞别县长,一路上山,途经春沐源。往返车程大约两个半小时,回到县城已过晌午。在矿厂里,颇有收获,原来采矿取样是如此这般的,采上来的样本按不同深度段,像贪吃蛇一般盘于矩形木框中,不同深度的样本颜色质地各有不同。股长在这片山头的镇上,脱贫攻坚期间做过三年工作队长,很是熟悉,很有感情,领着我们爬上厂子楼顶,上下左右,东西南北,一览无余。临了,送我们几块样本,回去带给耿老师瞅瞅,大意是要证明真的爬到第一线来了。

中午过后,赶 1 点半火车,弥渡同志把我们送到去往火车站的大路口,惜别。在火车站,我也与许老师一行惜别。下午调研团昆明一行也很顺利,周六安全返沪。

回头看看,的确是,美美弥渡,每每不同。

巧了，世外梨园

6日晚间，接到电话，邀请我参加7日县里总工会组织的三八妇女节环茈碧湖健步走活动，并亲切询问，能走路不，长一点的，要从游船码头一直走到湖那边的世外梨园。哪能说不能呢，最近跳绳锻炼，能白练吗？欣欣然报名。

也真是巧了。下午阳光明媚，我刚刚去过一趟梨园，不过不是腿走的，是车走的，就这样也走了半小时。有两段路经过村里，略有点窄，车速自然有点慢。我发现洱源司机的错车意识非常好，相当主动，谁的车前后可以借位，谁就主动前后让行，乡风文明！中途遇到一个年轻妈妈开车，后排一个小娃娃，技术很好，很淡定，边和娃娃说着话边左右借道错车，牛的。

村里的路也稍稍有些蜿蜒。每个弯道或是路口，总有三三两两或坐或半卧的村民，很慵懒的样子，看着却不觉得惬意。车开出没多久，一个路口设置了路障，开不过去了。白族阿妈很热情，还没开口问，就说前面过

不去了，有人家办丧事，占了一点道，车不能开，掉头从另一边可以过去。阿妈旁边的妹妹很有灵气，牵着一条小白狗，乡下溜达的，小白略有点不白。路边有两只没绳的大狗，不知道是在谁家看院子溜出来磨洋工的，看到我们的车，汪汪大叫，威风凛凛。妹妹很生气，冲着俩护院的大声斥骂，举起拳头跺着脚，作势要打。俩护院的也是个银样镴枪头，跐溜一下就不见了。多好的小妹妹，灵气，神气！希望总是在娃娃！

过了村子，不知怎的，一下子就到了湖边。路就贴着水，一个个转弯，蜿蜒着。很像洱海边海东路的感觉，不过没那么长，路边也没有客栈人家，右边是湖水，左边是山壁，倒是另一番风采。一路过去有两座小庙，一两个农庄。路边的木瓜花有一些已经开了，玫红色的，蛮好看，再有一两周大约会全开了，万亩玫红木瓜花，想想是壮观的。洱源的木瓜是小木瓜，酸木瓜，做酸辣鱼的酸，就来自酸木瓜。直接尝过，极酸。

茈碧湖水边的公路

毕竟是开车，弯弯们很快也就过了，到头了就是茈碧湖梨园村的沿湖堤坝。从堤坝上转下去进村，豁然开朗。小时候乡下的样子。水渠，青草，流水潺潺，一边柳树，一边木瓜树，柳树绿的，木瓜花开了一些，红的。往里一点，一块块小池塘，旧草新草绕着，塘里的水也是清的，塘边总有一两棵大一些的树，树头上也慢慢有点嫩绿了，看不太清晰，我也认不清树，后来想起来大约是梨树。

再往下走，一大片树林，很大，所以树与树一点也不挤，路边的树下都可以停车。这里的树都有身份证，题名是古梨树，中文、拉丁文对照，中文"梨"，拉丁文 Pyrus，四位编号，拍了几张，后来翻看编号分别是0055，0057，0128，没记得找找看最大的编号，不过敢用四位的话，大约实际也要接近万了。后来我知道了，整个梨园有8 000棵左右古梨树，也间隔有几株新树，原来是老树也有扛不住先走的，于是在原坑填补一株后代。新梨树的花差不多已经开出来了，到底是年轻啊，有冲劲，开得快。古梨树的花还没开，树有点高，也看不真切花苞到哪般了，隐约有尖尖头了。

往里纵深不少，一个个的院子，靠前的是民宿，也有茶室咖啡厅。两座院子里，有四五层小楼，面朝茈碧湖，大约在3层妥妥可以眺望茈碧湖了。一个人也就不进去了，目测装修尚可，有机会去体验一把。

往里就是普通人家了，依山势缓缓而上，隔一段也有小店，买东西的人不多，老人们坐在里面聊天。往里就人少了。通往村里有两三条道，一边是石板小路，只能走人骑车；另一边是水泥大路，轻松会车；中间一条很有意思，木栈道，局部略有破损，走上去有些吱吱嘎嘎。

木栈道最外头是梨园最年长的一棵古梨，约600年，村里给它做了个围栏，立了块石碑，上书"千年梨树王"，描朱漆。很有意思，千字第一撇的漆残余一半，打趣说是因为古梨并不足千载。

原来木栈道下面是以前的泄洪沟，水泥砌的，在园子里和村子里都

很突兀，有点煞风景。于是村里灵机一动，拿木条给它框起来，盖上盖，就变成了木栈道，风吹雨打，倒也风雅。木栈道另一头也是通往村里，接上另一条石板道，路边还有一座废弃残损土碉堡，原来是最早的烤烟房，说那时候要烤一个星期才能绿烟叶成金烟丝。

三条道最后都汇到梨园村文化中心，规模不小，我就没有进去了。

返回古梨树那片园子，有很大的农家餐厅，在户外院子里的小方桌上吃饭是云南特色，像是餐厅的大堂一般，包厢倒是无人问津。已是2点多，客人也还有好几桌。想穿过这家院子的大堂去另一边，走到边上，听到前面呼哧呼哧的声音，抬望眼，好家伙，一只大黑缓缓立起，还好脖子上套着小臂粗的链子。好吧，打扰了，我返回。

干脆回到坝上，对着湖望去，对岸是看不到的。原来这就是茈碧湖的另一边，就好像在码头也是看不到这里一样。坝对着湖有台阶，可以沿着走到水边，有点风，有点波浪，有点像海，小也是略小了点。人眼才是最好的相机、摄像机，拍出来照片看，怎么也是打折的，当然水平不行也是重要因素。

发会儿呆，也就准备回了。下次可以带个户外椅子，带本书，带杯水，带点瓜子，泡三两个小时还是蛮惬意的。

说回7日这天上午，跟着同事到码头，整装列队了。今天的活动有名有姓，"源头三月美，健康丽人行"，洱源县2022年三八国际妇女节环茈碧湖健步走活动。十余支队伍，150位丽人，这便开始了。我原先不知道可以步行去梨园，以为与昨日车程一致，或者打开码头旁湖边上那条小道上的铁栅栏凌波微步，原来是稍稍往外迈过小桥，有另一条步道。

这条道好，一直贴着湖边走，比车程能观赏到的幽雅风光多了去了。丽人们速度很快，开始我还挣扎，到第一个取水点后，就被迫甘为人梯了，走还是继续走的。前一段步道大约3公里多，走人不走车，然

世外梨园，健步走

后接上开车沿湖那段道，人车就不分了，好在车不多，并无危险。

这次看清两个小庙了，其中一个是龙王庙，大约原先是管着这一方清水的。庙门在山坡上，两条龙自下而上左右相拱于门头。说以前7月，龙王庙前都要搭戏台，唱晚会。老妈妈们会带着小娃娃，背起被子，走大半天到这里，看完戏就睡在戏台下面，次日天亮，再牵着小娃娃，背着被子，走大半天回家。我想起我的小学原先也是个龙王庙，我上学时已毫无龙王的踪影，好像只在校长室门前泥地里铺的石板中，有一块是旧碑。

后半段大约也是3公里，从码头走到梨园，总共加起来也就是6公里半，一个半小时，值得的。

150人进到梨园，三两散去，丝毫不觉得人多，烟火气正好。喝口水，一会儿就管饭了，就在昨天遭遇大黑的院子里，今天不见它踪影了，

今天谁怕谁就难说了。阳光下，还是有点晒的。这家接待能力还是可以的，这么多人，轻松搞定，是自助餐，酸辣鱼，洋芋泥，凉米线，蚕豆肉片，青菜汤，丰俭由人，30元。

下午有会，饭后出园，坐船出去的，碧波荡漾，树在水里，水在树边，另一番风景。

估摸着再有一两周古梨树会盛开，到时候带上我的小板凳，再来坐一下。

后来想为啥要办这个活动。2月中旬县里举办了首届梅花节活动，以此契机正在做梅果产业发展规划。往年此时，梨花映树了，但去年冬天特别冷，古梨树们还在蓄力，不然这时间该是梨花带雨了。领导说，洱源的秀美和风光，大家要主动发掘主动宣传，你我自己都不讲，谁给我们讲。梅花节后，接下来万亩木瓜花，万亩油菜花，万亩梨花，都是该大声讲的文章，讲出去了，朋友才会来，游人才会到，有人来才有希望，感兴趣才有发展。这还是很有道理的。

再后来，县里聚焦梅果产业发展的书记院坝协商会也是在梨园开的。云南的小盆地叫坝区，是老百姓集中居住地，所谓院坝会指的是在老百姓的院子里或者人员集中的小坝子上和老百姓们交换意见，商讨发展。彼时已是千树万树梨花开，书记上阵，也是拼了，推动一线问题在一线解决。大理电视台全网直播，创下了县级院坝会直播的收视纪录。

又一日，看到"大理文旅"公众号推送了梨园，不少篇幅提到苁碧草堂。

草堂是在梨园三条路的水泥路转弯处，正好前几日陪同梁先生（梁衡，人民日报社原副总编辑、著名散文家、学者）考察洱源时进去过一半。

所谓草堂，大约就体现在大门上，木门向上结为草棚。进门是个小小庭院，用途大约是玄关，或者外院。入户左手边一间排屋，大约是倒着的 L 形，单层，中式家居，三两组罗汉床，布置颇为禅意。出了排屋，一个超大的院子，这大概是草堂的内院，大概比足球场小不到哪里去。整个草堂地势渐上，院子也是如此。三三两两一些树，看得出大多原本就长在此地的，也有禅意而为的。比如从排屋出来，内外院角种一棵高大的芭蕉，往上只有两片扇叶，囿于梨树中。内院开阔，石板路之外应该种的是草，大概是在养护，蒙着纱。

内院最往里，是一栋五六层高的楼，我们没有上去。听说有餐食有住宿，不过并不对外开放，堂主自家待客。

芘碧草堂外院

出得草堂，贴着路边有座小小本主庙，大小与各村口的相仿，不过更洁净，供奉的看起来也是白族风格的观世音菩萨。后来听说，草堂现在已易第二家主人了，现状大多是前一家主人留下的。随着梨园人来人往，原主人觉得不够清静了，于是割爱，大约在凤羽觅了雅静山腰，另

结一座草庐清修去了。我觉得草堂于原主人而言很可能是精舍，如今应该不那么专心了，真变成带着禅意的草堂了，听说都可以做西餐的。不过于我这般普罗大众，也还是很开眼。

这种有些趣的地方，洱源还真是有不少。凤羽的退步堂是一个，茈碧草堂也是一个，有山有水的地方大约都有一些这样的地方，风雅之士的最爱，心有所向。也挺好，打好样，带来人，慢慢总归会带动带动。

那天陪梁先生还到过茈碧湖边一片木瓜花园。木瓜花盛开怒放，还有花未败果初生的团团簇簇，煞是好看。梁先生说他全国各地几乎都走过了，梅园、桃园、梨园、油菜花园，等等，都看过，这一大片一大片的木瓜花园却是人生初识。正好这片园子的主人有意将之做成洱源的徐霞客书院，有不少想法了，也有一些实践了。徐霞客来洱源，待过22天，还是可以做一篇好文章的。明朝那时候，洱源县叫浪穹县，徐霞客游历了彼时洱源的山与水、泉和穴，并在自己的游记中详细描述了洱源的名胜古迹和风土人情。很难想象那时候大家是如何联络、交通是如何安排等，但洱源文人雅士对霞客行欢迎之至，霞客先生的洱源游历愉悦自在，为后世我等留下佳话。

梁先生很是赞赏并鼓励县里做好霞客这篇文章。县里非遗保护中心杨老师一起陪同梁先生参观，说起洱源文化典故，信手拈来。梁先生兴致颇佳，七旬长者，我们好像还走不过他。梁先生说他到过各地，大约一半的县里都有一两位热心本地历史文化、民俗风情的老师，兴趣驱动，自发真爱，如杨老师这般。梁先生说他一直在呼吁政府要重视这一批本地文化人，他们完全可以被称为或成为本地文史官。

那一天梁先生到凤羽也走了走。凤羽的油菜花也在开了，有一片七彩的油菜花种得晚也开得晚，进到4月才会开。

春暖花开，倒是可以来洱源多转一下，美的地方很多很多。

森林，防火灭火

　　3月10日，好似会议日。也是两难，一则要求给基层减负，少开会、开短会，然则千条线一根针又减无可减。上午"大理之问"大讨论开到一半，去参加森林高火险期全州森林草原防火灭火电视电话会。

　　这个会气氛颇有点紧。去年冬天到春节假期，大理整片地区气温尤低，雨雪不时光顾。那阵子大家是松一口气的，森林防火等级一下子降了下来。春节一过，倒春寒了两三天，天气迅速回暖。暖则已，还干。

　　于是火险等级一下子上来了。前几日，陆续有乡镇报告民宅起火，殃及猪羊，所幸人无事。

　　会上得知，州里之所以当下开防火的会，一是因为全国进入森林高火险期，二是剑川2月16日突发山火，有点大。

　　2011年，剑川发过大火，伤亡惨重，教训惨痛。有村民一早到自家荒地劳作时，用随身携带的一次性气体打火机点燃堆积在荒地里的苞谷根，由于燃烧的苞谷根接

近杂草、枯干的刺条等易燃物,村民在点燃火堆后没有采取任何防范措施,加之当时风力较大,火速向东、北两侧延烧并无法控制而引发了山火。

当地防火部门立即组织 140 名扑火队员投入战斗,很快将明火完全扑灭,随后队员开始清理火场。到傍晚时,现场突起大风,火场再次复燃。由于地形复杂,扑火队员被大火围困,共造成 9 人死亡、7 人受伤。

谁家的父子,谁家的儿郎,上有老下有小,呜呼哀哉!

灭火,灭山火,在大理被称为打火,打山火。

山火大多是人为因素。有无意的,抓住就是失火罪;也有故意的,抓住就是放火罪,故意的那种还真挺难理解的。当然也有自然烧起来的。森林里枯叶覆盖,天气回暖,太阳猛得很,热量不断在枯叶下积蓄,有可能自燃。可能性虽也不算大,不过遇到乱丢玻璃瓶的,阳光下就成了凸透镜,那便糟糕了。山上风大,路陡且窄,地形地势复杂,火势上来,打火队员面临的困难往往超乎想象。

有一次领导给我科普。打山火太考验经验了,大风刮来,火势之猛之快超乎想象。火打不死时,就要考虑砍树形成隔离带。有时,砍的速度赶不上火的速度,不得已就得全速撤退,与火拉开距离后,留出砍树砍出隔离带的时间差。必要时同时向上放火,以火打火。这就太考验经验和判断了,打火和护林之间的分寸,没点功夫很难把握。我还奇怪,我们自己找根树枝生火,要点一会儿才能烧着,为啥山林一碰火就着。领导说我草率了,太阳下烤着,树枝树叶都烤得油滋滋的,一点星火自然燎原。

此后剑川没有发生过明显山火。年前省里专门到剑川调研,肯定剑川近年在森林防火灭火的做法和经验,说明剑川这些年一定是在这方面下了狠功夫的。

剑川在会上做了表态发言。我看县里林草、应急、消防救援、森林消防、镇乡同志们也是神情凝重。的确,临大敌啊,山一片片的,每个乡镇都有山,哪哪都不敢说没问题。

上午出第一个会场时,看到大门口在挂牌,香港中文大学云南(大理)地热能科学技术研究院,看来是在洱源正式设点工作了。地热开发利用这个事,年前听县领导说过。洱源温泉资源丰富,算是老天爷赏饭吃吧。温泉自然是因为地热,不过此地热与彼地热还不一样。用于发电的地热是在温泉层下面若干级的深度,据说技术路线已很成熟,具体实施时地面不需占用太大面积即可产生可观发电量。当时我觉得忒神奇了,想着有机会回学校请教请教电力系的教授。

没想到,傍晚就遇着本尊了。说有个活动,出席对象是港中大研究院领导和县里消防救援大队的同志,我是高校来的,一起参加吧。我当然是挺愿意的,心里有点奇怪,这两队人马怎么在一个活动上。

到了就搞清楚了。原来昨天地热能研究院两位同志在洱源三营镇登山勘测。小伙们相当敬业,充满向上的力量,边爬边干,傍晚时分发觉不太对劲,迷路了,地图软件也指不出所以然了。两位同志携带的物资和装备也算充分,电量充足,也接受过类似培训,于是当即求援。

县里接到救援信息,领导马上指示县消防救援大队出动营救。大队长说当时出了一身冷汗,去年哀牢山地质勘探队员遇险遇难的事情,消防救援系统有通报和复盘信息,这种情况很危险。他马上做出三个决定,一是与小伙们联系上,嘱咐他们千万原地立定,不要继续走动,务必保持通信畅通;二是马上找到县里老家在那座山的同志,与村里联系,立即落实向导;三是根据救援进度,随时准备请上级山地救援大队支援。

事实证明,三个决定非常正确。前两个决定非常有效,从而第三个决定作为储备没有用上。勘探队员们接受过培训,准备充分,主要是电

力储备够用，电话一直能够保持畅通，并服从救援安排，原地立定了。向导是本地村民，很熟悉地形，带着救援同志一路向上。救援队员装备负重，稍稍落下向导两三百米进度，并保持随时对话。当时情形也很危险的，通过定位系统看到两路人马相距几百米，就是走不过去。6点上山，山并不很高，却11点多才握上手。找到时，我们消防救援大队长也是后怕，所在地点大约快到山顶了，三面峭壁，如果不是原地立定的话，夜里真是不堪设想。

原来是这么回事，我说咋会这两支部队在一起。地热能研究院的院长今天专程赶到洱源，带着洱源团队，向县消防救援大队表示感谢，致送锦旗。

于是建议两个单位可以做一些关于野外保护与生存的交流活动，毕竟这方面消防救援是专业的，研究院在大理免不了翻山越岭，也是需要的。更有需要时，也可以请州里山地大队一起交流。同在大理，都有研究院，地热能研究院很希望与我们交大研究院交流，于是向欣泽院长报告牵线，欣泽院长很欢迎。

一个插曲，所幸皆大欢喜。也看得出在自然面前，人渺小了，一定要充分准备，保持敬畏。

山火的事情，更是如此。

很不幸，15日，大理市金甲山杨梅坪发生森林火情。当日11点半，州市镇调集了650名专业扑火队员、一架M-26直升机，全力开展灭火工作。当日下午3点半，已投入专业扑火人员1200余人，专业灭火直升机已吊桶作业2小时，大型水泵已接至火场附近。16日下午4点半，南线明火扑灭，东北线尚有部分断续火线，西线地形险要，风大且风向多变，火场零星爆燃。到17日，3天2夜，山火未熄，很是揪心。

起火原因初步查明，一名25岁男子涉嫌放火罪，已被公安机关采取刑事强制措施，案件进一步侦办中。天灾人祸，人祸恶于天灾。这一把火烧掉多少树,多少年又才能恢复。

大理最近接着好几把山火,大大小小,几乎都是人为因素,损失惨重,劳民伤财。防火灭火,形势严峻,任重道远,心存侥幸要不得。

18日,周五。各乡镇的联系县领导都撒下去了,不管远近,任务就是督导森林草原防火灭火。我跟着另外两位领导一起到邓川镇。洱源每个镇乡都有小盆地叫作坝子,有坝子自然就有山,森林防火压力和任务自不待言。

邓川的村子和卡点可能相对少的,4个村,7个卡点。邓川又处于交通枢纽,有的卡点路口除了上山,还去往邻县,有的卡点位处苍山北起第一峰云弄峰的第一线,重要程度极高。

从县城到邓川挺快的,20分钟。我们到了,与镇领导先聊一聊防火灭火的情况。与其他乡镇类似,镇领导和我们说了说邓川目前在宣传发动、卡点设置、人员配备、工作要求等方面的情况。

2022年森林草原防火命令,设定的本轮防火期为2021年12月至2022年6月,其中高火险期是3月至5月。冬天天冷,有雨雪,防火压力自然小不少,相对而言一定程度上也存在麻痹侥幸心理。过了惊蛰,气温迅速回升,春耕春种开始了,人到山间地头就多了,用火也就多了,所谓高火险期也就到了。

10点半,县里召开森林草原防灭火工作紧急调度会议,除了县里的主会场,各镇乡领导与联系县领导、镇里业务部门和所辖村书记在驻地视频参加。

话说完了,就干活吧。于是我们和镇里同志往各个点都跑一跑,大体有几个感觉。

一是防火队员相当朴实,态度不错,说起卡点和防火的要求和规则,都是清楚明白的。

二是卡点条件还是蛮艰苦的。所谓卡点总是卡在路上,大路上稍好一点的有个小棚，两个队员可以轮流，不过大路上的卡点也是压力大。大多数卡点是露天的，队员们也没几个戴帽子的，也不怕晒，很乐观。

三是标配流程和材料也有商榷之处，队员对工作的认识和规范的掌握大部分可以的，也存在良莠不齐的情况。有的情况可能是客观的，比如防火码的使用还是烦琐了；有的情况可能是主观的明确，比如不同类型的卡点是否需要分类指导，队员的规定动作能否优化。如果能结合队员的理解梳理出规定动作一二三，就更好操作了。

护林防火跑一天，基层不易

去云弄峰，一路3个卡点，可见重要性。第1个卡点在山脚下主干道边，往上到第2个卡点是水泥路，沿着山修的，质量很好，就是太曲折，拐弯必上斜坡。到达第2个卡点时，是高处了，脚下是悬崖，往下接一个山坳，不算太高。往外看去，风光很好。有一个很有意思的独峰，山体自下而上分别是红泥和石头，顶上是平的，有点圆也有点方，原来这是当地著名景点，叫八仙桌。

八仙桌旁是旧的土路，坡更陡。同行的人大李映春副主任故地重游，很有感触。新的这一条上山的水泥路就是脱贫攻坚期间他负责住建工作时争取的项目，还是一段一段争取来的，相当不容易。这一边的老百姓是因为这一片山的泥石流搬迁出来的，以前靠天种菜，有一成算一成。搬下来后政府补助修了房子，争取项目修了路，后来镇里又把水引上来了，然后这菜就种得不一般了，收入还是蛮可观的。在山里采松子菌子的，又能挣一笔钱。靠山吃山，所以老百姓对山林也很珍惜。可惜总是有那么些有意无意点起山火的，想想也可恶。

往第3个卡点路上遇到两个白族老妈妈，明显腿脚不好，撑着小竹竿深一脚浅一脚地走着。我们停下来把她们捎上了。到地点下车一看，还没到第3个卡点，是苍山步道的一个入口。原来两个老妈妈要去石窦香泉的本主庙值班。好人做到底，后面的路贴着悬崖特别窄，车不能开，我们陪两个老妈妈走过去。泥土路了，贴着悬崖，走个大C形。

我们还要去第3个卡点，就告别老妈妈们和石窦香泉摩崖守护人，赶着出来了。第3个卡点就是洱源县和大理市的分界了，两边各出一个队员，共同看守。

20日，周日。下午我们又去跑了一趟邓川卡点，与常务不约而同，于是会合一块走。跟着常务，真是学到知识，基层将近30年的磨炼，每句话都问在点子上。隔了两天，卡点上比周五时也更规范，配备的装备也先进了。一把安检大宝剑，能测金属，还能测香烟。

一天更比一天好，就好了。常务说这两天一定要多抓抓紧，方方面面，层层级级，督促起来，过几天清明节前后，形势就更严峻，丝毫放松不得。

村里对重点人群也在加强宣传，比如近三年家中有人去世的、放牧人员，和不能独立承担民事责任的特殊人群等，既来自过往经验，也来自过往教训。

大家努力，森林防火灭火，防字扛在前。

保重身体，不要再有悲伤的他

14日，周一。早上上班，碰到标哥。清晨阳光明媚着，随口聊一句，这两天忙啥呢。标哥唉声叹气，原来他们局挂钩帮扶的乔后镇丰乐村委会一位副主任周六突然走掉了，他赶去吊唁并慰问家属。

突然心里很难过，灰暗起来。进到办公室，还是不太平静，发了个朋友圈。

前天，洱源县乔后镇丰乐村委会一位副主任倒在办公桌前的座位上，岗位上。

32岁，怎么也是个小伙子，家中七口人的顶梁柱，倒了，留下两个小娃娃。

哀痛。致敬。保重。

哀痛，对家属而言。致敬，对小伙子而言。保重，对家属，也是对我们自己而言。一瞬间，有种很不恰当的情绪涌上心头。我并不认识这个小伙子，甚至还不知道他叫什么名字，心里总觉得这样的事情大约在我们谁身上都是有可能发生的。不由想起春节刚过时，学校里心刚师兄意外辞世，一时错愕，孤儿寡母，情何以堪。师兄长我三载，小伙子年幼一秩，有点感慨，明天和意外，不知道哪个先来。

很快知道，县里领导上午就会去乔后吊唁慰问。我其实有点想去的，不过车上座位满了坐不下。我与镇里联系了一下，看周二得不得空，之前一直想去看看叶上花梅酒工厂建设的进度和现在酿酒的情况，还是要去实地看一趟。

刚刚定下周二行程，上午去乔后的领导打来电话，原来同行领导接到紧急会议通知，他们又折回县里了，一会儿到了再出发。车上有位置了，约我一同去。当即答应。

于是和镇里更新安排。县里去吊唁，会有慰问家属的安排，我自己也想表达一点心意。翻翻我的零花钱，转给镇里，请方便时代为转交。

两个小时赶到乔后镇，丰乐村距离镇上再有半小时山路，一路开上山去，沿着悬壁的盘山水泥路，典型的 ξ 形，每个转弯几乎都是掉头上陡坡，真不能想象脱贫攻坚修路之前山上人家是怎么上上下下的。路上聊了聊，知道了小伙子姓段。进到段村时，水泥路就没有了，距离段家大约 500 米的土路，更是贴着峭壁，人在车里都害怕，强作镇定。

进到家里，小院和房子都不大，算是老式的白族屋子。亲友在帮忙料理。小段走后，家里爷爷、父母、妻子、两个女儿，还有六口人。大女儿 2 岁，根本不知道发生了什么事情，在小院里跑来跑去，全然不懂以后再也见不到爸爸了。小女儿 9 个月，小段妈妈抱在怀里，睡着。小段妻子今年 26 岁，悲伤得手脚有些抽搐了，亲戚喂了她一点糖水。

年前年后这段时间，巩固脱贫攻坚成果、考核验收、疫情防控、森林防火灭火，基层压力很大。小段负责数据统计，一直对着电脑工作。那个周六本是有点空的，家住得远的就收拾行李准备回家，小段说他住得近，留下来值班。也就是一会儿，等大家收拾好进办公室要跟他打招呼

回家时,他的椅子已经往后倒着了,人也倒着了,就没有了。派出所排除了其他因素,医院诊断是倒下来后脑颅骨骨折、脑出血。

家人通情达理,孩子已然走了,也不忍再解剖,周日就安排遗体火化,周四落葬。镇里的同志领着我们对着小段骨灰盒三鞠躬,表达哀悼。骨灰盒安放在旁屋中,位置很低,后来民政局的同志说这是因为按照白族习俗,家中父亲、爷爷健在,去世的年轻人只能放得很低。

段家三代人都在村委会服务。爷爷今年已过七十,那时候还是叫村公所。父亲五十多了,也是在村里服务了半辈子。小段之前是在村里护林,去年换届刚刚进入村委会班子,勤恳踏实,兢兢业业,怎能料想到白发人送黑发人。

小段爷爷和父亲很感谢县里来吊唁慰问,陪我们在院子里坐一坐。我们安慰老人家,语言却显得苍白无力,唯有恳请家属节哀顺变,保重身体,照顾好小娃娃们,有困难和需要,第一时间告诉镇里县里,大家一定尽力帮忙。老人家并没有太多言语,除谢谢我们的到来和县里的关心之外,就是默默地流泪。

小段算是家里顶梁柱了,妻子在家里照顾孩子并没有工作,父母也就是做一些农活。原本家庭架构还是蛮好的,小段的收入虽微薄,但总可以顾得上家,农村自家种地,基本自给自足。父母五十多,做些农活也能补贴家里,爷爷身体尚可。这一下,家里釜底抽薪了。县里民政局顶格给予临时困难补助,小段是党员,组织部也有一点慰问,但总是杯水车薪。稍好一点的消息是,组织部给村里同志都买过保险,大约能够赔付 10 万元,镇里去年正好也买过补充保险,大约能够赔付近 20 万元,此外镇里县里也在申请因公牺牲的手续,争取多一点的补助费用。

很不幸。他叫段剑飞,大约是乡村振兴阶段洱源牺牲的第一个基层同志,希望不再有这样的不幸。

每个人都要保重身体,不要再有悲伤的他。

发酵梅酒，不如选叶上花

　　乔后镇的叶上花发酵梅酒尝过两次，第一次还是稍显悬浮物多一点点，应该是梅子果肉过滤细密度的因素。第二次尝的时候，梅酒已经是很清澈的了，弄些冰块放在杯子里，梅酒一口，惬意我有。因为度数低，大约10度，猛人完全可以用大点的杯子，想必是饮不尽的豪爽。盛夏来一杯，消暑好滋味。叶上花主理的小伙就姓段，段姓是乔后大姓。小段主抓研发和生产，另有一两个合伙人帮着做市场。

　　段小伙是科班出身，西南大学生物技术专业，专攻微生物学、发酵工程等。毕业后一直在四川著名大厂干着，先后从事酿酒生产、酿酒工艺研发、酿酒设备研发、酿酒生产自动化生产线设计制造、酿酒快速检测方法等工作，干的工种还不老少。在大厂时，俨然骨干了，熟稔各类国内外名酒的酿造工艺，过往业绩包括所研发的自动上甑设备解决了一直困扰白酒酿造工艺中自动上甑工序的行业瓶颈问题，目前已经被大量运用，所设计制

造的自动化白酒酿造生产线能够减少大量劳动力,大幅度提升白酒产量及优质酒的比例。

从学到做十五年,也是有沉淀与积累了。这些年,作为中国梅果之乡,洱源的梅子好似缓缓下坡。小段颇觉得有些可惜,于是 2019 年回到乔后,创办叶上花酒坊,在充分挖掘云南大理的物产及水源的基础上,博采众家之长开发出独特的叶上花白酒及叶上花梅酒产品。

去年底到乔后时,镇里在建一座酒厂,建好后租借给叶上花,这样就可以轻资产快速投产,也才可以有申请食品生产许可证的 SC 资质和酒类生产许可证的资质,改变目前小作坊生产资质、销售渠道的困境。资质很重要,没资格那还谈什么。

这次顺道看看厂房建设的进度,最主要是看看叶上花酿酒的那股水。

之前镇上说叶上花的酒,除了小伙的酿酒水平之外,还有一个特点是他家里有股山泉水。当时我问,水在山上,工厂建在山下,那怎么办。镇里说建好工厂之后,要单独放一根水管,把山上他家泉眼里的水引到工厂里来,目前资金上有点压力,不然就完美解决了。

小伙是这么介绍他的水的:酿酒所需的水来自苍山山脉山腰处流出的优质山泉水,取水点距离泉眼仅 3 米。由于山腰处的泉水来自山体深处,非常纯净,矿物质及偏硅酸盐含量较高,有效避免杂菌的污染,从而促进良好酿造微环境的形成,确保梅酒的纯净。

我对水总有些偏好的:一是交大校训"饮水思源";二是做基金会这活,总是相信古语所言的有水有财,所以我们从来不怕活动下雨。如果能够帮着乔后的小伙把水从山上引下来,自然也是践行饮水思源的。好似罗银在丰源村里时把山下的水提到了山上,要不是去年因为泥石流管道有些受损的话,提上去的水就已经在大小南极默默灌溉了,不过管道已在修复中了。

耳听为虚，眼见为实。天好地好，花好叶好，总不如实际看看才好。这次正好，中午临时搭车来的，必须所见即所得。

跟着镇里的车往上开去，路过上次经过的乔后老街，再往上去，比我想的远不少。从镇上开出来，大约一刻多钟，车轮在跑，我也要盘算一下引水下来得用多少管子。

拐入岔道，就到了小段家。这是个名副其实的半山酿酒小厂。又见着小段，他这次穿着圆领 T 恤衫，干活的模样，跟上次见着西装帅哥的风格差别还挺大。这块地正在向阳山坡上，几处平台错落，大约有四五十亩。高处平台一间小平屋，就是现在的叶上花酿酒小作坊，屋一般，屋里设备家伙事儿看起来还是挺新潮的，屋外几位大姐正在做巴氏杀菌、灌装和密封。我说还真是手工小作坊啊。小段说是的，但品质请放心，巴氏杀菌再加上阳光下热灌装，品质稳定，非常安全。

说去看看传说中很好的水吧。原来水在这块地的第三平处。小段说这块地是祖上买下来的，大还是挺大的，但不适合耕种，家里住的房子在这地块的下一片平地上，大概算是第二平处。地也占不了多少面积，所以早年的时候就答应给亲戚家堆坟安葬先人了。一来二去，不少座坟头，这块地也就没法做其他用途了，只能自己住住。大约白族对生死的看法比较豁达，我在地里走着还是觉得怕怕的，要我住是不敢的。白族墓葬还蛮讲究的，如小院一般，有的墓还是清朝的。

先下到小段住的屋子，出了院子东门，再往下一点，水声就大了。循声而至，果然一股山泉水从山间缝隙流下来，往上有植被覆盖，看不清源头。小路拐弯，水流在这里就也有个转弯，小小一股水，形成迷你瀑布。水很清澈，小段说从小到大就是喝这股水，现在也是。我也掬起一捧喝了一口，蛮好。

上次就问过小段，为什么取名叶上花。他说在山泉水口盖着一种植物，就叫叶上花，还给我看了照片，小红果子长在狭长的绿叶上。我

乔后的叶上花

叶上花的泉水

是将信将疑的,花和果子都长在叶子上的植物,大约是有的,世界之大嘛,不过这么巧就在你家,还在泉水边上？这次小段就指给我看了,此时叶子上还未开花,不过翻出照片对比,确实是它。还是有意思的。

跟着水往下走,有一座发酵池,水泥砌成的,四四方方,里面大约有五六十口瓦缸,这是小段自己设计的调温发酵罐。调温时,山泉水又成了主力军,好似水冷发动机一般。小段说自己折腾了一年多,搞出了特别工艺,能把应季的青梅果做破碎预处理,具体的做法涉及商业秘密不能告诉我,但这种预处理工艺可以把果香封存在破碎的果肉里,一同存于保鲜库中,需要时取至调温发酵罐中,这样原料就源源不断了,不受季节困扰。

小段说，总而言之，叶上花梅酒几个特点，从原料到最后成酒只有三种物质：优质山泉水、九成熟梅果和白砂糖，制作工艺就是调温发酵和拒绝勾调，体验感觉就是酸甜净爽、柔和细腻。

坐下尝一尝，是喝得出来酸甜净爽与柔和细腻的。小段还酿白酒，从一个玻璃瓶倒了一小口让我尝一下，有点果香味，带点猕猴桃的味道。尝完问我多少度，我觉得大约 50 度，他说是 70 度。真喝不出来 70 度的感觉，印象里 70 度是衡水老白干，特别辣喉咙。这个却毫无辣喉咙的感觉，要么是忽悠我，要么就真是有点水平的。应该是后者。

上山之前，在山脚下看了一下厂房的进度，是镇里争取到的乡村振兴衔接资金项目，然后投入的。地基已经做好了，等着这个地块的历史手续交接完备后就可以噌噌噌地起来了。于是和小段聊了聊水的问题是怎么考虑的。管道的路线走向已经有初步构想，选材和填埋与否就取决于资金了，目前还是有点困难。大家又具体沟通了一下，总是希望能出把力，推动起来。

回来后仔细想了想。县里已经确定实施梅果产业振兴了，系列举措也在谋划中。梅酒这个领域，一二三产业融合发展，颇具代表性。从产品品质和人员素质，我个人与乔后镇的领导们看法一致，都比较看好叶上花，尽力争取能支持一把。后来分别与交大领导和县领导做了汇报，考虑从学校的年度帮扶资金中切一小块蛋糕，做一个引水下山，也做一个饮水思源。

很快，小段把引水下山的方案拿了出来，前端多重过滤，末端再多重过滤，最后用于山下酿酒。整体方案考虑得很周到，每一个环节都有对应的需求和目的，技术路线很完备。遇上对的项目、对的人，我一方面也实事求是，另一方面也竭尽所能。

静候佳音。

思源特班，预热启动

　　思源特班的事情张罗了大半年，师友支持，启动在即。

　　24日，周四，到洱源一中，与学校领导班子研讨，县政府教育督导室杨主任是联系洱源一中的，也一起做了交流。下周在洱源一中举行全县中学质量分析会议，借此机会将充分预热，并面向洱源初中的校长们启动思源特班招生宣讲等系列工作。

　　思源特班这件事情对县里还是挺有意义的。教体局和洱源一中的领导邀请我到会上做一点介绍，我也很愿意。根据之前的考虑，自己再做了一点梳理，大约讲了以下几个方面。

　　一是缘起，为什么要办思源特班。高中不强，教育不强，信心不强。到了县里之后，县里给我的第一项任务就是请交大支持洱源一中办一个特班，吸引和鼓励本地优质初中生源有一部分留在洱源一中，通过资金支持和资源注入，共同把特班办出水平、办出成绩，让留在特班的同学考上更好的大学,有更好的前程,从而使得洱源一中办学水平上个台阶,也能一定程度带动洱源基础教育水平的提升。

二是支持,得到什么支持才能办起思源特班。2021 年 9 月,上海交通大学自筹投入 50 万元启动经费;10 月,交大校友孙斌学长捐赠 100 万元全力襄助。各方努力,以思源特班为抓手,力争 3 年时间将洱源一中办学水平提升至大理州较高水平。此外,上海交通大学将在特班设计谋划、优质生源遴选聚集、特班学生资助与奖励、交大教育资源注入、校友与社会资源支持等方面予以帮扶。目前思源特班各项工作在筹备中,2022 年 6 月首次招生,每年招收一个班,当前 150 万元经费主要用于特班优质生源资助和奖励及特班师资激励。最近我们与教体局、洱源一中做了初步测算,当前经费基本可以支撑 3 年运行,这包括第一个年级的 3 年、第二个年级的 2 年和第三个年级的 1 年。我们还将积极筹募资金,办学进步越大,筹募资金通道越多。

三是机遇,我们办思源特班有哪些好的机遇。我常常与段校长开玩笑,思源特班这件事情可谓天时地利人和。

1. 天时

从大处讲。2022 年国家宣布进入乡村振兴战略阶段。乡村振兴,我个人理解,两个方面至关重要,一是聚焦当下的产业振兴,二是着眼长远的教育振兴。2021 年,国务院政府工作报告明确提出"加强县域高中建设"。县域普通高中,或简称"县中",是县域基础教育的排头兵,数量占全国普通高中学校总数的一半多。全面加强县中建设、着力破解县中发展困境、整体提升县中办学水平,对于巩固提升高中阶段教育普及水平、带动县域义务教育优质均衡发展、加快缩小城乡教育差距、服务县域经济社会发展、助力推进新型城镇化建设和乡村振兴战略,意义十分重大。

从小处讲。交大是综合性大学,聚焦的是高等教育和科学研究。

2020 年底，学校成立了教育学院，并举全校之力瞄准世界一流投入建设，由此开启交大基础教育学科建设的新征程。交大教育学院就是瞄准一流中学所急需的复合型高水平师资培养，招录对象是 985 综合性大学的本科毕业生，第一年在交大学习，配备教育学院导师和基础学科导师，第二年在上海一流高中学习培养，同时配备高中优秀教师作为带教导师。

去年 12 月，交大校长林忠钦院士带队访问洱源，教育学院与县里和洱源一中签订了"党建引领、教育帮扶"协议，30 名学生党员与洱源一中高一学生结对。今年 9 月之后还会有另一批党员学生与思源特班学生结对。

2. 地利

2003 年起，交大与大理结缘，起于洱海；2013 年定点帮扶，落脚于洱海源头，也就是我们洱源县，这是地利。我深感洱源人杰地灵，一方山水孕育一方智慧，白族人民传统上对教育比较重视的，洱源娃娃也是很灵气的，可能就是缺一些机会。

3. 人和

人和不消多说，我想只要是洱源人，一定希望洱源教育好，娃娃出路好。这些年教体局做了很多努力，大家有目共睹。交大和县里领导交给我们办思源特班这项任务，其间我们与领导们汇报交流，得到的回应总是非常积极，希望动作大一点，步子快一点。教体局和洱源一中对这件事情更是充满激情。

交大对特班很重视。去年 11 月，我们还在洱源一中设立了"上海交通大学仲英青年学者洱源工作坊"并为同学们举办了系列讲座。"仲英青年学者"是交大生命医学领域优秀的青年学者群体。我还记得当时许杰教授讲完之后被特班的同学团团围住问问题的情形。后续还会继续举办活动。

最近我们还在争取交大荣昶储才计划对洱源一中的整体支持，也会陆续得到交大校友们的关心和支持。

四是举措，思源特班招生和培养上将推出的举措。

1. 学生资助与激励

特班招收 50—60 人，我个人倾向于 60 人，能多一点机会总是争取多一点。首届特班的第一年，每位学生给予 5 000 元资助，全员覆盖。后续年份和后续年级，大约在三分之一的范围给予最有需要的同学每年 5 000 元的资助。

洱源一中也与教体局基本达成一致，免除所有特班学生学费和住宿费。洱源一中现有两个奖学金项目，将会相对集中资源，给予特班学生在学习过程中的奖励和激励。我们也会在这方面继续筹措资源。

2. 第一课堂

第一课堂的举措有几个方面。

第一是师资配备与教学管理。洱源一中会统筹协调本校最优秀师资和最有潜力师资，配备于特办的教学工作。学校领导班子会在教学管理方面精诚团结，科学谋划。我相信学校一定会尽全力。

第二是教学津贴与激励。教书育人是老师的天职，但另一方面，老师的辛勤努力和付出应有对应的肯定和回报。我们会在特班师资津贴和激励方面投入一部分资源。基于县里目前的财力，津贴比州里最高的水平或有不足，但随着办学水平的提升，这方面能积聚的资源也会越来越多、越来越好。一部分资源用于对特班师资的津贴补助，这可能力度不会特别大；另一部分资源用于对成绩和水平提升的奖励，水平的提升对标是州里最好的几所中学以及其他办得好的县中，激励力度取决于水平提升的幅度。这方面我想应该要舍得投入的。

第三是师资培训与交流。我们会组织和安排洱源一中师资与交大教育学院和附属学校师资开展交流活动，也会安排双向培训、跟班教学

等多种活动。我想其中有些活动，教体局和洱源一中可以做好组织安排，尽量覆盖面大一点。

3. 第二课堂

县域高中教育教学水平提高，主要取决于师生在第一课堂教学相长的努力，同时，第二课堂与第一课堂的互为促进也发挥着越来越重要的作用。对于第一课堂学习之外接触的外界信息，洱源的学生和上海的学生是相似的，往往围绕着数码产品和手机游戏。上海学生所处环境，决定了其有自然的优势，这是洱源的学生比较缺乏的。而高中阶段的见识增长，对于学生人生观和价值观的形成和塑造，以及其未来道路的宽度和深度所起的作用，可能比我们预想的更为重要。高中时期是对学生志向和兴趣的引导和培养的黄金时段，如果缺失，后期弥补事倍功半。

接下来思源特班在第二课堂方面会有若干举措。

一是学子结对计划。我们已经引入了交大教育学院的硕士生党员，接下来还将引入交大荣昶储才计划各期学子对特班各年级的结对支持。

二是设立交大洱源讲坛。交大协助洱源一中开设交大洱源讲坛，交大学子帮助特班学生逐步掌握讲坛架构、主题甄选、讲者邀请和活动组织等具体内容，之后由特班学生自主组织管理和开展系列活动。

三是洱源主场活动安排。特班学子确定每月活动主题，邀请交大师生赴洱源一中开展活动，活动主题包含生涯规划、升学指导、专业前沿、学习方法、科技实践、心理健康等。交大结对学子根据当月活动主题和需求，物色落实具体讲者，讲者包括但不限于交大自立自强标兵、教育学院师生、历届校友以及兄弟高校师生等。洱源主场活动每月开展一次，在洱源学生第二课堂多元活动和第一课堂主干教学间取得平衡，交大师生于周五晚间抵达洱源，主题演讲定于周六上午，面向洱源一中全体学生,下午与特班学生通过线上线下融合方式沟通交流,答疑解惑;周日上午可根据情况安排家访等活动,下午返回上海。

四是上海主场活动安排。每年暑假和寒假各安排一次上海主场活动,邀请特班学业及综合表现优秀的学生赴上海学习参访,每次邀请10名学生。交大结对学子负责上海活动的组织与实施,学习访问环节包括专家报告、学生创新中心及相关实验室参观、支持单位参观与交流、上海一日游览等。这一活动会对思源特班受邀学生确定合理标准和条件,兼顾受益面。

五是招生,以及接下来马上要推进的工作。

第一,设立洱源基础教育咨询委员会和举办特班启动仪式。我们正与县领导汇报,谋划设立洱源基础教育咨询委员会,引入交大相关教育领域专家学者、支持洱源基础教育发展的社会贤达和交大校友、洱源以及省州教育领域专家学者等,为洱源基础教育出谋划策,集聚资源。同时与交大和县里沟通,适时面向社会和洱源师生宣布思源特班正式启动。

第二,同步开展招生宣传工作。我建议洱源一中做好计划安排,把工作做得更细致一些,争取到每所初中都去和毕业班同学们讲一讲特班的情况,同时对于优质生源有针对性地做一些走访工作,讲清讲透,但也别夸大。洱源一中也可以对有意向报考的学生多开展几次校园开放日活动,进行双向了解和选择。

对于办好特班,我个人是有信心的,也愿意投入更多的精力和资源,但到底能不能办好,最终还取决于教体局统筹、洱源一中努力以及方方面面的大力支持。大家共同努力。

聚聚力，争取源头娃娃的科学课

　　3月11日，咱们研究院洱海党支部来到洱源，与丰源村党总支结对共建，我很荣幸受邀见证，大家也聊了不少。洱海党支部的全称是洱海湖泊生态系统国家野外科学观测研究站党支部，欣泽院长担任支部书记，顺子老师是副书记。小熊和顺子老师分别代表双方签署了党建共建协议。这次知道了欣泽院长就是支部书记，感慨怪不得研究院做得这么好，党建引领作用的发挥是一个相当重要的因素。

　　洱海党支部是个典范，孔海南老师就在这个支部。2020年9月，李克强总理到交大考察，孔老师向李总理介绍了洱海保护治理与研究的成果以及现阶段工作开展情况。上海交大云南（大理）研究院连续五年被大理州委、州政府评为"洱海保护治理先进集体"，并多次获评国家、大理州等各级民族团结进步模范集体及示范单位。2021年，洱海党支部再次荣获"上海市先进基层党组织""上海市教卫工作党委系统先进基层党组织"

称号。

3月底，环境学院公布喜报：近日，教育部印发通知，公布第三批全国党建工作示范高校、标杆院系、样板支部培育创建单位名单，遴选产生了11个全国党建工作示范高校、100个全国党建工作标杆院系、1000个全国党建工作样板支部培育创建单位。环境学院洱海党支部获批成为"全国党建工作样板党支部"培育创建单位。这是学院首次入围全国党建"双创"名单，也是第三批创建单位中交大校本部唯一入选的教工党支部。我看了一下新闻里引用的教育部信息公开截图，这条信息生成日期是2022年3月11日，就问你巧不巧。

结对时，大家都谈到要深入共建，共同寻找几个抓手，切切实实建起来。

于是25日，我们张罗，组了个小小代表团访问研究院。不巧村里几位同志临时有事，于是我一个，小熊一个，交大洱源支教团6位老师，特别邀请同在洱源挂职的张副参加。一是去研究院参观，二是也想大家聚聚力，看能不能一起合力做点事情。很巧，复旦大学挂职永平县的王珏副县长和李达第一书记也在州里，热情邀约同行。

走动起来还是很有必要，很有效果的。大家聊着挺多，包括且不限于支部共建、人才培训、科普教育以及沪滇合作项目等。

渐渐大家在科普教育方面达成共识。2月底县里举行2022年洱海源头保护全民参与行动启动仪式暨开学第一课活动，特邀孔老师出席。这个活动给了我启发。研究院在洱海保护方面所做的工作毋庸多言，作为洱海源头，在培养源头娃娃源头保护意识和责任方面自然也可以提供独有且专业的科普支撑，研究院也很愿意在这方面有所贡献。

我觉得这个事情可为并且可以持续为，可以考虑形成一定的机制，聚集各方的力量，形成合力。张副觉得这与沪滇协作机制中乡村振兴领域的师生教育培训颇为相关，并且依托洱海湖泊生态系统国家野外

孔老师参加源头保护开学第一课

科学观测研究站这一国家级平台来开展，共赢多赢很有希望，关键是能切切实实给洱源老师和娃娃们开拓一个洱海保护的科普环境和科学课程。欣泽院长说，研究院立于洱海畔，服务洱海保护与治理，自然是全力支持的。咱们支教团的老师更是雀跃期待，都希望自己班里的孩子有机会参加，更迫切愿意带孩子们参加。咱们有老师就在丰源村的小学服务，小熊说这事自然村里也支持，也积极参与。

我觉得凡事要成，总有抛砖引玉第一步的，于是毛遂自荐先搞个初步方案供大家拍砖。清清脑子琢磨这件事，草拟了一稿初步方案。

洱源净、洱海清、大理兴——源头保护系列科学课程方案

一、发起缘由

3月26日，洱源县委常委、副县长张磊、冯婷婷，副县长黄金贤，丰源村第一书记熊峰，乡村振兴局黄晓明，上海交通大学洱源支教团等一行赴上海交通大学云南（大理）研究院考察，并与研究

院王欣泽院长、熊顺子副院长、封吉猛院长助理一行座谈交流。与会同志聚焦乡村振兴工作，围绕沪滇协作与校地携手相关机制，就党建共建、人才培训、科普教育等深入交换意见。根据"洱源县2022年度洱海源头保护全民参与行动暨开学第一课活动"开展情况，结合上海交通大学云南（大理）研究院人才培养与科学研究实践经验，争取各方支持，形成合力，拟开展"洱源净、洱海清、大理兴——源头保护系列科学课程"科普活动。

二、学术支持与组织架构

1. 学术支持

上海交通大学云南（大理）研究院聚焦洱海保护与治理，现拥有洱海湖泊生态系统国家野外科学观测研究站等国家级平台，学术及科研实力雄厚。研究院及洱海国家野外站将为"洱源净、洱海清、大理兴——源头保护系列科学课程"提供系统性学术支撑。

2. 组织架构

为保障"洱源净、洱海清、大理兴——源头保护系列科学课程"顺利开展，拟由大理州人民政府、洱源县人民政府、上海交通大学作为该活动主办单位，州级相关部门及上海援滇干部联络组大理小组作为协办单位，县级相关部门、上海交大洱海湖泊生态系统国家野外科学观测研究站党支部、上海交通大学洱源支教团作为具体承办单位。

为保障活动顺利开展，建议设立活动执委会，主任委员由洱源县及研究院主要领导担任，委员由沪滇协作及交大挂职领导、县级相关部门领导担任。

为保障课程设计与管理科学性，建议设立专家委员会，委员由研究院及洱源县洱海保护与治理相关专家担任。

三、活动安排

1. 课程安排

"洱源净、洱海清、大理兴——源头保护系列科学课程"面向洱源县中小学在校师生，以镇乡和学校为单位组织，建议每月组织一次，每次面向一个乡镇，邀请相关师生参加，约50人。

课程择周末举行，为期一天。课程安排为上午从洱源县相关学校出发赴上海交通大学云南（大理）研究院参访并开展洱海保护相关课程教学，中午研究院用餐，下午赴研究院户外科研场所开展实践教学，傍晚返回洱源县。

2. 启动仪式

为营造洱海源头保护与科普氛围，计划结合首次课程举行启动仪式。启动仪式建议在洱源县或上海交通大学云南（大理）研究院举行，出席人员包含州县相关单位负责同志、活动执委会与专家委员会构成人员、首期课程师生代表等。

3. 经费保障

根据测算，每年计划组织9期课程，覆盖9个乡镇，约需年度经费5万元，主要用于购买意外保险、巴士租赁、午餐安排、遮阳帽及课程证书等。年度经费提请沪滇协作机制协调师生教育培训相关经费给予支持保障。上海交通大学云南（大理）研究院根据课程实际开展需要，给予一定补充支持。

启动仪式另需部分经费，根据具体情况，提请沪滇协作机制与上海交通大学云南（大理）研究院共同给予支持保障。

4. 分工安排

洱源县教育体育局、乡村振兴局安排相关同志，协调落实每期课程参与学校以及经费保障与拨付等相关工作，年度经费拨付至上海交通大学云南（大理）研究院。

上海交通大学云南（大理）研究院作为项目执行主体单位，负责具体承担实施过程中各项工作，包含课程设计、教学组织、车辆安排、购买保险及午餐安排等。

"砖"拟好后假期返工，抓紧请研究院和张副批改。相当给力，很快就得到建设性意见以及初步资金意向，后续会在课程名称、课程设计和资金保障方面进一步完善，抓紧报送县领导审定，尽快推动落实。

集体智慧，共同努力，能促成一小点事情，真挺高兴的。

研究院,丰源
村,党建结对

洱源，试试绿色孵化器

去年9月虞总来看我，看看洱源的情况。回去后琢磨借鉴新西兰农产品模式，看能不能在洱源做一个新兴的农业品牌孵化器，面向农产品的精加工和洱源标记的品牌打造。初期考虑把虞总在新西兰的 VITABEEZ 胶质卡片蜂蜜项目带进来。

类似的项目，在新西兰叫 FoodBowl，我们建议可以叫洱源富邦新农业品牌孵化器。正好小熊在村里琢磨产业项目，村里有两所闲置学校。三个皮匠聊起来，有戏啊，资源整合一把。把虞总 VITABEEZ 蜂蜜卡片给大家看了看，好评如潮，村里考虑再三，决定申报县里的乡村振兴衔接资金项目。

我们认真琢磨了项目背景。洱源本地农业资源丰富，绿色与健康概念突出，新西兰 Vitamore 集团拟在洱源打造富邦新农业品牌孵化中心，以新农业创新为指导思想，融合本地优质农业资源和自有市场渠道资源，打造专业运营及技术团队，根据具体企业需求匹配对接相应技术支撑和商业服务，自营及辅助中小农业产品企业成长，孵化一批具备"洱源标记"的品牌产品及企业。

我们大约有三方的优势。

一是洱源的情况。洱源蜂蜜产量丰富，富邦新农业品牌孵化中心将以"新型胶质(洱源蜂蜜)卡片包装及品牌孵化"作为拟启动项目，以精加工提高洱源蜂蜜产品附加值，打造洱源绿色食品牌中的蜂蜜产品名片，同时对农户和村集体经济将起到带动作用。

二是虞总的优势。新西兰 Vitamore 集团成立于 2010 年，是一家从事集蜂蜜制品加工和销售、生鲜产品进出口、特殊包装代工以及即期品批发和零售的综合型企业集团。企业负责人于今年 9 月曾来洱源考察，对洱源蜂蜜产业发展浓厚兴趣，有意在洱源投资建立生产线。

三是交大的帮助。上海交通大学可提供产学研全方位支持，包含乡村振兴共商共建、产品研发与检验、检测仪器设备及培训、科技成果转化及服务、设计协作及推广等。

小熊在农生学院工作，自然很熟悉。我们基金会与学院也很熟悉。关于交大的帮助，我两分别都跑了跑，有门有戏的。

所谓农业孵化器，也是受上海一堆高科技孵化器的启发，比如交大的"大零号湾"。企业初创时，需要空间场所并不大，孵化器提供系列配套服务的支撑，很容易开张大吉。做大了，找地方搬出去，或者把孵化器做大让企业留下来，殊途同归。孵化器也是从小做起，不要想着一口吃成胖子，20 世纪 90 年代江浙乡镇企业就是小船不断掉头做大的。

于是项目选址在上村完小旧址，土地为村集体建设用地，无须征地和流转。充分利用现有校舍设施，作为办公、交流和展示区域，主体建设内容就是钢结构的厂房，作为新产品的试生产区及新型包装产品线区。

学校是村集体的，于是村集体以土地和建好之后的厂房作为投入，

根据投入规模，设定收益率，以租金方式运营。我建议项目建成后在适当期限内给予企业一定租赁费优惠，支持企业完成过渡期，后续可以通过阶梯收益率方式逐步增加收入。开始别着急，企业赚到钱了，就都好说了。用工，村里就有，互利互惠。

新西兰的蜂蜜是分级的。这个项目做成的话，建议虞总牵头在洱源做一个西南地区蜂蜜分级的标准机构，学校可以提供检测与分析的科学支撑。这个好像国内还没有，如果能做成的话，就厉害了。

县里很支持，项目获批了。

既然是要做一个孵化器，总想要在孵化内容上有所拓展，这时候我想到了小凌（凌体超，洱源凌福苹果种植有限公司负责人）。小凌在洱源种苹果，父子两代人干了快 20 年了，刚来洱源时我们就认识了。小地方常常能碰到。小伙子思路很开阔，就着苹果和农业，在劳动实践和公益方面有很多想法，有时候碰到就会聊两句。

前一阵就碰到了，随身还带着他的新产品，苹果脆。自己基地每年苹果大几十吨产量，也是到了需要精加工的阶段。苹果脆吃起来口感真不错。聊起来，小凌目前自己在基地搞了一个小作坊资质，烘烤苹果脆，除了用自己的苹果做原料，用一点蜂蜜做配料，其他什么都不加，至于怎么搭配，也是试来试去试出来的小秘方。

问销路如何，说主打原生态无添加，非常受欢迎，瓶颈倒是在产能和资质上。目前的小作坊资质，产量偏低，同时小作坊的规模不符合申请 SC 资质。原先也考虑扩大规模，但现有基地的土地性质不能用于建设厂房；也考虑重新找一块性质合适的土地另起炉灶，但其实这样一个小工厂，本身并不需要非常大的地方，300 平方米左右差不多了，现实中能找到的土地往往面积偏大，不会有这么小的建设用地单独供给，毕竟是精加工起步阶段，从经济性考虑就不划算了。

问小凌，是不是可以考虑代工。小凌说还是有小秘方的，一旦代工，尽弃前功。

于是我想，这事好像与我们考虑的孵化器的定位颇有契合。跟小凌简单介绍了一下，小伙子也是眼中一亮。于是约时间现场去看一下。如果能成，那是相当好的，一方面说明我们的设想是切合实际需要的，另一方面小凌在本地的经验也能帮助我们考虑得更周全，第三方面各方按面积分摊费用，成本最小化，效益最大化。

后来视频会，跟虞总和小熊说了这事，大家都觉得可行。

尽快，小凌约起。

俞学长，"梅"你不可

清明节放假前一天下午，县里开项目攻坚暨产业振兴工作会，专门讲到了梅果全产业振兴的工作。我正好坐在第二排最边上，接连接了好几个电话，还真和梅果有关。

先是老纳秘书长呼我，介绍俞学长（俞佩良，上海交通大学校友、云南云檀酒业有限公司董事长）要来洱源考察。俞学长大约长我十岁，毕业后一直在昆明发展，旗下有个酒厂，最近研究梅酒，自然需要梅汁，梅汁需要梅子，于是想到洱源。我说那可真是太巧了，难道这就是传说中的想什么，来什么。

于是和俞学长通了个电话。俞学长介绍了大致想法和背景资源。会后简要与领导说了说，与俞学长相约节后洱源见。

自家学长的事情，自然要上心。梳理了俞学长电话中的关切，节后与同事商量，初步拟了一个流程。清明这些日子，洱源初雨，断断续续，上下山不太方便，看看天气预报，和俞学长约定 10 日抵达，11 日考察。

周日一起晚餐，我和小熊，邀请叶上花小段，小段在做发酵梅汁和梅酒，可以交流一下。周一上午，去小熊的丰源村，我们在村里找了块地方，做农业项目的孵化，如有需要，未来也可作为梅汁加工备选场地；下午，去松鹤村看梅果种植情况，去洱宝交流梅汁加工。

于是等着学长来了，考察走起。

俞学长在酒品的布局上是有些想法的。他目前已有白酒系列，从包装到价格梯度再到目标人群都有很好的定位。我们尝了一下他带的白酒，我觉得是巧克力味的，有点像小时候吃的酒心巧克力，但味道更淡一些。俞学长对梅酒的看法和打法，是借助既有渠道的大流量分销对接市场需求，反向回来确定品牌和生产，中间注重对生态和品质的把控。

我请了小段一起交流，搞成了小小品酒交流会了。俞学长对叶上花的酒评价颇佳，梅酒冰了一下，口感很不错。小段带了 70 度和 50 度的白酒，是大麦酿的。他俩尝一尝，交流一下诸如工艺以及甲醛残留等问题，我们外行就听个热闹。我印象深的是俞学长对叶上花白酒的甲醛双零指标赞不绝口。各方惺惺相惜中，我觉得蛋糕足够大，未来不管从梅汁还是梅酒的角度，都存有合作空间，我也算牵个线吧，待俞学长考察后再看缘分。

次日上午，丰源村走起，看的就是我们设想中的绿色孵化器，我也想听听看俞学长对这个项目的看法和指导。我请了洱园红苹果的小凌一起碰碰。大家对绿色孵化器的想法倒也挺认同的，如果搞成的话，各方能以最小投入迈过 SC 门槛，进而拿到更大市场的门票。小熊和丰源村的杨书记一起来的，带了一卷大皮尺，把场地横竖细细又量了一番，为下一步设计做准备。一路交流，俞学长对我们这个点子挺认同的，我们就顺杆上，邀约俞学长，热忱欢迎他在洱源也做起，就进这个孵

化器，做大了，村里还有另一个备选扩容地，多好啊。

从丰源村出来，往三营镇南大坪村去，去看看洱源号称最年长的古梅树。今年以来，县里把梅果产业提到相当高度，于是一直听说南大坪古梅树。坐在车上，一路爬坡，原来南大坪在山顶上。洱源几个坝子都是被山围着，不然也不叫坝子。山好像也不都有名字，说不上多大多伟岸，说小却也不太小。很明显，山上的村子和山下的村子，差距还是有些明显的。南大坪的古梅树分布是零散的，谁家屋前一两棵，路边田边一两棵，不说的话也不太留意。地是谁家的，梅树自然也是他家的，也没有标识，也没有保护，很原生态。凑近点看，梅花谢去，梅子初长成。

话说最年长这棵古梅，看上去是那种历经沧桑、古朴遒劲的感觉，从下往上，树干上有个大窟窿，大部分枝头是盎然的，也有一个分枝基本是干枯了。这棵梅树当属"明梅"，应是大理州或者梅果之乡洱源县的梅王。当之无愧。俞学长也很感慨，在云南走了很多地方，这棵树是他看到最年长的。在南大坪，比它小的古梅树有五六十棵。概数，应该还没有系统地做过梳理。期待县里能尽快把南大坪古梅的家底摸清，年龄摸清，该保护还是要保护，该宣讲还是要宣讲。大概经费缺乏还是最大的困难。

中午去小凌果园瞧一瞧。下午还有两个安排，时间略有点紧，也就有点走马观花了。苹果花正开着呢，红色和白色，颜色都淡淡的，还看到一只小蜜蜂钻在花丛中，很惬意的感觉。听小凌介绍，打理一个果园，实非易事。我想想也是的，看看小凌的手，劳动的岁月痕迹，哪是30岁出头小伙子的手的样子呀。

下午还有两档安排。先去松鹤村，35 000千亩梅园所在。松鹤村是丰源村的邻居，在山顶上。有着这几万亩梅园，村集体经济搞得非常好。回到县城，与投促局和农业局的同事一起，我们又上山了。农业局的同志就是松鹤村人，就算领我们回趟家。

　　松鹤村是2月12日首届中国洱源梅花文化节举办地。一路上山，路的两边山坡山坳，都是梅树，郁郁葱葱，可想而知梅花盛开时的漫山遍野。村委会在山顶，和罗书记聊了聊，听得出来的自豪，也期待梅果产业起来后，松鹤村更美更好。村里有几家梅果加工的企业，我们去了最大最近的一家，老板娘就是本村人。本村人都是彝族，大多姓罗。老板娘说明年就五十了，孙子都好几岁了，我看着却好像四十，看来山水养人。老板娘是村里雕梅手艺最好的人，从十来岁小姑娘时就开始做雕梅了。雕梅是洱源的传统工艺，用细细的针刀把梅子去皮，然后在梅肉上雕刻出连续曲折的花纹，从空隙处挤出梅核，于是梅子就如缕镂空，轻轻压扁就成花朵一般的梅饼。梅

首届中国洱源
梅花文化节

饼放在清水盆里，撒盐去酸，再用糖和蜂蜜浸渍，等到金黄色时就成了。梅饼酸甜，也耐保存，是洱源一大特产。

老板娘说，洱源的雕梅都是手工做的，到现在一直是。村里会雕梅的女子很多在她这里帮工，很辛苦，雕一个梅子6分钱，每天从早到晚，多的能挣200多块钱。我算了算，要雕4000个梅子。老板娘端出自己雕的梅子，品相确实不一样，于是大家就把她的雕的这一罐全买了。

俞学长说，知道洱源是梅果之乡，没想到松鹤村就有这么大一片，如果未来定下来要干的话，松鹤梅子应是首选。

说到梅子，自然也绕不开洱宝，洱源最大的梅果企业，1995年创办的，产品从话梅和梅饼入手，扩展到如今的饮料果酒果醋等，也是很不容易的。我们到洱宝聊了聊，洱宝也做梅汁，量很大，可以进一步探讨合作。

傍晚了，俞学长一行要去州里，还有其他安排，惜别。学长说来之前就很看好洱源梅子，这一趟不虚此行，回去后会细细研究分析。

我们都很期待，套用梅花文化节的宣传语，俞学长，"梅"你不可。

三月街直播，谢谢捧场

　　因为协助分管商务工作，所以 4 月上旬商务局的同志来找我，约三月街直播时，我得答应啊。

　　三月街是白族传统的盛大节日，千年赶一街，一街赶千年，说的就是它。三月街的正日子是农历三月十五，前后一个星期都是三月街的日子，那时候，人山人海，街市赶集，买买买，吃吃吃，还有赛马。

　　三月街是有固定场所的，在大理城西，古城对面的点苍山脚下，占地百余亩。千年是约数，关于三月街最早的文献记载是明代《云南通志》，距今 400 多年，民间说是源于南诏细奴逻时，观音于三月十五日在此传授佛经，演化而来，真是一街赶千年了。

　　三月街的场所原来是泥地，后来政府修了石板路，从山脚一路上去，古风犹存。原先是政府直接管理，后来公私合营，对场所不断改进，修了好些小屋，这样赶街时，买的和卖的都更方便了。

　　由于现场赶街做不到，于是改为数字三月街，直播

三月街赶街盛况

带货。前几年县里也都是派出挂职同志参与，今年派上我。

我倒也不太紧张。来洱源也八个月了，对洱源的产品多少有些熟悉，对产品背后的人和事也有很多了解，同事还会给我一些材料，再熟悉一下应该也就差不多了。我想，直播主播的风格不需要我去模仿，呼唤宝宝们的事情交给专业主播就行，我穿插说点感受就差不多了，主播为主，不能喧宾夺主。

放不放假是体现一个节日重不重要的关键指标，三月街放假的，赶上哪天就哪天放，占了周末也不补。今年阴历的三月十五是周五，所以放假就是五六七，4月15日到17日，洱源的场次排得靠后，在4月20日，假期还是可以笃悠一下的。

节前，刷到弥渡贵兵兄直播预告，潇洒，原来他也接上了直播这活，是在17日。看预告也没太在意，直到电话响起时，暗想不妙，难道我们也要录预告。好吧，还真是，于是这个节，先跟预告杠一杠了。

几易预告词，霞客加持。先是室内拍了一次，没背台词，靠大个子举牌在相机前提词，画外场景被室内灯光毫不留情地映在眼镜片上，废片。改为室外拍一次，关键时刻，得白族马甲一褂，背了背词，顺利过审。

> 我是洱源县挂职副县长黄金贤，一位来自上海交通大学的新洱源人。洱海之源，山清水秀，人杰地灵，物产丰富，旅行家徐霞客曾在这里游历 22 天之久，洱源也成为徐霞客的钟爱所在。4 月 20 日上午 9 点至 11 点，我将走进'数字三月街'洱源直播专场，为洱海源头绿色农产品代言，欢迎大家围观捧场。

考虑到在下小白，19 日下午安排了一档彩排，现场过一下流程和注意事项。主播叫菜菜，是因为姓蔡，实际很资深，对洱源也很熟悉，轻车熟路，成功一半。事情都赶到这两天了，中午去彩排，下午 3 点还要赶到州里参加人才工作茶话会，第二天早上再赶回三月街直播，播完赶回县里，下午参加中国初保基金会医疗帮扶交流。

还说回直播吧。早上发个二维码，9 点开始，先上风光再上人，22 分开始就是我们的活了。

先是主播和我，左右就是哼哈二将，主播喊完宝宝们，就轮到我做个简要介绍。同事帮我整理的稿子相当好，围绕三个字：第一是"绿"，绿色是洱源产品的底色；第二是"醇"，醇正是洱源产品的本色；第三是"精"，精致是洱源产品的特色。实话实说，让我写，我还真写不出这么准确凝练。我就在最后蹭了一点霞客的热度，诚邀大家来洱源体验乡愁之旅、健康之旅、生态之旅、霞客之旅和文化之旅。

带货阶段，就三个人了。洱源还是很重视的，谁家的产品谁家出产品主播。我是相当拎得清，靠靠边，留出 C 位给产品主播。菜菜负责串场和抽奖，我就负责插插嘴、喝喝水。

直播时，大约插嘴了几段。一个是洱宝梅子的产地松鹤村的情况，

二是"是谁走漏了消息，让世界知道了凤羽"以及凤羽茶厂50年的历史，三是火烧辣酱辣得直击灵魂的小小体会，四是品宏黑蒜中交大几位教授的关心关注，五是邓川蝶泉乳业的悠久历史以及蝶泉慷慨捐赠纯牛奶的爱心善举，六是小凌年轻新农人的手。七七八八，插科打诨。洱源主播就熟练了，都是给自家商品带货。我们商务局局长也上阵，自然慷慨给福利，直播间气氛挺活跃。

原定是11点结束，拖堂了一小会儿。出来后，听说直播间卖出2 000多单，另外上午平台还卖出其他县的特产千把单，老总说也算到我们直播专场带动销售的，夯不郎当说销售额有五六十万元，口头给了我们第一名。

赶鸭子，成功上架。直播间里看到很多洱源的同事朋友，也看到很多上海的同学朋友，真是感谢围观捧场。回来后，有同事开玩笑说我是网红，我说明明是脸红。

线上三月街，直播上架

过了几日，北京沈总说乳扇收到了，深圳张总说梅子收到了，均表示满意。我表示感谢！

也挺有意思的。

YI
LIAO

行走的医院,走起

　　行走的医院,上一轮交流沟通是 3 月初的事了。于我而言,很希望能再进一步,一是看缘分,二是看努力。领导很重视这个项目,一直想带队进京亲自拜访,奈何诸多原因,尚未成行。

　　这一阵子,看胡总在大理进进出出,暗忖难道洱源的竞争对手要出现了? 必须再把近乎套上,果然有这个苗头。再向领导报告,看能不能争取视频方式与北京汇报交流。领导说可以,就是担心不太礼貌。于是请胡总帮忙请示,他欣然应允。

　　双方约时间。这是以前经常干的活,时间总是互相凑来凑去的,关键是对上了。正好定在了 20 日下午,于是三月街直播完我就往县里跑。

　　视频会议,我还是有点经验的,顺手带上了我的电脑。果然也是用上了,会议室的摄像头对着众人,我的电脑作为发言席,对着领导。视频会议里,看清听清说清,还是重要的。

中国初级卫生保健基金会领导一行在北京参会。狄森主任亲自出马。狄主任是中国农工党中央专委会委员、中国国际投资促进会副会长、中国初级卫生保健基金会中西部振兴与发展办公室主任，金向超主任是中西部振兴与发展办公室项目办主任，安排得非常周到，主持了视频交流会。医务处田处长一并出席。

县里是谭书记出席，一把手重视太重要了。分管卫健工作的项副出席，我作为协助分管参加，也算是小小推动员。此外，卫健局和县医院领导也参加了。

说来也是不好意思，狄主任对视频交流会相当重视，嘱金主任草拟座谈会议程，我们相当感动。

谭书记介绍了洱源详情。自家人说自家事，信手拈来，娓娓道来：洱源历史文化底蕴深厚，自然环境优美，区域资源丰富，人文底气浓郁。

狄主任介绍农工党和中国初保基金会帮扶项目和帮扶政策。也是自家人说自家事，一一道来。

一是中国农工党基本情况。农工党以医药卫生、人口资源和生态环境领域高中级知识分子为主，55％以上党员来自医药卫生领域。乡村振兴当下，农工党对口支援省份是贵州和云南，这也是春节前后陈竺院士分别到贵州和云南的背景所在。二是医疗方面的帮扶项目，统筹于"大病不出县、看病不出村"之目标。

现阶段优质医疗资源分布不均衡，顶尖医疗卫生资源集中于北上广等大城市，中小城市以及广大农村医疗资源少，群众就医难、看病贵。

有感于此，中国国际投资促进会联合中国农工民主党中央专委会、中国初级卫生保健基金会以及一批国家级医学研究中心，充分发挥政府工作补充力量的作用，面向欠发达地区，特别是中西部欠发达地区，实施"中国梦·农工情""大病不出县、看病不出村"医疗卫生精准帮扶工程。

这是一个比较系统的医疗帮扶工程，钱财物、医疗资源、医疗人才、管理服务，缺一不可，整合资源的能力就显得尤为重要。在我看来，这就与狄主任的几个 title 呼应上了。整个工程由三部分构成。

第一是国家级医学中心专项精准帮扶工程，也称为国家级重点学科专项精准扶贫工程，协调国家级医学研究中心和国内知名三甲大医院的知名专家作为学科带头人，面向欠发达地区的县级二甲以上医院，开展高水平医疗中心的申报工作。在每个省布局 3—5 个县的建设指标，通过国家医学中心品牌下沉，依托强大的专家团队，结合临床技术指导、手术带教、人才培训等措施，辅以设备、资金方面的捐赠帮扶，切实将优质资源下沉到帮扶地区，发挥示范、辐射和引领作用，打造区域医学高地，提升整体和区域医疗服务能力，减少患者跨区域就医，助力分级诊疗制度建设，助力当地实现"大病不出县"。

我觉得，这是技术含量最高的工程，也是医疗水平跨越提升的工程。假使有一个这样的国家级医学中心落户洱源县，带来的优质医疗资源和带动提升作用怎么称赞都不为过。有点不敢想，但也要敢想，敢想才能敢干呀。

第二是互联网＋健康的乡镇卫生院提标改造工程。这为每个试点县，每天提供北京和上海的 100 个专家门诊号，让老百姓在乡镇卫生院通过远程门诊软件与县级医院及三甲大医院的专家连线完成问诊，享受到大医院专家的诊疗指导服务。通过开展装备捐赠，解决基层医疗机构设备不足问题。

我觉得这是优质医疗资源的线上线下融合。一方面老百姓不用跑来跑去，在乡镇就到县医院问诊，疑难杂症更是可以向三甲大医院专家问诊。对于最基层的老百姓而言，往往是更愿意在本乡本土看医生，说话方便亲切，心理负担也小一点。另一方面，这样的远程问诊，本地医生是关键桥梁，作为专业人士，有串联和信息交互的作用，一则可能比

老百姓直接面对上一级专家来得更有效果，二则对本地医生也是极好的学习锻炼机会。

第三是"行走的医院"村卫生室援助项目。这是农工党在总结贵州大方县扶贫的经验和基础上设计的，以提高基层医疗服务能力和水平为目的的基层医疗解决方案。"行走的医院"由三部分组成，一是具有家庭医生、慢病管理和远程专家门诊服务功能的全科医生工作站，二是三甲大医院远程门诊专家群，三是包含远程彩超心电图、24项血液检测、尿液检测等30多项检查设备的全科医生助诊包。乡村医生背着全科医生助诊包，行走千家万户，通过全科医生工作站与三甲大医院专家群联结一体，通过彩超、心电图等设备，完成疾病的检查与筛查。"行走的医院"让村医成了专家的助理，把优质医疗资源背进老百姓家里，完善了基层首诊制度，打通分级诊疗最后一公里。这个项目还包含专有的180村医呼叫系统。所谓重病120，看病180，就是呼叫村医。考虑得非常真切完善。

行走的医院，交流总是好的

我觉得，这是把最基层村医的每一个点结成了医疗管理和服务提升的面和网。第三与第二紧紧环扣，第一打造本地高地，开展辐射引领，形成组合拳。狄主任介绍了这个过程中一系列鼓励和激励村医的有效举措，对提升村医的积极性和获得感立竿见影。这些举措，说出来了觉得很朴素也不复杂，但仔细想想，是对基层人员和基层情况摸清摸透，在这一整套系统工程反复实践的基础上总结凝练而来的，物质精神双激励，堪称典范。狄主任称，这是"强基层、保基本、富村医"。

接下来是交流环节。

书记代表我们大家再次表达衷心感谢，非常认同狄主任关于基层医疗水平提升的看法以及这一整套帮扶体系的科学性和实效性，再次表达了洱源县对医疗帮扶工作的态度和理解，很期盼洱源县能得到狄主任支持，给予这一体系的医疗帮扶。

我个人觉得县里的认识和理解还是挺正的，不是本着钱财物资去的，而是聚焦在当地医疗水平能够得到切实提升这一根本上的。我的感觉，在狄主任回应中也得到印证，大家是怎么想的，其实在聊的过程中都是可以感受到的。

金主任给我们播放了项目案例的视频，政策工具清晰，帮扶案例振奋。

留了一点交流时间，我也表达了一下我的感想和感激之情。

一是关于基金会。去年结缘，听得项目源自中国初级卫生保健基金会，眼前一亮。我们作为一家大学基金会，能够触及和整合的资源已是颇为深厚，事情能做多少多大很大程度上取决于学校需要和各方决心。中国初保基金会掌握和整合的资源必然更为巨大，同样的思路，事情做到什么程度，也取决于基金会宗旨和各方决心。

二是关于农工党。很快查了一下，基金会是由中国农工民主党主办，国家卫健委主管。农工党对于有医学院的交大而言，太熟悉了。主席陈竺院士是交大医学院校友，其夫人赛娟院士、恩师王振义院士、师门陈国强院士，在学校重大活动和会议时总能见到的。

三是县里从上至下对医疗卫生水平提升非常迫切，各方都很关心和关注一切可能的机会，从领导到卫健局到医院，都很期待。也是特别感谢狄主任关心支持，推动和促成了此次视频交流，我一路听下来，真是挺激动挺感动的。

四是从个人推动到县情现况，医疗水平提升方面困难重重。如果能够得到农工党和基金会关心帮助，落地项目帮扶，对洱源县而言，善莫大焉，功德无量，对此是真诚感谢。恳请狄主任带队到洱源实地考察。

我确实有点激动，感性了一些。

项副主管卫健工作，表达感激之余，对洱源的医疗现状、医疗队伍和典型人物做了介绍，对县医院正在进行的提质改造项目和迫切需求做了进一步阐述。洱源确有所需，确有所急，确有所意，恳请关心帮助。

原定交流一小时，结束时我看了看时间，严重超时了，不过超有所值，双方满意度都很高。

会后原地不动，书记布置推进安排，专班即可组建完毕，与基金会方面正式建立起工作群组。预备，走起。

基金会的指导只能说悉心到位，不能再多。一周时间，基本落实申报材料。28日我正着手记录这一"历史过程"时，项副喊我一起再过一遍。专门的业务自然还是卫健局、医院这些专业部门更熟悉，材料基本齐备，仅从体例格式和个别整合方面提一点小小建议。

最后提议，随材料一并致送书记呈狄主任的信，一是感谢关心推动，二是报告材料进展，三是期盼得到帮扶，四是邀请莅临指导。同事很快拟了一稿，不过差点感觉，于是也拟了一稿，请项副把关，书记最后修改定稿，改动不大。

傍晚，所有材料如期发出，行走的医院，算起步了，期待能走起。

国信中数，是巧呢，还是巧呢

遇到一个很有意思的缘分。

那天直播完，赶回县里参加下午与北京的对接会。路上我查尔斯董事长把我拉进了同届大学群，帮我吆喝着呢。我翻翻群里通讯录，熟的不熟的，名字都很眼熟。

还在路上，稍微过了一会儿，接到鹤总电话。鹤总说，有一个同学在洱源呢。我说停停停，不就是我。鹤总说别打岔，还没说完。原来是还有一个同学在洱源，已经住了快十天了，今天看到群里说有个同学在洱源，还带货，于是去问鹤总啥情况，鹤总才知道还有一个同学在洱源。

鹤总牵线搭桥，我终于和这个同学接上了头。这个老那（那庆峰，国家信息中心国信中数投资公司高级合伙人），我认识！老那不是一个人在洱源战斗，展总（展钰堡，国家信息中心国信中数投资公司 CEO）也在。我可算是知道了来龙去脉了。展总是老那的老板，常驻北京，老那是高级合伙人。公司是国信中数，由国家信息中心联合中

273

国华融发起设立,聚焦私募股权投资,围绕数字中国构建新经济下的数字资本生态。这两年,国信中数与闵行区人民政府正式签订战略合作协议,与沙钢集团共同发起的数据中心产业投资基金做得很不错。

聊起来,展总和老那一路出差,从北京到上海,又到成都,再到大理,刚刚与州领导交流过关于大理旅游与元宇宙结合的事情。正好有位卢老师在洱源,住在普陀泉,循迹而来也住下了,现在流行在线办公,就着普陀泉风光,工作修身两不误。

卢老师在普陀泉已经住了好一阵子了,对大理和洱源的情况非常熟悉,对洱源风光山水颇为倾心。大家闲谈中,展总说起有无可能在洱源做点什么事情时,卢老师觉得洱源这个地方挺好的,不妨聊一聊。

顺着元宇宙,展总如果真要在大理推这个项目,不妨考虑把项目总部放在洱源,洱源有工业园区,如有这样的数字经济项目能够关注洱源,我们就算是先吃螃蟹了。

聊到水,大家都觉得洱源的水很好,热水冷水都很好。展总觉得温泉对于洱源的意义,可以考虑用更宽广一点的思路。如今的营销和推广,传统的方式已经大步让位于新兴渠道。洱源的温泉资源禀赋极佳,温泉基础设施参差不齐,有小众特色的温泉民宿,但不多,有规模和设施相对均衡的温泉酒店,比如普陀泉,也有规模很大但设施差强人意的温泉酒店。这两年,手头有闲钱的人,投资相对而言是有些谨慎的,对于温泉康养而言,大规模投资所需要的资金量大而回收期长,于是会更谨慎。如果看得准,这阵子倒是很好的建设窗口期,过了这阵子搞基础设施,时间大概也不会站在洱源这边,有钱人去国外泡汤了,普通人也有其他选择。

从这个角度看,等,不见得是很好的选择。展总建议,可以选择一些中小体量的温泉场所,做设施的改造提升,不见得需要太大投入。做文化的注入融入,这方面洱源是有很好基础的,好比徐霞客在洱源就待了22天，南诏国大理国在洱源的历史随手可得。做营销的提质增效，主流自媒体平台的力量一定要充分运用。

依照展总过往经验，一套组合下来，效应和效益自然就出来了，这是第一步。第一步形成了一定的高端标准，第二步就是直接或间接带动其他客栈民宿按照这个标准来做，就一波一波，一浪一浪了。关键在于第一步走不走得出，走不走得好。到第三步，就渐入佳境，人气和基础设施"教学相长"了。

我觉得挺有道理。重点大概还是要发挥市场的力量，规划当然很重要，但光靠规划，可能效果不尽如人意。

到底是市场上的人，思路还是不太一般的。再说冷水。洱源的水还是挺好的，大理最好的饮用水水源地就是洱源。国投一度也想做饮用水，思路、资金、资源和人才都是问题，迈不开腿。于是问问展总，对饮用水怎么看。

还真是问对人了。展总说，对洱源而言，还没有上饮用水的项目是明智的，先上项目再找销路的模式，当下基本是死路一条，生产多少亏多少，卖出多少亏多少。要把思路搞清楚、渠道搞清楚、定位搞清楚、优势搞清楚、营销搞清楚之后，才能上。洱源要做水，水本身肯定是可以的，要先做定位，高端或是中端，矿泉水或是山泉水，两者差别很大。渠道有没有，怎么找，定位决定定价，定价决定留给渠道的分成。渠道的话语权或掌控力很重要，渠道与营销手段的配合很重要，营销上去了渠道也要上得去才行。

展总对水很熟呀。原来展总团队做过好几个饮料与水的项目，有当下市场头牌的，也有新兴品牌的，特点在于目标定位和资源整合。比如渠道，公司投资的小超市集团，旗下就有六七十万家小店，做第一轮的铺货很轻松，至于能不能铺第二轮，就与定位、理念、营销息息相关了。

相当有点道道。展总很谦逊很客气，说有机会的话看能为洱源做

点什么事情,愿意贡献力量。我就不客气了,展总过往经历中,对地方国有投资公司很熟悉,帮助好几个地方国投运营,目标直指评级和融资。于是请展总找个时间和我们国投聊聊,水也行,国投运营也行,指点指点。平时也不知道在哪里请,怎么请呢。

展总说行。马上打电话给国投,约好明日周六下午碰碰头。

周六下午见面,国投班子出动。聊起来有种书到用时方恨少的感觉。水看来是有可为的,力邀展总、老那明天再给点时间。两位原本准备明天离开的,盛情之下,答应明天去看水。

周日,真是一早,路口集合,二水厂走起。二水厂很新,在三营镇,没想到是在山顶上,一览县城大小,也供着县城里的生活用水。水源是三岔河水库。县城海拔 2 060 米,三岔河水库海拔 2 456.8 米,总库容 1 152 万立方米,径流面积 68.6 平方公里,也是大理海东新区集中式饮用水水源地之一。所以二水厂位居中间,水是来自更高处,往低处流。我看了,厂子还是挺好的,很新,也是中央控制室半自动操控。二水厂旁边预留了拓展饮用水的场地,七八十亩。

再去看了停产的一个山泉水厂。挺好的位置,当年的建筑布局还是挺花心思的,资质有效,到去年还一直租给别人做水,后来做水的搬走了就基本寂刹了,有点点可惜的。

请大家到国投坐下来再聊聊。聊聊水,聊聊看法和做法,聊聊洱源。我们说起来北京宏福农业在洱源投资的小番茄项目前一阵破土动工了,展总、老那说知道的,倒是我们奇怪了。展总说宏福的董事长是十多年的朋友,前几日还让他也去洱源基地看看。

这是巧呢,还是巧呢。既然这么熟,要么就先别走了吧。下午去看看洱源最好的水,凤羽清源洞。下午我参加县里人才工作座谈会,只好按捺住一起去的心,请同事代为向导一把。

清源洞,是徐霞客去过的洞。崇祯十二年农历二月十八日,也就是公元 1639 年，徐霞客经丽江、剑川长途跋涉后到达浪穹城，浪穹就是今日之洱源。游茈碧湖、梨园等，至二月底。三月初到凤羽，停留 7 天，游鸟吊山和清源洞。初九，往彼时之邓川，游普陀温泉、西湖等。

清源洞篆刻题字

　　傍晚回来后，请展总发表观后感。展总认为，清源洞的水，有品质，有历史，有故事，有可为。傍晚正好县领导在，和展总交流。巧呢，还是巧呢，领导的同学和展总之前的同事正是同一个人。赶上宏福驻洱源的经理也在，说明年年底能干完项目，争取吃上宏福的小番茄。我心想，可以的，到时候和弥渡春沐源的一起品品看。相谈甚欢，说不如水的事情一起继续研究一下。于是我敲边鼓的任务告一段落。

　　第二天一大早，两位老总离开洱源。一问去向，怎么是昆明？原来是前一天下午去省里拜会领导的行程挪给我们了。感恩，感谢，再来，常来，一直来。

　　这缘分，是巧呢，还是巧呢。

子午连心，连上了

劳动节前一天，晚饭时间，参加教育学院与洱源一中优秀学子结对活动启动仪式，按计划，还是线上的。

议程嘛，遵主持霍老师安排，我先说几句，洱源一中段校长致辞，教育学院学生代表陈同学发言，谈谈对结对活动的理解。陈同学是 2021 级硕士，兼任辅导员，协助安排学生党建工作、学院重要学生活动和学生日常事务。洱源一中高一学生代表杨同学发言，谈谈结对活动的憧憬。按议程，琳媛书记收尾讲话。

看截图合影，一共 50 格画面，我占一格，一中会议室占一格，教育学院占 48 格，除了琳媛书记及学院两三位老师，都是参加结对的硕士生。

除了感恩，感动，感谢，我只能说，教育学院，这是真结对，真帮忙！

学院的结对筹备，我基本还是知道的。去年 12 月签约后，霍老师和一中杨副校长就开始反复沟通需求，对接安排了。基本过年后就张罗得七七八八了。大约是一对一结对，先结一年，每月聊两三次，价值引领、心理健康、生涯规划、学科指导，我们教育学院的同学，毕业后就是要做高中老师的，这些都行的，再记一记心得体会、疑难问题等。

2月下旬时，初定3月9日下午在线启动结对仪式，临近时觉得还需要再打磨一下，推迟了好一阵子，启动仪式定在4月29日。

一是感受。启动这事，好事多磨。往回看看，最近两个月大家压力都比较大，好在方方面面给我们很大的支持。其间，我联系过大理州、洱源县、宾川县、上海援滇干部联络组大理小组、大理沪滇农副产品交易市场有限公司、云南大理上关云川蔬菜种植专业合作社、大理州云香萃烟农专业合作社联合社，各方出钱出力出车。

二是感谢。感谢教育学院。去年10月回校找琳嫒书记求助，她一口应承。我说交大的风格要么不答应，答应就会行动。12月教育学院访问一中，举办宣讲会，布置结对安排。同样也感谢洱源一中。我的看法和感受是，一头热的事情是做不了的，当然也是做不好的。双方有缘分，有激情，有动力，都愿意，才能行。到洱源后张罗事情也是这个原则，有信息提出来，有意愿就积极推动一把，意愿不强，不强求，也许主观缘分不充足、客观条件不成熟。

三是期待。期待教育学院的大小老师们进一步关心支持，共同探索县域高中的第二课堂，一方面是造福洱源娃娃，另一方面也是一种人生积累。也期待洱源一中积极主动，珍惜和运用好教育学院这一宝贵资源，一起努力把好的想法转化为好的行动，取得好的收效。一起做好这件事情，我觉得对洱源娃娃，至少是有心的娃娃，可谓终身受用。

最近在洱源溜达，更熟悉了，也找到非常好的活动地点，说好了作为交大师生大课堂外的洱源活动和交流的小小基地。这一阵子困难克服了，接着请大家来，多来，常来，一直来。

励学励行,我的同学陈老师

这是第四位洱源娃娃。很感恩,也成了。

缘起是劳动节前一天党支部组织学习,邀请李桂科医生分享。学习结束后大家坐在一起聊聊天。同事说之前看到我们励学励行的个案资助,说有如此这般一个娃娃,有没有可能搭把手。我也实事求是,愿意搭把手,总归是尽力的,最后搭不搭得上,搭得上多少,还是希望大家能理解的。同事说那必须的,可以把娃娃情况稍微理理给我。

3月10日,同事专门把娃娃的情况跟我说了。小姑娘姓王,在洱源一中,今年高一,家住西片山区炼铁乡北邑村杨家营。父母离异,跟随父亲生活,家中还有弟弟在三中念初二。奶奶77岁,与残疾叔叔凭低保共同生活。父亲靠种植养殖和打零工,一个月挣2000左右,家庭负担重,产生让一个孩子辍学的念头了。

是难啊。想着找找谁能给小王找份资助。想来想去,想到我的同学陈老师(陈瑜,上海交通大学安泰经济与管理学院资产管理办公室主任)的一个朋友。先找陈老师商量一下下。

跟陈老师说了想法,陈老师很严肃地打断我,找什么她的朋友,这事她接了,她说贫困家庭里的孩子真的可怜,书要读下去,以后自己和家里才有出路。陈老师就问我两个问题,第一需要多少钱,第二需要做什么。陈老师还想来看看孩子,不过最近比较忙,短期内到洱源来一趟可能有点难度。我严肃地打断她,一是钱的事,600 乘以 10 个月,二是哪能出钱还要再出力,后面的活交给我,一定卖力办得妥妥的。

接着就是怎么操作。还是三板斧。钱到交大基金会,落实捐赠票据和感谢状,协调拨付到洱源一中,代表捐赠人看望勉励受助娃娃,落实逐月发放。票证齐全,公家往来,形成闭环。

一会儿,善款到账了。我一看,汇款人不是我同学陈老师啊,这不是陈老师的先生的名字吗?也是我们同届同学。陈老师说,嗯,他是校友,做好事要给他个机会的。

我说这个校友忒给力,感恩,感谢!

致送小王的勉励状

想起来在春节前第三位资助同学的点滴，这是小熊张罗的，交大农生学院机关与实验中心党支部党员们捐资，支持丰源村的小王同学，年初落实的。我跟着小熊去一起给小王同学致送勉励状。

去的那天是 1 月 17 日。小王是个姑娘，刚念初中，家里哥哥今年读高三，在洱源一中，当时已经确定单考高职，也算是有了初步方向和出路了。前几天去洱源一中，听说今年所有单考同学都成功了，想来小王哥也搞定了。妈妈在家，看起来年龄不比我大。爸爸去年去世了，很不幸。家里在"9·13"泥石流灾害中受了灾，从受灾点搬出来后，去年初新盖好的二层小院，资金有限，盖的老式结构。房子很简朴，没什么装修，院子窄窄的。当时爸爸还在，为盖这个房子，父母贷了 20 多万元。

本来生活是往好处走了，爸爸做骑手，妈妈做售货员，两个人加起来每月挣四五千大概是可以的，慢慢还贷，带大娃娃。人算不如天算，爸爸心脏可能一直不太好，原来好像放过支架，骑手也是辛苦的，终没能熬住，倒下来走了。只靠妈妈一个月挣 2000 元，一家生活、孩子读书都用钱，还债的压力大概不比山小。

小王家在丰源村的，小熊知道了，于是张罗了学院老师们一起帮帮忙，多少是些支持。我们去的时候，已经放寒假了，家里三人都在，也聊了几句。跟小王哥说，到了高职要认真念书，可以适当做点勤工俭学，慢慢把自己扶起来，但还是学习第一，毕业找工作时就知道学习还是第一位的。跟小王说，哥哥应该能靠自己了，这点资助帮着她平时生活学习的基本开支，她也要努力，目标至少不比哥哥差。跟妈妈说，小熊在村里，这点资助也是学院老师的一点心意，多少帮点忙。生活虽然苦，不过看哥哥慢慢独立起来，总是有盼头的。

再大的帮助也做不了，也不现实，做点力所能及的吧。

还是原来的想法，不预设多大的目标，不贪图多大的计划，机缘巧合，遇到时就力所能及想想办法，能成最好，没能成的话也自我理解。

红十字会的交流，很高兴

　　5月13日，州红十字会到洱源调研县红十字会工作开展情况，县里安排我参加座谈交流。我很高兴，这个交流应该算是我到洱源以来最对口的一次。我在基金会12年多了，勉强算是慈善组织的老同志了，红十字会同为慈善组织，也算亲戚。

　　到洱源后，我与县红十字会打了好几次交道。去年"9·13"泥石流灾害，学校支持的救灾款就是转到县红十字会。洱源给学校和浦东的支持，也是县红十字会参与经办。县红十字会做的工作还是相当多的。

　　这次直接参加交流，了解更多。直观感受，与高校基金会或社会基金会相比，红十字会是承担一定政府职能以及对政府职能最直接补充的救灾应急和生命救助相关的慈善组织。

　　州红十字会主要领导都来洱源参加调研，科室负责人大多也参加了。县红十字会只有5名同志，自然也都参加，并邀请了相关职能部门一起座谈交流。聊起来我

才知道，州红十字会领导们要么是洱源人，要么在洱源工作过，也分管过洱源教育卫生等领域，在洱源工作时，与学校交流互动都特别多，这一说连我都觉得距离特别近，特别亲切了，更别说县里同志们了。

座谈谈得很深入，有成绩肯定优点，有不足指出差距。

县红十字会干得还是不错的，2010 年成立，是大理州第一家县级红十字会，这些年来兢兢业业，特别是最近两三年，工作做得比较扎实。领导们鼓励再加把劲，今年力争成为大理州第一家镇乡红十字会机构全覆盖的县市。这一点我是有切身感受的，"9.13"大型山洪泥石流抢险救灾的时候，各方资金和物资的援助，县红十字会有条不紊，接收和拨付都非常清楚透明，通过网络渠道及时公布，大家都很放心。省州红十字会系统常常也会组织专项筹款活动，我看洱源县红十字会在其中很是积极主动，非常认真努力。

县红十字会面临困难也很多，人员架构、经费场地比较困难，筹款也很不容易。现场听着，还是蛮有感触的，政府财政上的困难是一方面，这个压力大约还是会继续，行政管理上的困难是另一方面，倒是应该想办法再理一理。筹款渠道是县级红十字会普遍面临的困难，特别是在经济相对困难一点的地区，但也是在这样的地区，红十字会充分发挥扶困济弱的功能又显得更为重要，开源的重要性尤为凸显。

我觉得学校与洱源定点帮扶这么些年，比如儿童先心病救助的心基金，就是大家一起做起来的，也是从洱源县做到大理州。这么好的基础，接下来我们可以再探讨交流，助学助困的一些工作、医疗拓展的工作、慈善研讨的工作，都有很多很好的话题和空间。有机会，有需要，我也愿意牵线搭桥，共谋发展。

座谈交流从 2 点半开到 5 点半，意犹未尽，大家都是在相似的机构里做好事做善事。

小凌的果园　　认养者自己采摘或者由果园代为采摘、快递寄送。额外附赠果园里衍生养殖的吃草吃苹果皮的鸭子、果园游览和农家饭菜，等等。

认养的都是相熟的朋友，对这个模式反响还蛮好的。我觉得，好的感受点，更多可能是源自对自己家孩子活动的拓展，可以跑到自家认养的果树上摘摘苹果，可以送给其他小朋友，可以在果园里撒欢一下，这是城里得不到的体验。谈到公益元素，有一年交大支教团在洱源做一个助学项目，找到小凌请他给些帮助。小凌说他一下子很感动，他觉得自己就在洱源，都没有想过要做或者可以做这样的善事，倒是来支教的交大老师们想到并且在做，于是就提供了一些力所能及的资金

支持。

这样的事情，他觉得在果树认养上也可行。之前向州县一些慈善机构咨询，各自从业务范围、模式理解或者善款用途和安排上不太契合，衔接上有些问题，搁了下来。

果树认养的事情，今年想再往前推进一步。前一段时间我们碰到，聊起这个。我说这个我们在行呀，跟我们合作就可以，大小也算是我们在乡村振兴工作中探索一些新的做法。

这次到果园，比上次时间充裕不少。虽然下着小雨，我们还是在果园里转得津津有味。除了苹果，还有杏子、杨梅、桃，好些样。果园里一块块的规划，做得很不错，育苗区、果树区、试验区、认养区。我们在认养区仔细转了转。下一步会在这个区域安装摄像头，做好二维码支撑系统，认养的朋友们可以随时看看自己认养的树。摄像头都已经买好了，光纤也拉通了，就差安装了。这个安装是小凌的专业，自己弄就相当节约成本了。

仔细看了小凌的方案，做得挺细致的。我大致提了几个建议。

第一个，方案篇幅太长。建议可以把既有方案作为详细附件，前置一个概要方案，抽取几个最重要的环节内容，这样一目了然。想要了解具体情况就再查阅附件。可以抽取出文字和图片成为概要方案，我们有设计师，需要的话可以帮助设计。

第二个，认养费用要做好测算，关键要可持续，对于小凌要可持续，对于认养的朋友们也要可持续。

第三个，公益性方面，一是金额恰当，二是用途适当聚焦。认养费用可以设计两个选择，第一是认养成本＋100 元公益金，第二是认养成本＋100 元公益金＋额外公益金。公益金这一部分，与我们合作，交大基金会出具捐赠票据和捐赠证书，这样就很规范。公益用途事先明确，建议聚焦，比如用于"交大洱源励学励行基金"，支持洱源一中家境困难但学习努力的高中孩子，遴选方式与洱源一中合作。每年根据公益金总额，测算资助人数，资助完成后汇总，也向认养的朋友们做个汇报。

聊完公益认养，顺道去了小凌在捯饬的农学实践地，很有意思。区位很好的一块地，70多亩，就在牛街乡火焰山温泉小镇对面。原来是个矿山，地形地势很特别，乍一看是个罗马斗兽场的格局，又像梯田。也是很有缘分，矿山退出后，要求生态恢复，于是找到小凌。思来想去，结合农学实践，小凌找到很好的融合点，生态需求和业务拓展兼顾，节约了生态恢复的成本，延展了农学实践的时限和空间。

听起来很划算，背后是与经验积累和用心用脑分不开的。

整个场地的规划，依着地势，从山脚往上的主路，一侧是山，一侧是渐次往下的坡面。坡面一侧，已经种的树是"平躺着"种的，这样路能最大化。坡面往下，一层一层的，像梯田，未来会间隔做点小木屋。

除了有些感叹和佩服，也提点建议，就是不用急于求成，慢慢一点点来。小凌才30岁，这块地也有20多年期限，时间纵深很长，一步到位的话资金是有困难的，想清楚了一点点做，不要给自己太大压力。

当然也很期待，回去后过两年再来，这里应该是不太一样了，一是小朋友们叽叽喳喳的朝气，二是泡完温泉的朋友来这里闲。

看得也差不多了，聊得也差不多了。下午我有接待，小熊、小凌和虞总视频约会，把新场地的情况交换意见，几方颇为中意。很快各自细化要求和预算测算，小熊汇总，差不多项目就上去了。

山石坪村,深受教育

20日,周五。办公室主题党日活动,早早就报名了。

这次学习活动安排到李桂科医生工作战斗40年的山石坪村慰问、参观和学习。上个月党支部学习,有幸聆听李桂科医生的分享,也一直期待有机会能去看看,这次自然踊跃报名。李医生正好有其他工作,没在村里,专门请村支书照应我们。山石坪村,前身是山石坪麻风病疗养院,村支书也是院长。

村也好,院也好,很远,在洱源西片山区炼铁乡的大山深处。我们搭车从县城过去,将近2个小时车程。40年来李医生是怎么走的,是怎么工作救人的,麻风病人们是怎么自救、生活和生产的,难以言说。那时的麻风病人是自生自灭的,带上一点点生活的家当,有人带把柴刀,有人带个饭碗,想方设法走到这里来,勉强有个活的希望。后来,麻风病人渐渐越来越多,有本县的,也有外县的。

1981年李医生第一次来到这里时,山石坪村住着

181个病人。那一年他刚刚入党一年。简陋的垛木房，脏乱不堪的生活环境和嘴歪眼斜、肢体残缺的患者。患者肢体大面积溃烂，溃口洞里发出臭味、爬着蛆虫，震撼到他，于是作为医者和党员的他留下来了。我在村里深处旧院址里看到以前病人的照片，只觉头皮发麻，无法想象40年来的那些光景，李医生是如何一天一天度过的。

10年努力，1990年，山石坪麻风院的病人全被治好了；又花10年，三营洋芋山麻风村的64位病人被治愈了，这就到2001年了。第三个10年，治心。第四个10年治贫。

我们进村时，沿着山的水泥路是李医生带着大家一起修的。路尽头渡过黑潓江就到村子了，过江的水泥桥也是大家一起修的。这是第四个十年里，2013年地震后，李医生带着大家修的。水泥桥旁边是一座人行索道软吊桥，那是1995年李医生奔走筹款修起来的。在这之前，就靠划船或者马驮物资涉水进村，很危险。1990年就出过事，浪头打翻小船，6位被治愈的村民阴阳两隔。

2014年，疗养院正式改名为山石坪村，大家还是把村长叫院长。李医生把疗养院过往的物料和村民们不再使用的古老物件保存得特别好，还有很多老照片。于是有了今天的中国麻风历史博物馆。现在的博物馆是一排木垛房，五六间屋子，看木料，有原来留下的，也有后来补充的。陈列的东西都是疗养院几十年来村民们用过的物件，很多东西都是村民迫于无奈自己做的。那时候，麻风病人是不能外出，不能上街，人见人怕，人见人骂，更不会卖东西给他们了。

最里头一间，有好多旧箱子，粗看有大几十个。村支书说，每个人的家当就是一个箱子，人去世之后，村里就把箱子理理好留下来，每个箱子都知道是谁的。村支书说得很平常，我听着心里颤颤的。

木垛房对面修了新的陈展室，大很多。很快要把木垛房里堆着的物件移到新的陈展室中，届时陈展条件和逐项物件的说明会更完备。

我问村长,这木垛房不会拆吧,村长说当然不会。

再往上走,穿过小树林,藏着以前的麻风病医院。医院的门很小,有点西式结构,三角形的门楣上嵌着水泥的小小的十字,和一些电影里拍的民国末期或者解放初期的医院很像。走进医院,收拾得很干净,像个小小的花园。左右两排房子,除了陈列当年的医疗物件和资料,还放着一些原来农作的物品等。老照片很多,看得心灵涤荡。

现在的山石坪村,大家住在一个大院里,上下两层的楼,一两人一个大屋子。现在村里有 38 户人家,都是老人了,年轻人都走出大山走出这里了。这些年来,李医生鼓励和培养下,大学生和研究生加起来快10 位了,年轻一代已经摆脱了麻风病的阴影。

山石坪村,深受教育

　　我们带了一点点物资分给老人家们。老人家岁数小点的大概六七十岁了，八九十岁的好几位。看着老人们的手，关节高高耸起像乒乓球一般大小，好几位老人都是因为麻风病，眼睛失明看不见，叫人看着心里很难过。所幸病都已经治好了，不会再复发了。从晒太阳的几位老人脸上看，乐呵呵的，平常的生活应该是过得去的。辛苦了一辈子，祝福他们安享晚年。

　　之后过了一个星期，早上到办公室楼下，碰到李医生。与李医生报告刚刚去过山石坪村，很受教育。李医生还是那么谦虚，连说感谢我们。原来这天我们商务局和投促局的党员同志去山石坪村学习，李医生也去了。后来看同事发的朋友圈，如我们一样，感同身受。

　　学好身边人，做好当下事。大抵如此，应当如此。

教育

科普课程，启起来了

　　洱源娃娃的科学课是 3 月底大家动议的。4 月初酝酿，中旬抛砖引玉，出了第一稿方案，基本框架也定下来了。再与沪滇协作相关要求配合，教体局牵头抓总，乡村振兴局支持。很快，课程正式定名：洱源县沪滇协作2022 年乡村振兴教育培训方案"绿色发展与未来"科普课程，教体局也拿出了细化的组织方案。

　　五一过后，我们到研究院详细对接了课程各环节，落实到人了。大家觉得挺好的一件事，还是各环节考虑得充分一点，除了正式开课之外，可以与县里合适的活动结合，做一个启动仪式，多一点预热和宣传，效果也比较好。

　　赶巧了，5 月 22 日是洱源县科技活动周启动仪式，工业和信息化局主办，县科协及相关部门协助，内容很丰富。在我们提出合办的想法后，工信局的杨局（杨凤军，洱源县工业和信息化局局长）欣然同意。县里领导很关心，杨副书记（杨珏婵，洱源县委副书记）出席启动仪式并讲话。本是要请张副说一说课程的来龙去脉，临时张副请假，于是委托我在主持时介绍一二。

这事能成，张副是我们第一要感谢的。3月底在研究院交流，大家有此动议时，张副觉得非常有意义，后续更是不遗余力地关心支持。我想咱们也一定能做好。

启动仪式有两个议程，一是领导做动员讲话，二是请研究院副院长顺子老师一同为科普课程揭牌启动。那天是周日，8点半开始，9点告一段落，非常顺利。

这次科普系列课程主要面向洱源县中小学师生，又以学生为主。课程2022年举办9期，覆盖500名师生，上海交通大学云南（大理）研究院开展专题知识讲座教学，并赴洱海流域保护现场开展实践教学。

我们考虑得比较充分。主办方是上海浦东、上海交大、大理洱源，承办方是上海交通大学云南（大理）研究院、洱源县教育体育局、洱源县乡村振兴局，协办方是洱源县工业信息和科技局、洱源县科学技术协会。研究院欣泽院长领衔，孔老师和研究院洱海保护团队、县里洱海保护治理专业人士共同组成专家委员会，由张副、顺子老师、我以及承办单位具体同志组成执行委员会负责具体工作。执行委员会统筹三个工作小组。教学工作组主要由研究院同志组成，全面负责教学组织实施、教学服务等工作。学员管理组由教体局和研究院同志共同组成，负责学员人数安排、报到以及活动中的管理服务等工作。后勤保障组也是双方同志构成，负责生活保障、场地安排、交通及安全等。尽量考虑周全一点吧。

接下来就是一期一期办了，具体时间和受众均已排定。第一期课程定于6月5日"世界环境日"，面向茈碧湖中心学校和玉湖二中；6月11日第二期，面向凤羽中心学校；6月25日第三期，面向三营中心学校；7月23日第四期，面向牛街中心学校；7月30日第五期，面向右所中心学校；8月2日第六期，面向邓川中心学校；8月9日第七期，面向洱源职中；8月16日第八期，面向洱源一中；8月23日第九期，面向洱源二中。

今年第一次做，资源方面相对也紧一点，略有点遗憾是没有能够覆盖西片3个镇乡。今年做得好的话，明年可以考虑得更充分一些。不管怎么样，绿色发展与未来，科普课程，这就启动了。

我觉得，这事一定会有用的。6月5日"世界环境日"，第一次开课我去参加了，深以为然。

小小的课程，大家都很关心和重视。州教体局领导、洱源县领导拨冗出席，上海交通大学云南（大理）研究院欣泽院长和研究院管理团队悉数到场。欣泽院长希望同学们能够通过研学活动了解环境保护的科学知识，为家乡多年来开展洱海保护采取的行动而感到自豪的同时，努力学习科学文化知识，积极投身到洱海源头保护和洱源生态文明建设实践中去。

绿色发展与未来，终于开课

研究院一楼有两个展厅，一个是研究院自身发展概要的展示，传承于百廿交大历史文脉，发展自校地携手共建机制，扎根于洱海保护治理一线，把论文写在祖国大地上；另一个是洱海科普展厅，有洱海领域实景缩略模型，流域全貌尽收眼底，更有洱海前世今生和内生外在种种构成。孩子们非常喜欢展厅的内容，兴趣盎然，在这里看到学到洱海的生态问题、生态系统以及生物多样性等知识，还可以通过显微镜观察和认识生活在洱海中的常见藻类。

考虑到受众是孩子，研究院的老师在做专题教学时花了不少心思。"世界环境日洱海主题科普——你了解洱海吗？"，提问式和启发式的教学内容，不断把孩子们的积极性调动起来。"大理白族自治州洱海保护管理条例解读"，听起来有些学术，老师们就结合案例、漫画、视频等，为孩子们讲解了我国主要河流与湖泊分布、高原湖泊的特征、洱海科学保护与治理等方面的专业知识。

中午在研究院食堂吃饭，大家说好吃。下午开启实地和实践教学，大家去到大理镇龙凤村、喜洲镇周城村、上关镇河尾村等示范工程和研究院野外站点进行现场教学。这就和书本上、教室里大家听到的洱海保护不一样了，研究院老师对着自己研发和实施的一个个项目，向孩子们介绍龙凤大沟污染控制与近岸湖湾水环境改善工程、周城污水处理厂应急提升技术改造工程、弥苴河河尾湿地技术提升改造项目等，以及为什么要做这些项目、怎么做的这些项目、做这些项目具体解决了什么问题等。这个效果很不一样。

只是短短一天，希望也相信孩子们很有收获。科普课程这个事情可谓任重道远，大家都有责任，也都努力推进。

支教团的励学基金

　　这届同期在洱源的支教团和我一直互动很好,很多事情都有支教团的帮忙和功劳。说起来我竟然长了他们20届,真是一个可怕的数字。瞧瞧他们,瞧瞧自己,长江后浪推前浪。

　　支教团的4位姑娘2位小伙,征程过半时,有一次说起,想在支教的初中学校做一个带有支教团印记的奖学金或者助学金,让我帮着参谋参谋。这个我还是在行的,先建议可以做励学金,励学励行,兼顾奖励和资助;另外从时间跨度、学校选择、人员范围、资金筹募方面提了一小点意见。

　　都在彩云之南,这件事情自然也要向云南校友会汇报,于是我们团长向老纳秘书长报告了想法,希望也能得到校友会支持。老纳觉得很有意义,相信支教团小伙伴们也会把工作做得又好又细致。他很快征询校友们的意见,得到同意支持。

　　这件事情,老纳很是上心。前一阵到大理,晚间专门弯到洱源一趟,帮我们对接几项工作,特别说了这件事,嘱我也要与支教团小伙伴一起讨论讨论,形成简要方案,作为校友会过会和拨款依据。

这个必须有。向支教团小伙伴们说了说,方案大致包含我们是谁、我们在做什么、我们还想做什么、我们想怎么做,说清楚就行了。很快,团长做好方案。项目名称建议定为"上海交大研究生支教团玉湖中学励学立志基金",明确资金来源是上海交通大学云南校友会,支教团作为执行团队,负责具体落实;资助对象确定为支教团服务的洱源县玉湖初级中学里家境困难但努力上进的同学,以每人1 000元的标准激励10名符合要求的学生。

我补充提了一小点建议。

励学励行立志的项目,还是要有点仪式感的。除了办一个小小的仪式之外,可以增加一张致送云南校友会的感谢状,说明资金的用途;再增加一张致送孩子们的勉励状,落款增加上海交通大学云南校友会,也让孩子们知道除了支教老师之外,还有交大的云南校友们也在鼓励和激励他们。

这个设计的活我就领了,请交大的设计老师支持,要设计得庄重典雅。

到这里,差不多就准备好了。玉湖初级中学的遴选听说也差不多了,很快就可以开展励学励行的项目了。

期待。

有朋自远方来，不亦乐乎

　　在基层干活，基本提前一天或半天才能确定会议或者活动安排。这也没办法，计划总是赶不上变化，变化赶不上又变化。慢慢就形成相对临时的工作规则，也形成临事约人的日常习惯。

　　赶巧了，5月底这天，两个朋友来洱源。老马是专门来看看我。张老哥是接了个大理的活，到地头了发现是洱源，于是来看看我。同一天上午电话联系，相隔20分钟。

　　老马是去年参加云南校友会活动时对上的，北京交大的校友。老交大传统，四所交大同根同源，一起活动。老马是洱源人，在昆明创业做环保工作，有时候翻老马朋友圈，发现他的技术看上去挺厉害的样子。老马联系我时，说就是来看看我。我以为他有其他事，问需不需要搭把手，老马说真没事，是去州里办事，专门到洱源来看我。

　　后来聊起来，老马老家是右所镇的，洱源二中的校友,家里人也都在昆明。这次不是回家办事或者探亲,专程来探探我的。我真是感谢。

　　张老哥是同乡,家中公子是校友,现在是人工智能头部企业依图科技的技术和管理骨干。张老哥知道我到洱源工作了,打过好几次电话嘘寒问暖,说有机会到云南来看我,我更是感谢。那一日,张老哥说在来洱源的路上。我说莫开玩笑,两个大老爷们,哪至于来个意外惊喜。没想到是真的,大唐集团云南公司老总找张老哥,说大理有个风电项目,想做技术改造,希望他能去看一下,于是他就来了大理。出了大理站,听对接的人说项目在洱源县。他说洱源这名字咋这么耳熟,一想,原来是我在洱源,于是就打电话给我。

　　说到风电,果然是罗坪山垭口的大唐集团的项目。去年我去过马鞍山上的风电场,那是华能集团的。罗坪山上的大唐风电是在最高处,路过垭口时总是经过大唐集团的管理处,倒是没进去过。风电场还要再沿着小道往上走好一段路。

　　风电场对洱源很重要。开展洱海流域治理与保护以来,工业发展遇到很大困难,风电就成了洱源工业产值的主要支撑。县里也着力破解只有这一条腿的问题,今年会好一些,西片西山和乔后两个集中式光伏发电项目动起来了,顺利的话年内大约能建成。地热发电的项目也在探索中。洱源做工业,实在是不容易的。

　　张老哥那天就直接奔罗坪山而去了,下来找我的时候已经是傍晚了。我问感觉怎么样,能不能行。他说风电场条件还是蛮艰苦的,有些风电桩的位置比较差,不具备改造条件,有一部分位置合适的可以做技术改造,改造项目大致是针对冷却和润滑系统做一个过滤系统之类,可以做成在线模块,便于监控和维护。我说这么先进啊,张老哥说这都不算啥,家乡扬中是全国工程电气岛,今非昔比也是应该的。我说还请老哥多多关心,这个技改项目能支持尽量支持,另外在风电或者新能源发

电领域有好的机会也想着我们洱源一点，我们立马跟上。张老哥说一定。

老马和老张也见上面，聊起来，原来老马自己创业前也在电力系统待过，大家圈子里共同的朋友也好几位。

有朋自远方来，不亦乐乎。

致富修路，大漾云与剑洱

　　5月底，政协对全县高速公路建设情况进行专题视察，邀请我代表洱源县政府参加，欣欣然。

　　3月参加过鹤剑兰高速现场会。顾名思义，高速公路鹤庆县至剑川县城至兰坪白族普米族自治县，鹤庆和剑川同是大理的邻居县，与洱源构成大理北三县，兰坪就属于怒江傈僳族自治州了。鹤剑兰高速在洱源境内有十多公里，以隧道和连接桥为主，没有出口。鹤剑兰高速遇到资金等方面的困难，推进偏慢。上次现场会就是协调解决困难，抓紧推进的。

　　这次的专题视察是针对大漾云高速的，大理市至漾濞县至云龙县，都是大理州的。大漾云高速总体进度还可以，在洱源境内有33.5公里，基本可以按计划在今年10月完成施工任务。不过洱源段在高速公路中间，头尾进度慢一点，整体通车尚需时日。

　　大漾云高速洱源段在炼铁乡和西山乡交界处，建成后对于两地老百姓出行还是便利的，主要体现在可以直

接去州里，不用先到县城中转了，节约不少时间，去县城倒也还是一样的。目前还有一段路面正在施工中，这是很快的。再就是最后一座桥在修，这是难度最大的工段，大约还需要 3 个月。现在桥柱都已经立起来了，从河谷里立到山坡上，最高的一对是 88 米，我们站在底下抬头仰望，有点渺小人类的感觉。

以前一直听说在中国修桥修路难度大，但水平高，特别在西南地区，云贵川，相当震撼。这次近距离接触，真是震撼的。跨度百米的桥，近百米的立柱架好了，桥面一段段往前铺，真是中国技术、中国速度了。还第一次体验到车开在挖通的隧道里的感觉。工段上，从项目经理到基层工人，全是晒得黑黢黢的，说起困难也是乐呵呵的。

政协这次视察做得相当好。政协委员、职能部门、辖区乡镇都参加现场视察和交流环节。交流下来，还是相当有收获的。施工单位的困难是什么，乡镇的困难是什么，部门的困难是什么，单个看起来都有道理的，放在一起有的就矛盾了，交流分析一下，有的情况是能解决的，或者能找到关键症结。总的来说，资金总还是困难的牛鼻子，其他困难，还是能解决的。

这次视察，现场考察点安排在大漾云高速，实际是对县里高速公路建设情况的交流。接着县里的重头是剑洱高速，剑川至洱源，起于剑川县甸南镇，止于洱源县城东侧，接入大丽高速公路。

接下来的剑洱高速是对洱源发展最有利的一条高速，一共分为两段，剑川至炼铁段、炼铁至洱源段。剑川至炼铁段路线总体由北向南布设，途经甸南、合江、石宝山、沙溪镇、大树村、乔后镇、炼铁乡、新生邑；炼铁至洱源段路线总体由西向东布设，途经炼铁乡、新宅、凤羽镇、洱源县城、巡检村。以上，从大树村开始就是洱源境内的了，对洱源的重要性可想而知。

剑洱高速修通之后，剑川沙溪古镇逛完，到洱源就是一脚油门的事

了,在洱源泡完温泉的人去沙溪,再一脚油门就行了。高速公路由西向东,要在炼铁乡和凤羽镇对打一条隧道,穿越罗坪山,这样从西片山区到县城的距离和时间就会缩短很多,那么从炼铁到凤羽就是一条隧道的事了,路程可以从 30 分钟缩短到 5 分钟,从乔后西山到县里的时间最快也要缩短半小时,快多了。

不仅如此,作为云南省"十四五"规划互联互通重点项目,剑洱高速也是大理州互联互通路网建设的重要内容,更是洱源县"十四五"期间投资最大的交通基础设施,总投资 146 亿元,建设期间对县域年度固定资产投资计划有着很大的拉动。从剑川沙溪过来就是洱源乔后,然后到炼铁就可以接上大漾云翠屏立交,继续往东经过罗坪山隧道就是凤羽了,再往东北就是县城,可以接上大丽高速。

大漾云高速加把劲,看今年能不能通车。剑洱高速的可行性研究报告前一阵批下来了,今年希望能开工。

路修着,期待致富。

柏年图书室，真好看

　　年初，20间柏年图书室建好，图书已到位，分布在各镇乡的学校。一直想都去跑一趟，说来惭愧，七七八八竟没能成行，不过总也是藏在心里。

　　心想事成。县里安排六一节慰问小朋友，我分到邓川方向，跟随几位领导前往小江村幼儿园。于是和晓萍老师商量，择日不如撞日，干脆跑一天学校，看看柏年图书室的情况。晓萍老师给力，咔嚓拉出路线，邓川镇、右所镇、茈碧湖镇有柏年图书室的学校先跑一圈，能跑完一半了；第二天再去西片一趟，西山和乔后各有一间，加上一直去的洱源一中，就三分之二了。

　　于是成行，六一走起。慰问结束，我们就奔柏年图书室的学校们去了。

　　在邓川，就先去邓川初级中学和洱源二中吧。

　　柏年大哥和雨蒙很细心，当时寄书时，都是按学校打包分类好的，还很贴心地致送一块小匾，除了"柏年图书室"字样外，再有就是"为中国而读"的标语，中英文对

照,英文是 PANING READING ROOM 和 READ FOR CHINA。于是我自然先看小匾在哪里。邓川初级中学是悬挂在图书室门口的,洱源二中是置于图书室内桌面上的。我觉得两种方式都挺好的,不管室外室内,小匾都干干净净的,真是不错。后来去的学校,也是这两种方式,也都很干净。

这次的书是根据学校的学生人数和学校层次配备的,人数多的学校配备的书也稍稍多一点。学校对柏年先生捐赠的书都做了专柜,二中的学生和书略多一些,还专门备有柏年先生捐赠图书的借阅登记簿。登记簿也不复杂,A3 纸装订的,我翻了翻,是一直登记使用的,不是临时应对的,其实从纸张上就看得出来,翻得有点旧了。

柏年图书室,我替先生瞧一瞧

和学校的领导聊聊,和图书管理的老师聊聊,也蛮长见识的。限于人员和编制,负责图书管理的老师都是兼职的,有语文老师,有物理老师，也有退下来的老同志，共同的特点就是都很愿意做这件事儿并且很负责任，对图书的小小家底都如数家珍。目前学校的图书大约有三类。一是早就有的，从新旧程度可以看出，翻得也比较破损了。二是脱贫攻坚阶段通过义务教育均衡发展项目增加的，从量上算是主要构成部分，也已经六七年了。三是方方面面支持的，也包括这次柏年图书室支持的，相对而言比较新一点，柏年图书室的书应该是最新的一批了。

老师们认为柏年图书室的图书选得特别好，与学生年龄段很契合，很注重文化艺术和人文经典，同样的书一般都有几本备份，很方便。接下来去洱源二中，大家也是类似的看法。确实如此，小学的选书和初中、高中的选书有很大不同，我想绝对是雨蒙的精心和用心，她就是这样的人！感恩！

柏年图书室，孩子们正在看书

接着到右所。右所的温水初级中学、松曲中心完小、振戎民族中学、中所初级中学都有柏年图书室。温水初中有点远，导航还不准，不过也就在导航点的附近。温水初中大概是洱源最小的初中了，相对而言条件还是差一点的，教室很紧张，宿舍也很紧张。在温水初中蹭了顿学生午餐，孩子们自觉排队，自己打好饭菜在校园里找个地三三两两吃吃聊聊，很开心的。学校食堂楼顶上一条标语让我印象很深："不比阔气比志气，不比聪明比勤奋，不比基础比进步。"我们也在标语下吃的饭，突然想起柏年大哥，从家道中落到移居香港，从言语不通到多读多说，从勤工求学不卑不亢到事业打拼助力国家石油事业，从四方游历到不断学习再到回报社会，靠的也是志气、勤奋和点滴进步。

松曲中心完小是 2017 年 3 月教育部部长到过的学校。我和校长开玩笑说这很骄傲的，教育部部长到过的学校肯定也多，但在云南未必多。

振戎民族中学的建筑可能是洱源学校里最有意思的。楼看上去也不是说多新奇，有意思的点在于学校的地基整体是一个大气囊型的结构，然后在气囊上盖的各幢楼，大家开玩笑说振戎民族中学最抗震了。看到学校的名字里有"民族"二字，我以为学生大多是少数民族的孩子。老师们原来起校名时是有这个考虑的，结果洱源各民族融合团结是没的说，真是一家亲，于是自然也就体现民族特色了。

中所初中在国道边，来来回回一直看到的，这次进门看了。中所初中的图书管理老师也是觉得柏年先生捐赠的图书选得特别好，于是专门把柏年图书的专柜从库房里拉出来放在阅览室，这样孩子们借阅就更方便了。真是有心了！

这一天在外面，拉着晓萍老师，中午无休了。中所初中出来，右所的几所学校就溜达完了，也都下午 2 点多了，叨扰了大家的休息时间，稍微有点不好意思。继续，往县城，茈碧湖的伟亮希望小学、文强中心完小、宁湖第二小学和永联中心完小。

文强中心完小，我们的胜哲支教的学校，我们到的时候，胜哲正在吹哨组织下午的六一游园会。这一届的支教团杠杠滴，胜哲也相当可以。我们到图书室看完出来时，胜哲的哨子也吹完了，来跟我们会合。校长对胜哲赞不绝口，德智体美劳，很能干。

宁湖二小，我认为是洱源硬件、软件最好的学校，顶流。硬件方方面面，交大实小真是有点比不上的。不过顶流仅此一所，硬件方面交大实小还是可以比过洱源其他小学的。顶流带来的对比冲击就是教育不均衡的问题，县城与周边不均衡，周边与西片更不均衡。后来有一次交流，说到前几年交大学生做过一个对比调查，画了张计算机房的对比图让大家猜哪个是交大实小哪个是洱源的小学，往往都猜错。后来我问了一下，证实交大学生调研的洱源小学果然是宁湖二小，那就没得比了。

宁湖二小的书也是最多的，最好的，柏年图书室的书归于最好之列。二小还有电纸书系统，科大讯飞的，看得我都很羡慕。

又得说我们支教团了，夏老师和黄老师在二小工作，下午刚刚带班完成六一展演，还在感动中没缓过来。和校长、老师们一起聊了聊，大家都很喜欢我们的两位老师，希望最好她俩"你莫走"。

在二小聊了好一会儿，看看时间要放学了，抓紧今天的最后一站，永联中心完小。永联中心完小还是个小小的集团办学，旗下有运亨小学。运亨条件相对差一些，图书资源也缺，于是永联中心完小的柏年图书室就设在运亨小学了。我们到的时候正好小学在正整队放学，一天的六一活动圆满结束，娃娃们都很开心。柏年图书室对运亨小学是极好的充实，希望如柏年先生所愿，孩子们多读书，为中国而读。他说书要让孩子们一直翻一直读，不要心疼，不怕翻坏，读书才有出路。

回到宿舍，差不多6点，正正好。辛苦晓萍老师一整天，非常感谢！

2日，按计划，西山、乔后走起。到洱源后，就西山还没去过，多次耳闻西山艰苦，这次也是想好要到西山去看一看。团县委尹书记（尹秀萍，洱源团县委书记）履新不久，工作伊始就在西山，一晃八年多，挺不容易的。团县委去西山建设完小慰问孩子们，邀请我一起，欣欣然。

到西片要翻过罗坪山。车行一小时左右翻过垭口，天气一般，路上有一段突然起了大雾，司机大哥说没事，很正常，我看能见度也就三五十米，不过倒也不担心。翻过垭口后，再开一会儿到炼铁乡，继续往前有分岔，直行是乔后镇，左边岔道就是去西山乡的。乔后去过好几次，这次往左先去西山。转过去后，很快就发觉路况比前面路段和去乔后的路还是差不少的，主要是路面破损，间歇有弹石路面。

我觉得最大的不同是去西山的路全是弯弯道道，感觉一直在转圈圈。坐在车上倒也不十分觉得，到站下车后，站在地面上觉得有点不踏实，脑袋略有些晕乎，大约与西山平均2500米的海拔也相关。我算不大晕车的，也刻意不怎么看手机，要不就顶不住了。西山的同志告诉我，过了炼铁到西山，三百九十九道弯。这是半个段子，一是因为没人真正数过，二是即便尝试数过，数到一百就数不下去了。我感觉这个数字马马虎虎是有的。

这次到西山和乔后，心里还是有点难过的。西山初中和乔后初中对柏年图书室安排得都挺好的，与前一天看的图书室的情况相仿，这我还是挺放心的。

有点难过的是三个小小的点。

一是在建设中心完小。学校旁边还有一个自己的幼儿园，娃娃们从小班就开始住校。这天没有看到幼儿园的小娃娃，一年级到六年级的娃娃都看到了，整齐排列在广场上。临时让我说几句，我说祝小朋友们节日快乐，感谢老师辛勤付出，希望孩子们努力学习，云云。不过看到孩子们的衣着，同样都是校服，比起县城里的孩子们我觉得差距是挺大的,经济与教育发展的不均衡,眼见为实为深。小娃娃们普遍晒得黑黑的,校服普遍略有点偏大,看起来有一小点旧,我心里觉得有点不好受。老师们说经过脱贫攻坚,现在已经好很多了,在此之前,食堂是没有的,哪怕一二年级的娃娃,也是要自己带米带洋芋。中午晚上自己生火,做个罗锅饭,米饭上切两片洋芋片蒸上,再弄点酸菜,就是伙食了。我真的无法想象这个场景。我也留意了一下,校长和老师都很年轻,和娃娃们也颇亲近,这是好事。

二是在西山初级中学。全县最远最高的初中,中考成绩全县前三,办学条件却是我这几天看到的最艰苦的。山地限制,学校没有更大拓展空间,操场也没有,用当年老师们自己沿着学校外圈挖的石子路当锻炼的跑道,学生体育考试需要借对面西山完小的操场才行。老师们很敬业,特别投入,聊两句就能明显感觉到。聊起来,我说前一段时间与政府办同事交流,90 年出头的乔后人,上中学时都是走路上下学,两三个小时的单程。我说这也就是十多年前的事情,如果我告诉我家小胖哥,他绝对不相信。西山的老师很奇怪地看着我,对我说,这很普通啊,现在也还是有的啊,我们学校就有,我们学校最远的孩子走回家需要 5 个小时左右。我真是有点震惊了,说这怎么可能,现在路都修好了呀,就算是山路,车也都能开上开下,怎么会还要走回家呢。老师又说,这很普通啊,有的娃娃家长外出打工,只有爷爷奶奶在家,有的娃娃家里就没有车啊,家长也没时间接送,可不就是走路回家吗。所以西山就是周五下午 1 点放学,这样最远的孩子走到家就是六七点,天还没有黑;周日下午 1 点,孩子再走回学校。这些苦,确实是苦,也因为苦,西山的孩子们珍惜读书机会,知道读书才能改变生活,也成就了西山中学的成绩。我说我真是太震惊了,前面还说我家小胖哥不信,不是在这里现场听老师说,我也绝不相信。

三是在乔后初级中学。去年年底来过一次,当时综合楼地基刚刚

打好，不过停了，资金的压力。这次来，造了一层，又停了，还是资金的压力。和校长聊，校长告诉我一个数据，大约九成的孩子是留守、半留守的。这个数据太令人心酸了。我问校长全留守孩子的大概什么比例，校长想了想，没有具体统计，预估四成左右。

校园里遇到的孩子，都是笑嘻嘻的，一定是不认识我们的，或者给我们敬个礼，或者跟我们说一声老师好。衷心希望孩子们好。

两天下来，所得远胜小小付出，不光是看到柏年先生捐赠的图书很受欢迎，也让自己沉下心来看一看不同的学校，感受一下不同的情景。感恩柏年先生，感谢雨蒙，致敬老师们的坚守和坚持。老师们也说希望这样有针对性的书能够再多一点就好了。我也希望多多益善，不过能力毕竟也有限，尽力而为。后续把还有几所学校也跑到看完，再与柏年大哥和雨蒙细细报告，争取再能支持第二批。

望媒止惑，站站洱源

5月下旬，能轻松做托马斯回旋的健美操国家健将胜哲来找我。胜哲这一年在洱源支教，也临近尾声了。支教的老师们都是本科刚刚毕业，硕士办完入学手续就来洱源服务一年，再回去继续念书。胜哲的硕士方向是媒体与传播。

胜哲和硕士小伙伴们在导师李晓静教授带领下，角逐第七届中国国际"互联网＋"创新创业大赛，参赛项目是"望媒止惑——提升融媒体时代的青少年新媒介素养"，赛道是"青年红色筑梦之旅"公益项目。去年的成绩是全国铜奖和上海市金奖，今年想再接再厉。胜哲在洱源，于是团队自然想到能不能在洱源孩子中做一些教育推广和服务工作，一方面是给这里的孩子带来点新的内容，另一方面也能成为今年参赛内容的有机构成。

交流了一下，有点初步的想法，还没有具体的路径和方案，胜哲吃不准怎么入手，觉得要么从支教的班级开始，看能不能多覆盖几个学校的孩子们。我觉得有点困难，缺

乏愿景和体系，毕竟是媒体与传播，地推的组织方式也值得商榷。

既然是青少年的新媒介素养，我觉得可以与团县委交流一下。尹书记履新不久，团县委已经推出了好几项有趣的活动，有一个特点是"开门办事"，与兄弟部门联合举办。我觉得这样工作思路比较开阔和开放，很可能有合作空间。

约尹书记聊了一下，她很有兴趣，于是和胜哲说好，先厘清立意和思路，再梳理素材和内容，然后定操作路径。不拘于传统培训与交流的线下模式，我们可以做线上线下相融合。

立意而言，要贴近青少年，针对项目"望媒止惑"的目的，看看洱源青少年这方面情况如何。几番交流下来，大家觉得并不局限于青少年，基层青年干部和青年创业者也存在媒体素养提升的困惑或者问题，这就与团队擅长的"望媒止惑"对上了。

于是，活动的主题和形式基本就确定了，办一场线上线下相融合的培训活动，面向目标受众的"望媒解惑"，最后定名为"沪滇协作、校地携手——洱源县基层青年干部及青年创业者媒体素养提升专题培训班"。毕其功于一役不太现实，媒体与传播是团队的强项，团队已经制作了很多贴近主题的小视频，在 b 站上播放很受欢迎，于是建议将既有视频做一个整合，在 b 站上开设一个专栏，后续贴近洱源的情况，再有针对性地做一些适合洱源青少年的科普视频，那就妥妥一个网络育人洱源工作站。这样可以做一点长效机制与效果。

团队觉得很好，于是整个活动主题又延伸了，最后定为"沪滇协作、校地携手——洱源县基层青年干部及青年创业者数字素养提升专题培训班暨上海交通大学'望媒止惑'融媒体网络育人洱源工作站启动仪式"。既然是校地携手，主办机构建议由共青团上海交通大学委员会、共青团洱源县委员会、上海交通大学媒体与传播学院、洱源县乡村振兴局共同组成，各方也都愿意支持，顺利达成一致。

胜哲所在的李晓静教授团队是专业的,成员主要是硕士、博士研究生,动作很快,内容安排也很丰富。十天左右,筹备做好,活动 11 日下午拉开帷幕。

线上线下融合办会,线下主场在洱源,自然请尹书记主持。先是启动仪式。上海交通大学团委书记钱文韬、上海交通大学媒体与传播学院党委副书记李春梅,也包括我,分别代表各方说几句。

特别感动,也特别感谢文韬书记。那天是周六,文韬是在机场与我们连线的。学校委派他去广西百色平果市挂职担任副市长两年,那时候他在赴任的路上。文韬说完,正好也听到机场广播登机了,于是他与我们暂别。希望文韬一路顺利,工作顺利,保重身体。

大头是嘉宾分享环节。

李晓静教授的研究领域之一是青少年数字素养,这次给大家讲的主题是"国际视域下提升我国青少年数字素养的探索",与大家交流数字化和全球化时代背景下,中国青少年以及乡村青少年如何适应和成长的问题。

魏武挥老师的报告面向青年创业者——《当下青年创业的一些建议》,讲了青年人可以创业,也可以试错,但都要非常慎重,要么能解决控制成本的问题,要么能够找到创新的模式。

"望媒止惑"项目学生团队都是李老师的高徒,做了很认真的准备,与大家分享。大家报告了"望媒止惑"的来龙去脉和建设内容,谈到了"影响城乡儿童数字素养差异的多元因素及对策研究——基于沪滇两地学校的田野调查",说起了"云南到上海:看见自己,连接世界",还分别从基层青年干部和创业者的角度介绍了"拥抱数字化——基层干部如何助力数字化转型"以及"京东电商和地区扶贫措施",等等。三位洱源青年创业者参与交流,分享了各自的创业故事,讨论了创业实践与数字素养的关联。内容很丰富。

望媒止惑，网络育人

　　我也思量媒体数字素养。对我们来讲，包括我自己，可能这都是一个比较新的概念。仔细想一下，我们生活在新媒体融媒体繁荣发展、自媒体日益蓬勃乃至泛滥的时代，各类信息可以说是过于丰富，应接不暇。遇到大事奇事时，谣言与真相往往相生相伴，正所谓：造谣一张嘴，辟谣跑断腿。再比如，作为基层县域创业者，在当今的数字化时代，如何结合理想与现实，讲好自己的洱源故事，讲好自己的创业故事，讲好自己的产品故事，这也有助于自身媒体素养的提升。从这些角度讲，媒体数字素养又是我们每天都在或多或少调动着运用着的，而且将会在日常工作生活中发挥越来越重要的作用。

　　这两天，我与胜哲沟通，请团队抓紧网络育人洱源工作站的建设，总是要有始有终，说到做到的。

洱源二中，搭搭中日桥

　　上次去洱源二中，认识了杨校长。我刚到洱源时，就听说二中日语选课的特色做法，后来又在洱源融媒体上看到二中杨校长和同学们比赛双杠，就觉得这个校长不一般。果然闻名不如见面，杨校长为二中孩子的发展一直尽着洪荒之力。

　　一中和二中是洱源的普通高中，共同面临初中优质生源流失的难题。一中录取完了录二中，于是二中录取的第一名就比一中录取的最后一名差一分。一中困难，二中则更是困难。三年前杨校长从一中副校长岗位调任二中校长，团结师生，不放弃每一位渴求上进的孩子。他说不管再辛苦，能把一个孩子往上托一托都是值得的，孩子托上去了，家庭也就托上去了。于是二中在艺体方面做了很多努力，得亏是他，换个人还真不一定玩得起双杠。日语选科也是一个尝试，效果很好。洱源孩子英语是比较薄弱的，有一些孩子其他功课都还可以，唯独英语是短板，是很难补齐的那种短板。于是杨校长

找机构化缘来一个全职日语老师，并争取家长支持，让这些孩子改修日语，有那么点精准定位、分类施策的意思。每年人也不多，二三十个学生选科日语，效果却出奇的好，大约是英语50分到日语100分的进步。高考提高50分，想想都觉得很神奇。

我和校长说，我一到洱源就听说了日语选科的事情，一直想能做点什么。最近要回上海对接点工作，如果有需要的话，想找一下外国语学院丁剑书记和学校中日桥社团。丁老师曾是我国驻日本福冈总领馆教育领事、学校中日桥社团的指导教师。中日桥社团上一任社长是台湾姑娘苡暄，她是交大百贤学者之一，也算是我的半个学生。我觉得在这个方向上可以与二中做一些线上线下的联动，感觉对两边的同学都是受益的。杨校长也很希望能够促成，我就欣然领命了。

最近回上海，这项工作也对接对接。

对接之前，我和百贤亚洲研究院的同事聊天时提到这事，她们也觉得很有意思，乐见百贤学者们有机会能够参与，我想应该是可以的。百贤是一个比较高的平台，我们校董曹其镛先生创办，致力于亚洲青年跨文化交流，剑指为培养亚洲未来领袖做出贡献。曹小姐主持百贤工作，在百贤学者的多元活动上非常开明和支持，如果未来能够有百贤学者与二中读日语的同学做一些交流，那一定是非常好的事情。

于是先与我的半个学生、交大百贤学者苡暄聊一聊，她恰好是中日桥社团的上一任社长，刚刚换届移交工作。

我请苡暄判断一下中日桥有无可能搭一搭洱源的线。

苡暄判断，如果是教词汇语法这种的话，社团里有日语基础好一点以及日语系的同学，应该有机会；然后今年暑假社团应该会开第二课堂，讲点文化之类的内容，可以让洱源有兴趣的小朋友线上参与，这是完全可行的，去年社团的第二课堂就是针对零基础入门的受众。于是拜托苡暄与中日桥社团先交流一下。

我还有个更重要的支持者是交大外国语学院丁书记。丁老师曾经在中国驻日本福冈总领事馆担任教育领事好多年。虽然他的日语也是后学的,我曾和丁老师一起去日本出差过,但发现他的日语水平不是一般的高,是不一般的高。到外国语学院工作后,丁老师就担任中日桥社团指导老师。之前我在基金会落实百贤项目时,丁老师就是我们的强大后援,我心里总觉得丁老师是一定会帮忙的。

于是找俺丁老师去。

丁老师一口应承。他说:"昨日听苡暄说起你挂职洱源,有意向为洱源县的高中生增加一些了解日本文化等的途径,助力当地学生成长,我被你的热心助教所感染和感动,若你需要中日桥社团或日语系协助,我们很乐意尽绵薄之力。"

丁老师建议约上社团的骨干及相关老师,开个视频会议,我们进一步介绍情况和需求,讨论一下。真是太感谢了,这效率也不是一般的高,是不一般的高。于是我对接二中杨校长和相关老师一同参加。

次日周一,下午线上交流。丁老师出席,并邀请张歆老师和李玥老师参加,中日桥社团的新老社长和副社长、办公室、学习部、宣传部、实践部的骨干同学悉数参会,腾讯会议一屏都不够看了。杨校长带着二中的老师们集体参加。

我介绍了到洱源工作的一些情况,特别是向交大师友介绍了上次到二中调研的感受,有孔庙的高中,凤毛麟角。我也向二中的老师们介绍了我了解的交大中日桥社团和外国语学院的情况。

我觉得中日桥社团这么好的平台,社员年轻活跃,有情怀有想法有知识,愿意面向西南辐射,帮助我们洱源学日语的孩子,真是太好了。中日桥社团的社员人才多元,有科班学日语的,也有不同专业综合型的,在语言学习和文化交流上可以做的事情相当多。丁老师执掌外国语学院,日语系的学术和教学力量这么强大,可能的话线上线下各种形

交大中日桥，搭上洱源娃

式对我们洱源稍稍倾斜一小点。两相结合，未来可期。

二中杨校长系统介绍了学校的情况和选修日语的出发点以及教学工作开展的情况。

丁老师系统介绍了学院和日语系的情况，丁老师说不管中日桥社团或者是日语系，对洱源都全力支持。先从中日桥社团既有的线上活动展开，再往后拓展到专业的活动，乃至线下和现场的交流。

丁老师请参加会议的每位老师和同学都介绍和分享了对二中修读日语孩子的建议，明显大家都是事先有过思考和准备的，真是很感动。大家提到，在语言学习过程中，营造语言学习气氛、增强学习自信心很重要，中日桥社团可以发挥丰富的信息资源优势，就语言学习经验及相关内容助力提升双方同学们的语言学习能力。社团日语系老师和同学对于高考日语科目很熟悉，也愿意与洱源二中同学们就高考经验、备考方法和资料等主题进行交流。

最后,约定了接下来线上活动开展的对接安排,工作交流群建起,希望很快有机会能请丁老师和各位老师、同学到洱源指导交流,有可能的话在二中建立一个交大中日桥洱源工作坊或者实践基地,就更好了。

开会这天是 6 月 20 日。6 月 23 日,云南高考出分后,杨校长很激动。洱源二中应届学生小李今年理科 528 分,超一本线 13 分！选科日语是突破,从英语 50 到日语 101,洪荒之力,立竿见影。赛道,很重要！交大中日桥联结洱源二中,也期待接下来能助力更多二中学子迈过校内古朴的状元桥。

7 月 2 日,第一次交流。洱源二中学习日语的同学们和日语老师与交大同学和中国科技大学的日本同学们云端相会,"彩云之南"的洱源二中与"东海之滨"的交大中日桥间首次架起虹桥,云上互联。

7 月 9 日,第二次交流。洱源二中日语教学班的老师和同学们与北京大学日本人会的留学生们和立命馆亚洲太平洋大学的日本同学们互动交流。

7 月 16 日,第三次交流。洱源二中的同学们一起参与本次课程,分享交流大家都很感兴趣的日本流行文化,氛围轻松活跃。社团指导老师丁剑老师和张老师也参与了本次课程。

一样样来,一步步走。

营商环境,新零售与生态文旅

6月下旬,沪滇协作支持县里工商联做一期针对致富带头人的培训。很自然,校地携手,大家一起来。培训内容很丰富,考察参观、座谈交流等,交大做擅长的,承接半天的专题报告环节。

线上交流这事我们还是挺有经验的。两个摄像头竖两个机位,一个对着会场,一个对着发言席,线上各方接入不限,现场感还是挺强的。请我们设计师做了个红色虚拟背景,红红火火讲起来了。

我提了一个建议,在致富带头人的发言前面加一个优化营商环境的铺垫。这倒不是玩虚的,省州县对营商环境优化工作高度重视,县里从氛围到举措,也是一直在强调营商环境的重要性。对本地致富带头人来说,这也是经商兴业的基础条件之一。建言喜获采纳。

25日上午,半天时间有限,最后邀请了两位专家做主题报告。一位是安泰经管学院特聘教授荣鹰博士,这是地方合作办请安泰帮忙邀请的。到底是有缘分的,作为安泰毕业生,我觉得很受关照,几位对接的老师都特别支持,推进很快。另一位是之前海外教育学院的特邀讲师赵祥龙先生,海外教育学院已经与继续教育学院合并成终身教育学院了。赵老师是我建议邀请的,也请学院帮忙邀请了,赵老师也是欣然应允。

张副是县委常委,主管沪滇协作的副县长,在洱源会场出席。线下会场还有洱源县工商业联合会、洱源县乡村振兴局、洱源县投资促进局的负责同志,招商引资、乡村振兴战线的同仁,以及洱源县的致富带头人。

荣老师、赵老师线上报告,我在上海对接工作,线上主持。线下请小熊技术支持着。

营商环境专题培训开班

营商环境涉及方方面面,内容很多,很难贪大求全,与工商联商量,这一次就聚焦新零售和生态文旅两个专题,也是与洱源发展关系比较密切的,后续有机会可以继续围绕营商环境举办专题培训。

专题培训还是挺有意义的。洱源正处于转型发展关键时期,营商环境至关重要。这次培训围绕优化营商环境、致富带头人能力提升、产业振兴命题,聚焦新零售、生态文旅两个专题,希望能够有助于洱源县企业界、致富带头人、企业服务部门、投资促进部门从宏观和实践角度加深对乡村振兴战略背景下营商环境优化的理解,有助于各方凝聚共识,进一步提升营商环境优化合力。

对于交大的教授,大家都很尊敬和重视。张副致欢迎词。他一是感谢学校安排,二是对培训工作提了具体要求,三是希望后续持续开展。非常感谢张副热情的欢迎和殷切的期望! 我说张副从上海浦东到洱源工作已经三年,对沪滇协作和洱源发展倾注心力,也是我们工作和学习的榜样。大约7月底,张副的岗位要调动了,离开洱源回到上海,让我们再次用热烈掌声对张副表示衷心感谢!

接着教授主讲。

安泰经济与管理学院特聘教授荣鹰博士做关于新零售与乡村振兴的主题报告,龙藏资本董事长、创始人赵祥龙先生为我们做生态旅游与乡村振兴的主题报告。

先是荣鹰博士。荣博士与我有渊源,介绍他时我很荣幸。我俩是交大同年,他在电院,我在安泰。毕业后他先做咨询又去念书,念书时工管结合,然后又回到交大安泰做教授。学校的教授体系如下:最高是讲席教授,与院士同级,再是特聘教授,然后是长聘教授、教授、长聘副教授、副教授、助理教授。讲席教授和特聘教授是70岁退休,重要性可见一斑,孔海南老师就是讲席教授。同年荣博士荣膺特聘教授,就问你牛不牛。荣老师是国家杰出青年科学基金获得者,现任上海交通大学行业研究院零售行研团队负责人,研究领域为运营管理、数据科学、新兴商业模型的运作以及零售管理。

荣老师从面上和线上三大零售巨头和中国零售业的企业回报说

起,从中美线上零售增长的趋势说起,把中国线上零售的发展逻辑和发展时间轴和事件轴一一梳理展现。有数据,有案例。比如 PC 到移动端的增长背后逻辑是什么,移动用户激增和搜索成本降低带来的变化,个体商户在其中的作为和个人数据的价值运用等;再比如直播带货的背后逻辑,直播与回放的商业价值区别,直播背后更低的搜索成本和水面下退货率的变化和冲击等;再比如更快的物流速度、更短的送货时间对零售商正反两方面的影响到底是什么;再比如新零售与零售的区别,新零售对于乡村的影响,哪些应该充分运用,哪些应该扬长避短。

学术研究的力量跟平时看到的现象还真是不一样,深度和穿透力。特聘教授就是不一样。

确实,乡村振兴与零售密不可分,我觉得通过这样主题的讲课和交流,一定对我们立足洱源做好乡村振兴工作,把我们洱源的优质产品销售出去大有裨益。下次邀请荣老师到洱源实地走走看看,给我们进一步指点指导。

龙藏资本董事长、创始人赵祥龙先生是一个宝藏老男孩。我习惯称他赵老师,因为除了业界的实践工作,赵老师还是交大终身教育学院的特邀讲师。前一阵赵老师到了洱源一趟,我们有过交流,我觉得他一有水平,二有感情。他是云南人,对洱源情况相当熟悉。赵老师拥有 20 年的酒店投资管理经验,在项目战略评估、资产管理、产业整合与并购、投资估价、房地产金融领域具有丰富的实战经验和专业造诣。

赵老师的课也很精彩,分为两部分。

第一部分是县域经济发展方面。赵老师分析县域经济发展的机遇和问题,重点分享了矿山修复案例,全域土地综合整治,通过国土空间优化和整合参与绿色能源产业建设,通过国土空间优化、建设高标准农田并参与现代农业及涉农产业链建设等的路径和经验,以及各领域项目开发建设市场机制的操作模式。

讲完后，现场一位县政协委员提问，正是关于所在村里一片矿山地块修复和开发利用过程中遇到的各类困难。他直觉很好很应该做，对村里镇里县里都是挺好的一件事，但做起来却不知道从哪里切入，困难重重，几无推进。正好与赵老师讲的内容高度正相关。赵老师帮着分析了一下，觉得不过瘾，于是相约过一阵子去一趟实地看看。

第二部分是国际视野下旅游业的创新模式。赵老师对云南是太熟悉了，不仅在云南旅游产业改革的基础研究、对行业发展趋势的判断、对沉浸式体验的理解，还拓展介绍了新型体验认知模型的拓展。国际讲完讲国内，全国县域旅游发展潜力研究指标体系，云南所处区位与禀赋，大理所处区位与禀赋，洱源所处区位与禀赋，这都对洱源县域旅游发展至关重要，于是乡村文旅和生态文旅呼之欲出，综合体、合作社都有很大作为空间，但具体怎么做是要讲科学讲方法的。

整整一上午，9点到12点半，学界教授和业界专家，就零售、文旅和乡村振兴做了分享与交流，内容满满，干货满满。学习过程中我注意到大家都特别投入，我自己也是大开眼界，极大丰富了自己的知识和视野。于是，再向两位老师表示衷心感谢，向交大乡村振兴办公室、安泰经济与管理学院、终身教育学院的同仁老师表示衷心感谢，更对线上线下各位朋友的倾情参与表示衷心感谢。

最后说，营商环境优化和产业振兴是个大命题和长命题，这过程中需要不断学习，不断充电。我想在接下来的工作中，我们还会进一步分析需求，精心安排，在浦东和交大支持下，沪滇协作、校地携手，协调并陆续邀请校内外教授与行业专家围绕宏观经济和县域经济发展、产业平台和新经济、营商环境优化、文旅和绿色食品产业布局、电子商务等专题开设讲座并交流。

谢谢，中国好同学，洱源好朋友。

支教团换防，一点点赠别

支教团要换防了，11日县里召开座谈交流，权做送别，我很荣幸受邀参加，表达一点我的想法。

很是抱歉，本应在现场欢送，好巧不巧赶上自己回了趟上海对接工作，尚有一两日才能返回。好在也有机会能够云端相会和相送，一两日后回到洱源，再欢送一下。

表达三个方面的想法。

一是感谢。

感谢交大，这是我的母校，也是我的单位。感谢海南大学，今年是首次派员支教洱源。特别感谢两个学校的团委，选派并指导优秀学子支教洱源，对洱源教育做出了独有的贡献。交大研究生支教团已是服务洱源的第九届，海大研究生支教团则是全新的开始。

感谢我们洱源的领导和同事，指导、帮助和包容支教团的工作、学习和生活。也是在洱源领导、同事的关心支持下，支教团才能发挥特长，做出贡献，收获成长。

感谢所有支教团的老师们，或者也可以说是孩子们。有时候我假装感慨，你们是 2021 届的毕业生，我是 2001 届的，你们比我年轻 20 岁，可怕的数字，长江后浪推前浪，前浪腻在沙滩上。也正是你们的年轻与活力，为洱源娃娃们带来新的视角和新的启发。你们用青春和汗水为洱源教育做出了一份独有的贡献，为洱源娃娃留下了一片美好的记忆。谢谢你们！

二是感受。

我和小熊也是从交大来的，这一年与支教团老师们多有互动，工作中也互有帮助和支持。我在洱源的很多工作都有他们的身影。我简单回顾了一下，他们在交大支教团老师的本职岗位和工作之外，还有助学励学的工作、支持交大与洱源一中思源特班创办的工作、支持"绿色发展与未来"系列科普课程的工作、参与捐赠图书和推动读书的工作、投身洱海保护实践的工作、支持丰源村信息化建设的工作、开拓青少年媒体数字素养提升的工作，等等。

应该讲，对这届支教团的工作，我是充满感激、敬意和不舍的。

我曾经跟交大支教团的老师们交流，我今天还是持这个观点。不管是支教团老师、驻村第一书记还是挂职副县长，在洱源这一年，其实我们所收获的远大于我们所付出的。我想就这一点而言，我们交大支教团的老师应该都是感同身受的。你们教的娃娃带给你们自身的历练与成长，一定是大于你们带给孩子们的关心与帮助。

我想这个感悟应该是很明显很深刻的才对，如果不是这样的话，一种原因可能是这一年的支教之旅是有折扣的，另一种原因有可能是我的看法有偏差。

三是期盼。

期盼各位记住美好的洱源之旅、支教之旅、人生之旅，接下来开拓自己更美好的未来，为国家和社会做出更多更大的贡献。

　　期盼与君共勉，人生漫漫，以后遇到困难和挫折时，不妨想想洱源的支教，洱源娃娃的困难和不易，我想这应该能带给你们些许美好、些许微光和些许勇气。

　　期盼大家今后有机会、找机会能以各种形式继续关心帮助洱源的娃娃们，也欢迎和期盼大家多回、常回、一直回洱源走走看看，泡泡温泉，品尝美食。

　　最后，再次感谢大家！时间过得实在太快，这一年我与交大支教团互动甚多，与海大老师们可能交流少一些，关心也不够，还请原谅。

　　谢谢大家，有缘相见！

　　衷心致谢这一年的六位小伙伴：

　　薛容（数学系＋电院）、张晨怡（法学院本硕）、黄梦雪（机动学院本硕）、夏依旦·居来提（环境学院＋媒传学院）、霍旭阳（船建学院本硕）、徐胜哲（体育系＋媒传学院）

支教团换防，一点寄语

在荣昶过生日是什么感受

　　6月回上海这趟,最重要的一项工作是对接上海荣昶公益基金会,推动交大洱源荣昶讲坛的工作。

　　去年12月中旬,专门回上海拜会了荣昶基金的王总和黄总,这次正式与王总汇报了思源特班的想法和推进安排。我想两位长者知道我必是有所求的,于是厚着脸皮提出构建第二课堂的设想。这一点交大有得天独厚的条件,荣昶基金已经支持了6届交大荣昶储才计划,帮助学校培养最优秀的本科生,每届从大二到大四,除了资金支持外,长者们与储才学子常常沟通,深入交流,分享人生经验。更有缘分的是,储才学子每年夏天都和王总、黄总以及基金会老师们一起到洱源,开展社会实践,对洱源是有特别感情的。

　　我觉得,人还是要有点志向,有点方向,有点兴趣,日后才能走得远。我想请储才学子与特班学生结对并深度交流。结对好做,深度交流还是面对面的效果会更好,这就需要想办法请荣昶学子多到洱源来才行,荣昶储才已是一个大家庭,总会有同学得空有闲的。常来的话,就可以在洱源复刻交大励志讲坛,每期定个主题报告,再配上深度一点的交流探讨。

长者们对我的提议非常认同,跟我说不用担心,荣昶基金会全力支持。我的任务就是把方案想明白说清楚交上来,再看如何操作。

回到洱源我认真琢磨了方案,2023 年 1 月上旬形成建议稿,发给王总。

争取支持也是要把握节奏的,特班是 2023 年 8 月份中旬入学,时间是来得及的。3 月就计划回一次上海,与荣昶基金的长者们再报告交流,一直也没能成行。6 月,终于可以回一趟了。对接好两个培训后,还是想着要与荣昶基金的长者们报告一下。先向自己领导报告想法,程处很支持,于是邀请教育学院琳媛书记一起去看一看王总。之前教育学院与洱源一中做了很多对接帮扶的工作,加上县中托管帮扶的事情基本敲定了,后续思源特班第一课堂和第二课堂也一定离开不了教育学院的支持。此外,还请了团委李老师一起过去,李老师是荣昶储才的大队长,前前后后的事情都和李老师商量。三人行,必有我师。

约好,7 月 5 日去看王总。王总很是欢迎。聊得太开心了。说起储才计划的孩子,王总眼里是有光的。每届每个孩子的名字他都说得出来,每个孩子他都长谈细聊过。不得不感慨,幸福的优秀和优秀的幸福啊。王总说这个项目没啥异议,肯定支持,抓紧把协议落实好,马上就签掉。

王总留我们吃饭。基金会同事端上一盒蛋糕,我还纳闷怎么来一盒蛋糕。王总说,今天是金贤的生日,这么巧大家又到了我们基金会,我们就一起庆祝一下。预备,唱。略有点蒙圈,我也跟着唱。是的,那天是我的生日,约了去看王总时也没在意啥日子。从小到大,我们家生日都是过得很平淡的,最多就是家里人买个蛋糕吃顿饭,这么大阵仗真

是没有过。

很快反应过来，前一天程处好似很随口问了一句，你生日好像快了吧，哪天来着的。当时我还说，嗨，是 5 日，不过我们家这事很简单的，没准大家都不记得，哈哈哈。原来领导是埋伏在这呢。

真的很感动。大家让我许个愿，吹蜡烛。其实当时确实有点不知道说什么想什么，反正是吹了蜡烛。现在想来，还是刚去洱源时想的，父母在不远游，游必有方，把自己的事情做做好，让关心帮助我的人们也觉得值当，也就行了。

晚上回到家，正好吃面条。大家果然不记得今天是我的生日。于是我小心翼翼地说，请问你们知道今天是啥日子吗？大家一脸蒙，突然反应过来，是你的生日哎。于是翻出冰箱里囤的冰糕点，妹妹贡献出一支小蜡烛，我又吹了一口。接着给大家展示一下中午的蛋糕，妹妹羡慕不已。

涉及洱源的协议，我都是自己动手拟的，这点水平还是有的，能写清楚。基本一遍过。本是约一周之后签约的，计划总是赶不上变化，洱源那边突然有工作，12 日就必须安排回程了。于是和荣昶基金陶老师商议，报告王总，7 月底 8 月初我会再回上海一趟，届时签约。王总欣然应允。

所以，在荣昶过生日是什么感受？得到一份特别的生日礼物，它的金额是 100 万元，它的价值和意义是无法用金额来衡量的。

所以，感受是情义无价，但行好事，莫问前程。

乔后助学，颁勉励状

去年 10 月，我的同学，吴总伉俪设立了"交大洱源—吴剑勋王晔助学基金"。吴总伉俪出钱，我们一起出力，把这事办好，每年资助 100 名孩子，也算是造福一方百姓。

乔后镇做得很好，这一点后来也得到了吴总的表扬。这是所有工作的基石，抛开这个就无从谈起了。这个我也算是有经验的，过程中适度的指手画脚也不能少，应该说还是发挥了一点重要作用的。

6 月回上海时，总结这一年助学基金运行的情况，形成年度执行情况向吴总伉俪报告，内容包含基金概述、年度评选情况、资金发放情况、详细的资助娃娃名单、每个娃娃的资助信息表和感言卡片、每个娃娃的勉励状。其中安排勉励状颁发仪式，是一项很重要的工作内容。

吴总一直说要去洱源看一看，安排到了今年 7 月，7月 15 日洱源学期最后一天。我和吴总看法一致，资助是能力和心意结合的善举，也不需要给地方和孩子们额

外增加负担或任务,如果学期结束了,娃娃们都回家了,乔后又是在山区,学校分布多,村庄分布散,再把娃娃们专门喊回来搞颁发仪式,就与助学的初衷不那么一致了。很快与各方商定,7月15日之前我回到洱源,到乔后初级中学参加线下勉励状颁发仪式;吴总伉俪线上出席,邀请程处也在线出席。

我们的资助范围,包含乔后中学在内,一共有12所中小学,大部分是小学,另外还有一个乔后娃娃在外片的玉湖二中。本想邀请其他学校也通过线上接入参加,后来发觉信息化条件还是跟不上,再加上小学考试早几天,15日小学娃娃们都放假在家了,于是建议其他学校提前小范围校内搞一个小小仪式,主要就是颁发勉励状,给娃娃们一点鼓励。可以留一点照片或者小视频,仪式上做个分享。

说到勉励状,倒是我认真考虑后决定做的,也与前期做的一些资助项目的积累一脉相承。因为是助学,不是奖学,自然谈不上奖状。虽然是助学,但除了钱之外,还能给孩子另外附加的价值,也显得尤为重要,总不能是一张资助证明吧。开始想是不是发个带交大LOGO的小礼物,想来想去还是决定颁发勉励状,以交大和吴总共同的名义。勉励状是精心设计的,自认为高端大气上档次。我觉得就勉励和激励而言,载体和仪式感很重要。

剑敏镇长致欢迎词。欢迎和感谢之后,剑敏简要介绍了乔后镇的情况,又谈了他在统筹吴总伉俪助学项目过程中的体会,这个项目为乔后100个家庭解决经济上的一些困难,激励孩子们读书向上,也激发了乔后师生爱岗敬业、奋发读书、回报社会,希望同学们不负师恩和爱心帮助,牢记嘱托,早日成才。

作为老吴的同窗,我简要向大家介绍了吴学长夫妇的捐赠故事和设奖初衷,也希望受助学生珍惜机会,生活的困难是暂时的,只有勤奋踏实,才会收获美好的未来。我送给大家一个月前在右所温水初级中

学调研时看到的标语,与大家共勉:不比阔气比志气,不比聪明比勤奋,不比基础比进步。

乔后初级中学受助学生代表及教师代表表达了感激之情。助学基金支持的其他 11 所中小学也发来颁奖视频。

吴总对我们张罗的助学基金评选发放工作的日常交流、材料汇报和颁发仪式都很认同。吴总说我们评审工作细致到位,钱款发放有据可查,超乎自己和家人的预期。吴总向乔后的孩子们分享了自己在高中时代受到学校资助的个人经历,希望孩子们通过勉励状感受到的是激励而不是负担,把书读好,历练自己,做有理想、有抱负的有志青年;同时他还希望孩子们学会感恩,从感恩父母的点滴开始,未来能够感恩国家、回报社会。

程处也代表交大感谢吴学长及家人的慷慨捐赠,也表扬了我在基金设立过程中的工作安排,期待这份爱心资助能受到社会各界的持续关注。

次日,吴总伉俪带着小吴同学来到洱源。休整一日,我领着吴总伉俪进山,去乔后看看孩子。

先去永新村,看小罗。小罗三年级升四年级,就在永新中

心完小读书。她家以前地震受灾后易地搬迁，我们看到的是新盖的房子。房子只盖了一层，就是红砖的，外墙也没有粉刷。小罗很腼腆，家里还有个小弟，偷摸着一会儿就探头看看我们。小罗的爸爸在外面打零工平时不在家，妈妈和爷爷、奶奶在家务农。妈妈说，别看现在小罗腼腆，比起之前已经活泼很多，特别是这次收到勉励状，回家后可开心了。这次知道我们要来看她，她很高兴，一早就帮着妈妈收拾板凳桌椅、烧水泡茶啥的。

又去的文开村，看小何。小何八年级升九年级，在乔后中学读书。小何的妈妈早几年生病去世了，父亲有装修的手艺，就在村里或者附近的地方做活计，方便照顾孩子。家里两个孩子，小何有个哥哥，今年在洱源一中高三毕业，拿到了电子科技大学的录取通知书，大家都很高兴，鼓励小何向哥哥学习，也要认真努力。小何家很朴素，但收拾得非常整洁，堂屋里右墙上贴满哥哥的奖状，左墙贴着小何的奖状。小何的不算多，有一张就是我们颁发的勉励状。爸爸说，这张奖状是小何自己贴上去的，并扬言以后也要贴得像哥哥那么多。

最后去的大树村。大树村比永新和文开远一些，路很陡，还好都是水泥路，比去文开的弹石路好开不少。到大树村先看望小杨。小杨和文开的小何是同班同学，也是八升九。家里还有个弟弟一岁多，满院子跑。父亲很憨厚，总是笑，话很少。后来才知道，小杨父亲的耳朵有一些问题，听不太清楚的，所以话不多总是笑。吴总这个调皮鬼，调侃小杨的问题和小何一样，有没有女朋友啊，巴拉巴拉，两个小伙子都是面红耳赤的。

在大树村，最后去看的小朋友是小李。小李是个一年级升二年级的小男生，我们去的时候家里很热闹，原来家里在另一处建房子，原因是现在的房子地基出了问题，沉降开裂了，比较危险。之前小李家境还可以的，爷爷年龄不大，爸爸妈妈都很年轻。爷爷以前做点小工程，后来摔断了腿，就没法挣钱了。爸爸本来送外卖，也算过得去，三年前也摔断了腿，今年养得差不多了，就准备再找活干了。小李还有个妹妹，上半年刚去昆明的医院治病，发育有些问题，治病花了不少钱，所幸治疗及时，医生说要是晚一个月，可能够呛。妹妹现在就比较好了，看起来很健康活泼。

四个娃娃看完，傍晚 5 点多了，也是不容易。

晚上吴总发了个朋友圈：去年 10 月由上海交大教育基金会牵线，我和太太向洱源县乔后镇捐助了 100 万元，该笔资金分 5 个学年，定向对 100 名学生进行助学资助。今天我们也拜访了其中几位学生的家庭。他们的基本生活已有保障，九年义务教育确实多了一点保证，但交通闭塞，经济来源不稳定，自然灾害频发，能否继续读下去，依旧有不少困难。还需要更多人关注！

吴总告诉我，他的朋友汪总看到了，也想支持支持。于是我和汪总联系上，介绍了基本情况，很快汪总决定在助学和思源特班工作上也给我们一份支持，汪总说还会跟同事们说一说，看能不能大家一起出出力。感动！

吴总又在洱源待了一天，踏上回程的路，风尘仆仆。离开的那天我去送他，他说还在帮我们联系对接新的资源，有消息了告诉我。

得已不得已，立于不败乎

说的是家中哥哥的中考事业。

前一阵子回沪对接工作，也兼顾一下哥哥的中考。小哥的网课上得一天世界，乎乎茫茫。我回来还是有用的，哥哥二模成绩回升，进了闵行区的 A 档区间，总是好事。接着开运考，结果距离差强人意，还是差强人意了。哥哥回家来时，却很高兴，说还不错。距离中考倒计时三四天，确实不方便再施恩威了，错愕中不由问，到底是谁给的勇气，能说出还不错。

哥哥微微一笑，说你不知道呢，英语答题卡忘记涂一大道题，扣了二十大几分，其中有效分 24，加上去就还蛮好的。我是有点生气的，蒙天蒙地蒙神仙，蒙爹蒙娘蒙自己，蒙人能不能找个其他理由。哥哥很高兴地拿出答题卡和试卷，确实如此。好吧，只好祝贺你了。

考前几天，家中气氛还是可以的。推演估分，就是摆事实讲道理了，这时哥哥发现，距离"谋其上"差距有点大。于是这两天，颇觉得哥哥自己感觉有点何必当初的意思。这份上了，鼓励点。开运考答题卡漏涂，有史以来第一次，倒也不尽是坏事，发生得刚好及时，提醒得自然到位。提前这么来一下，这次中考至少这个问题不大会再发生了。

中考这两天，也真是热，40度。11日上午出门考试顺利，中午结束回家顺利；下午出门考试顺利，傍晚结束回家顺利。

11日是第一天。上午送哥哥到考点，目送他进场。比起一起排队的孩子和家长们，自己觉得我俩算是淡定些的。考点门口学生、家长也挺多的，都要排队进场。进去后，看着一群半大小子们在布告栏找自己的教室，然后就看不见再往里走的情景了。我就上车吹空调。

上午结束问哥哥情况，原来这里全是单独考场，每个考场10个考生，标准考场好像是25人，目测有10个以上考场，那也就是100人左右。倒也好，考生不多，进出都很快，出来后谁也不认识谁，对不着答案，不影响心情。我是一直拎得清的，大致问个难不难、顺不顺就得了。

12日是第二天，更热一点。早上哥哥早餐没全吃完，这是很少发生的情况。我猜哥哥有点紧张，他说不是，说感觉有点闷。后来就出发了，上车后开了空调，哥哥说感觉找到了，这个凉快的感觉就对了。合着是早上起来家里没开空调，整得小哥不通透了。中午考完顺利返回。

原本我是计划13日返回洱源的，临时接到通知，交大与县里在大理州交流县中托

为人父，目送小哥进考场

管的推进工作,时间定在 13 日早上。我想了想,还是先改了 12 日下午飞昆明的航班,送完哥哥进考场考,最后一场我就改道去机场了。

上海中考改革,今年是出结果的第一年。考完之后就接着各轮次填志愿和现场签字,只好辛苦妈咪带着哥哥跑来跑去了。和预期的没什么出入,哥哥是马马虎虎的,我们也是马马虎虎的,大约我家还是要等到分数出来后的统一录取环节了。

本是说 8 月下旬才会公布分数,7 月底的时候改成 8 月 6 日公布了,既定的一些改革举措也随着打点折。正好这周大理州党政代表团和洱源县党政代表团访问上海,到交大是一个重要的访问安排,我也随团出行。于是等着在上海查分了。

所谓立于不败之地,一则是安抚好哥哥的情绪,二则也确实是要做出自己的选择了。一颗红心两手准备,万一哥哥高分了,够得上志愿表上前两个很好的高中,皆大欢喜,那是一定要去的。我们也有自知之明,考上的概率不算大,尤其是这一学期网课与作战齐头并进,更是直接影响了考上的概率。我倒是很认真地思考了,也和哥哥做了初步的交流。如果是后者,我建议哥哥换赛道了。

我分析了几点因素供哥哥参考。

一是既有学习模式取得的阶段性成果。初中四年,之后的高中三年,体系内的学习模式和安排我认为大差不差。如果这四年的结果是我们把红旗插上了高中的阵地,必须再接再厉。反之,如果咱们没能把红旗插上,接着再三年,简单粗略地判断,红旗插得比现在会更好的概率是偏小的。

二是网课与作战起飞的状态,表明哥哥常态学习下的自我管理是缺失和溃败的。我能够理解小孩们都会有意无意地选择这样行为,学习比起作战总是枯燥无味的,但很明显哥哥的行为反映出内心驱动力与游戏诱惑力相遇时,前者几乎不值一提。这是最可怕的,也是我最担心的。

高中的学习过程比初中更紧更累更枯燥,进而越发会觉得游戏的诱惑力大无穷。诱惑到了,一到再到的话,就是当场牺牲。退一步讲,高中一般是跟着学校和老师的节奏安排学习,很难做到自我对时间管理的真正掌控,这还不算太可怕,真正可怕的是孩子和家长都自以为已经做到了对时间管理的掌控。三年结束后进入大学,如果对时间管理的掌控出了问题,自由放飞从而千里之堤溃于蚁穴的情况,我见得太多了。

我从不认为这样的事情只可能发生在别人家身上,而是很可能发生在每家人身上。所以我想换一个赛道至少是一个选项,通过不那么卷的节奏,花三年的时间真正学会对时间管理的把控,学会学习和玩乐的平衡,是很值得的。真正学会这些,我觉得就没那个担心了,以后不管在哪里念,不管念什么,应该能应付下来。

三是对学习兴趣的观察。我也算在大学里摸爬滚打,个人粗鄙的观察和判断,现在的孩子进入大学后,学习的兴趣驱动或者价值驱动很弱,没有远远大于有。我是从农村考出来的,反思自己在大学阶段缺乏兴趣驱动或者价值驱动的,因为彼时诱惑孩子的东西不那么丰富立体和唾手可得,也算没有跑偏。现在就不一样了,很危险。

我家哥哥从小还是看了点书的,我觉得他对历史、地理、生物、工程、军事都有点兴趣。初中四年,哥哥几乎没有系统地进行课外阅读,很遗憾,也很无奈。所幸现在哥哥的兴趣还在。哥哥也能画点画的,按我的看法,可能创意不那么精彩,但画东西还是很像的。可是画一幅画少则一小时,现在没有这样的闲时和闲适,这也很可惜。我很担心,四年初中的学习和训练方法,仅仅聚焦在正确率的提高上,三年高中下来,兴趣不再,是很正常的。大学里,没有兴趣的学习,也很可怜。

四是那次我带哥哥去看另外的赛道,为我们介绍学习生活的同学

给我很大触动。那个同学学习成绩也是一般般,但两三年的训练,展现出来的姿态和状态很阳光,很自信,很正面。也许有个体差异,但我常常碰到的一些学生,距离这个状态差得非常远。我有时候觉得,实际上所谓的国际学校,某种意义上讲可能更功利,一直训练孩子的表达、演讲、写作等技能。我的理解可能不一定对。我觉得如果我是面试官,那个同学获得机会的可能性还是挺大的。

祝我家哥哥好运点,反正我觉得,我们是可以立于不败之地的。

补充一下。

傍晚 6 点快到时,登上东方网查分,居然提前几分钟也能进入了。被哥哥惊到了。哥哥考出了一个神奇的分数,已经超过了我们志愿表中报考的前两所学校去年的投档线。这个神奇真是把我惊奇到了。电话告诉哥哥,他很开心,有点得意。我也给他降降温,一是得意不要忘形,安全务必第一;二是今年怕是卷子简单,你的分不见得一定上得了前两所学校,要做好心理准备。有准备总比没准备好,真要是没能上也没啥,换个赛道也挺好。

还真是立了个不败之地呢。最终,哥哥考上了上海交通大学附属中学闵行分校。

洱源基地，憧憬可以有

去年底睿远传春总(孙传春，睿远基金管理有限公司执行董事)牵线，与吴佳雨老师(吴佳雨，上海睿远公益基金会联席秘书长)做了个交流，很受启发。吴老师分享了一个关于在偏远地区设立类似支教传习所的设想。支教传习所这个名字是我刚刚想到的，大意是能不能在有需要的偏远地区建造或者改造一处院落，提供相对好的生活和交流环境，吸引经济和教育比较发达地区的老师来开展支教工作。环境颇能接轨发达地区的话，可能来的老师适应得比较好比较快，自然愿意在当地待的时间长一些。此外，好的环境也便于老师在工作之余于公于私开展一些交流活动，比如对本地老师的传帮带，对本地学生开个小灶啥的。

去见吴老师的时候，除了介绍一点我在洱源开展的工作之外，确实也是想看看还有什么能够一起做的。当时没结论，但吴老师介绍的、我临时叫的传习所，却还真钻到了我的脑瓜里了。学校在洱源每年都有6位支教老

师，刚毕业的本科生，住宿和交流方面确实条件参差不齐，有时候也挺尴尬的。设想一下，要是在洱源有这么一个传习所，该是多好的一件事情。

虽然没想好，不过这个念头就留在脑瓜里了。饭后散步，有时候走到老城，老城里旧一点有味道的院子还是挺多的，外面看看，心里想想，总有一种想进去的冲动。不过也总觉得好像差点什么。我想，大概是顾虑我们支教老师的结构相对单一，毕竟本科刚毕业，在这里支教一年就换防，从传帮带的角度而言，面向本地学生是没问题的，面向本地老师就谈不上了。

今年春节后，教育部县中托管帮扶的工作在征求意见了。春天时，水落石出，花落洱源，交大托管帮扶洱源一中。这是要派管理层比如副校长的，也是要派学科教师的。我与县里也说好了，下一轮的支教团全员都派驻洱源一中工作，这样在洱源一中就能形成交大的梯队。

心思于是又活了，又细细把这件事情想了想。今年交大对洱源的定点帮扶已经进入第十个年头了，工作当然很有体系，不同背景的同志在洱源开展的工作也各有侧重。我在洱源转眼也就一年了，相对而言，我侧重教育板块一点，和支教团的老师们也常常在一起攒点项目，时常感觉缺一个实质一点的平台。好比传习所，如果有这样一个载体，从精神凝聚到实际聚力都是极好的。

我感觉这件事情交大可能是有兴趣的，于是回沪对接工作时，试着把这个想法跟学校各方领导做了点交流，结果和我预想得还是比较一致的，或者说是更好些。把我家小哥送进中考最后一场，我就回洱源了，日程中很重要的一项就是去看地方。

请本地老法师带着我，老城好好转了一大圈。老城有几个老建筑很不错，可惜要么面积太大略有安全隐患，要么大小合适腔调也合适，可惜已经名花有主了。后来也找到一两个备选地，总感觉还是缺了点什么。

选址是个重要因素。老城的地点相对合适，距离一中不算远，不然老师们上班也不方便。要不是这个因素，选择面就大了。小熊知道我又在找地方了，回村捣鼓了一下，跟我说有两块好地方，咱们去瞧瞧。好，这就去。一块就在洱源一中围墙隔壁，不过路边有点吵，现有房屋和地块也差点意思。另一块在村委会对面 30 米，距离村委会步行 1 分钟，距离洱源一中步行 5 分钟，很安静，是个大院子。

很快我们搞来钥匙。不看不知道，一看很满意。院子很大，里面有三栋小楼，青砖房，很有感觉。房子里外看了一遍，质量很不错，结构也很好，一半多是单人间，另一小半可以作为交流场所。我在脑子里对房子稍加改造，很满意。

这落院子闲置有一阵子了，是公路局的房子。公路局是省州直属系统，于是找朱副探路。朱副分管公路，很支持我的设想，也愿意帮助协调，专门找了县公路局商量。于是我请缨拟了一点文字，以备向上汇报。

报告简要回顾了 10 年来交大定点帮扶洱源县的基本情况，重点是阐述我们对下一步工作的思考和时间安排。定点帮扶和校地合作进入第十年以来，特别是这两年，我们在长期长效机制方面一直有思考，谋划的上海交通大学乡村振兴洱源基地也逐步提上议事日程。如能推进，我们就能进一步整合校内外资源，凝聚乡村振兴和定点帮扶工作合力，构建多方共建的校地合作实体平台，打造乡村振兴创新与示范品牌。

上海交通大学乡村振兴洱源基地目前进入选址阶段，我们的意向就是大理公路局洱源分局位于茈碧湖镇丰源村小南山村口的院落，占地面积大约 5 亩，暂为闲置关闭状态。非常希望得到省州公路局系统支持，在基地选址、建设运行及合作研究等方面给予共建支持。简而言之，就是能不能把这个院子借给我们，不改变院落及附属用房产权归属，我们负责筹募资金提升改造。提升改造工作以现有建筑格局为基础，也不破坏既有结构。我们也很愿意以此为契机，进一步加强交大与

交大洱源基地鸟瞰图

省州县公路工作系统的交流与合作。

抽空与县里主要领导也简单报告了，领导们说这是好事，支持的。这周大理州党政代表团和洱源县党政代表团访问交大，我回校对接时，也向学校领导报告了初步考虑，得到了领导的鼓励和支持。领导嘱我与县领导多汇报，共建就是要大家一起支持的。

我琢磨着进度，如果近期能落实场地，立马想办法筹措资源。我感觉还是要投入一大笔资金和资源的。如果学校能支持一点，再想办法筹募一点和配套一点，抓紧动手，在我任期内还是有可能做完的。晾一晾吹一吹，我们在洱源的大部队就可以在这里工作、生活和交流了。

交大洱源基地的建筑

　　能折腾好这件事，我觉得太有意义了。学校乡村振兴的活，就是对着洱源，这活还会继续交接班干下去的，年份不会少，能建起这样一个传习所的话，科技服务、农业服务、助学交流甚至产业引导，都有平台了，就不会像以前一样，学校来人办完事情就只能待在酒店，以后来平台交流就行。就怕不见面，见面才有料。

　　美好的愿望，稍稍憧憬一下。

　　（未完待续）